CONTRE LA PEINE DE MORT

Né à Paris en 1928, avocat et professeur de droit, Robert Badinter a défendu des causes célèbres contre la peine de mort. Parallèlement, il milite pour les droits de l'homme et adhère au Parti socialiste en 1971. François Mitterrand le nomme garde des Sceaux. En tant que ministre de la Justice, il fait voter la loi du 9 octobre 1981 abolissant la peine de mort. On lui doit également des mesures telles que l'abrogation du délit d'homosexualité, la suppression de la Cour de sûreté de l'État et des tribunaux permanents des forces armées, le renforcement des droits des victimes et l'amélioration de la condition carcérale. Il a été président du Conseil constitutionnel de 1986 à 1995. Il a présidé la commission d'arbitrage de la CEE sur la paix dans l'ex-Yougoslavie. De 1995 à 2011, il a été sénateur des Hauts-de-Seine. Il préside depuis 1995 la cour de conciliation et d'arbitrage au sein de l'Organisation pour la sécurité et la coopération (OSCE). Robert Badinter est l'auteur de nombreux ouvrages historiques et politiques.

Paru au Livre de Poche :

En collaboration avec Élisabeth Badinter :

ROBERT BADINTER

Contre la peine de mort

Écrits 1970-2006

FAYARD

À ma fille Judith.

*La peine de mort est le signe
spécial et éternel de la barbarie.*

Victor HUGO.

Préface

Pourquoi ce retour en arrière, cette rétrospective alors que seul importe l'avenir, celui que les combats du présent préparent ? Par une sorte de nostalgie, sans doute, de retour vers ce qui fut pour moi si important, si intensément vécu dans les années de lutte contre la peine de mort en France [1]. Parce que ces écrits, dans leur continuité, sur plus de trente ans, témoignent d'une conviction inébranlable, absolue : la peine de mort est une défaite pour l'humanité. Elle ne protège pas la société des hommes libres, elle la déshonore. Elle fait sienne la pratique de l'assassin en l'assassinant à son tour. Elle tombe dans le piège secret que lui tend le crime. Celui de verser le sang en l'appelant châtiment. Par l'exécution, l'acte du criminel devient celui de la justice. L'homme, on le sait, est un animal qui tue. Non pour assurer sa subsistance, mais parce que la conscience et la maîtrise de soi sont, chez certains êtres et à certains moments, impuissants à arrêter la pulsion de mort. Si on veut la réduire, n'en faisons pas la loi et le rite de la Cité.

---

1. Cf. à ce sujet Robert Badinter, *L'Exécution*, Paris, Grasset, 1973, rééd. Fayard, 2000, Le Livre de Poche nº 3454, et *L'Abolition*, Fayard, 2000, Le Livre de Poche nº 15261.

Sacrilège contre la vie, la peine de mort est de surcroît inutile. Jamais, nulle part, elle n'a réduit la criminalité sanglante. Réaction, et non dissuasion, elle n'est que l'expression légalisée de l'instinct de mort. Elle nous abaisse sans nous protéger. Elle est vengeance, non justice.

On comprend dès lors que la peine de mort soit partout et toujours le signe de la barbarie totalitaire. Le maître dispose du corps de l'esclave, le dictateur de la vie des sujets. « ¡ *Viva la muerte !* » clame le général fasciste dans les ruines de Tolède. « Vive la mort ! » : ce blasphème incantatoire résonne dans toute l'histoire des dictatures.

Qu'avons-nous à voir, nous, enfants de la liberté, avec ce sacrilège ?

Bien sûr, dans les démocraties qui n'ont point encore mis le supplice au musée, on parlera de justice, de « procès équitable ». Je ricane. Il faut n'avoir jamais connu la réalité d'un procès « capital » pour se satisfaire des garanties formelles de la procédure criminelle quand il s'agit de la vie ou de la mort dans un prétoire. Le rite judiciaire ne recouvre alors que l'instinct de mort, qu'on s'efforce, pour l'accusation, de libérer, pour la défense, de repousser. Je me souviens de ces audiences terribles où à la représentation du crime, à l'évocation de la souffrance de la victime, je sentais, invisible mais présente dans la salle d'audience, la mort, comme une hyène aux yeux rouges, qui fixait l'accusé et attendait son heure. La justice qui tue, je l'ai connue. Je frémis encore, après trente ans écoulés, de ces moments où il fallait arracher, par des mots de feu jetés à la face des jurés stupéfiés, la vie, oui, la vie du misérable dont j'entendais le souffle court, saccadé, derrière moi, alors que l'avocat général demandait sa tête. Et qu'il fallait maintenant sauver, oui, sauver par des mots. La force, la puissance de la parole, jaillie du plus profond de soi, d'abîmes ignorés un instant entrouverts, la parole qui dissipe les maléfices mortifères de l'audience, j'en ai connu la brûlure et éprouvé l'intensité.

Parfois, l'âge venu, à l'heure des bilans, le souvenir me revient de ces moments inouïs. Ces vies sauvées, même des plus misérables criminels, puissent-elles, à l'heure du jugement suprême, témoigner pour moi comme j'ai plaidé jadis pour elles. Et que me soit remis le fardeau toujours présent de celui qui mourut dans la cour de la Santé, coupé vivant en deux par la guillotine, lui qui n'avait jamais versé de sang, parce que je n'avais pas trouvé ce jour-là, aux assises de Troyes, les mots qui sauvent.

Des combats furieux de jadis l'écho résonne encore dans certains de ces écrits. Le lecteur n'y trouvera pas les plaidoiries elles-mêmes, englouties dans l'instant où elles furent prononcées, en un temps où l'on n'enregistrait pas les procès. Les notes que j'ai conservées ne sont que des outils de travail nécessaires à l'improvisation, à la fulguration qui seule atteint les cœurs. Peu importait, dans ces moments-là, la qualité littéraire des phrases, parfois inachevées, souvent entrecoupées. Seule comptait la force de la conviction, cette passion qui me projetait vers les jurés pour les empêcher de commettre l'irréparable, pour interdire le verdict de mort et laisser la place, enfin, à l'humanité retrouvée, à la clémence, à la vie.

Peut-être, aux jeunes avocats d'aujourd'hui, brûlant de la passion des grandes causes, l'évocation de ces moments où la vie et la mort s'affrontaient dans les salles d'audience donnera le sentiment qu'ils sont venus trop tard dans un monde judiciaire apaisé. Je ne le crois pas. L'éclat des arènes où s'affrontent l'homme et la bête ne doit pas dissimuler la barbarie de l'enjeu. Heureux les magistrats et les jurés qui n'ont plus à prononcer la mort ou la vie ! Et heureux aussi les avocats qui jamais plus ne connaîtront la cellule où l'homme qu'ils n'ont pas sauvé guette la décision du président de la République, maître de la vie ou de la mort. Heureux les avocats qui n'escorteront plus jamais le misérable vers la machine aux bras grêles, à la lame levée, qui l'attend, formidable, sous le dais noir, dans la cour de la prison.

De ces temps révolus, de ces combats toujours recommencés, de cette opinion publique qu'il fallait aussi tenter de convaincre, car d'elle émergeaient les jurés, puissent les écrits ici rassemblés à travers les décennies écoulées témoigner de la foi qui jamais ne m'a quitté : il n'y a pas de justice des hommes qui ait le droit de tuer des hommes. « *Hands off, Caïn !* » s'écrient les abolitionnistes américains qui mènent aux États-Unis le bon combat. « Arrière, Caïn ! » – Et pourtant, elle tue encore, la justice des hommes, dans le monde où nous sommes !

Après 1981, le combat pour l'abolition, gagné en France, pour moi n'était pas achevé, tant s'en faut. Le refus d'une justice qui tue est un principe universel, comme les droits de l'homme. C'est en eux que s'enracine le principe de l'abolition. Le premier des droits de l'homme est le droit à la vie. À cette limite, infranchissable dans une démocratie, s'arrête le pouvoir de l'État. La justice peut disposer de la liberté, de la fortune, de l'honneur d'un homme qui a violé la loi, pourvu qu'elle observe rigoureusement toutes les garanties du procès équitable. Mais sa puissance s'arrête à la vie de celui qu'elle condamne. Parce que nul pouvoir ne saurait légitimement priver un homme ou une femme de ce qui le constitue en être humain, sa vie même. Et cette exigence première vaut pour toute l'humanité.

C'est dire que la cause de l'abolition de la peine de mort est universelle. Elle ne connaît pas de frontières et doit se poursuivre inlassablement jusqu'à ce que le dernier État qui pratiquerait encore la peine capitale y ait renoncé. Pure utopie ! s'exclameront les sceptiques et les résignés, avec leurs bourreaux. Qu'importe, si l'utopie est porteuse de progrès et d'espérance. À cet égard, le quart de siècle écoulé est chargé de promesses. Il témoigne de l'irrésistible progression de l'abolition de par le monde. En 1981, la France était le trente-sixième État à abolir la peine de mort. En 2005, sur les cent quatre-vingt-dix-neuf États que compte l'ONU, cent quatorze sont abolitionnistes[1]. L'abolition est devenue majoritaire sur cette planète. Elle règne sur le continent européen, sauf en Biélorussie, le dernier État stalinien. Sur le continent américain, du nord au sud, l'abolition est la règle commune, à l'exception de quelques États, dont les États-Unis et Cuba. En Afrique, en Asie, les progrès de l'abolition sont constants. Ils

---

1. Cf. annexe 1, pp. 309-311.

s'inscrivent aussi dans les conventions internationales. Depuis un quart de siècle, protocoles, traités, déclarations se succèdent, qui préfigurent l'abolition universelle de la peine de mort[1]. Parmi ces conventions, les plus effectives ont été adoptées au sein du Conseil de l'Europe. Elles interdisent aux États membres de recourir à la peine de mort, fût-ce en temps de guerre.

Plus remarquables encore sont les dispositions du traité de Rome de 1998 créant la Cour pénale internationale. Cette juridiction doit juger les auteurs des pires forfaits : génocides, déportations, viols collectifs, tous les crimes contre l'humanité qui ravagent notre monde. À l'encontre de ces criminels, le traité de Rome, signé par cent vingt États et ratifié à ce jour par quatre-vingt-trois d'entre eux, a prévu comme peine ultime la détention à perpétuité. Le refus de la peine de mort dans de tels cas est une grande victoire morale remportée par la cause de l'abolition. L'humanité interdit ainsi de livrer au bourreau même les bourreaux de l'humanité.

Les textes ici rassemblés font écho à ces progrès. Ils disent le refus de la mort, ils marquent les avancées de la bonne cause, mais aussi les difficultés et les retards. Ils soulignent le lien constant entre démocratie, respect des droits de l'homme et abolition. Ils témoignent enfin de l'importance de la scène américaine dans la lutte pour l'abolition. Car, paradoxalement, c'est aux États-Unis, première grande démocratie des temps modernes, aujourd'hui première puissance du monde et modèle culturel dominant, que se joue la bataille décisive pour l'abolition universelle.

---

1. Cf. annexe 2, p. 312.

Non que les États-Unis soient les premiers sur la liste rouge des pays où sévit encore la peine de mort. Les Chinois exécutent des milliers de condamnés chaque année. Au-delà des exécutions publiques mises en scène dans les stades, renouant avec la tradition des fêtes macabres du supplice, combien de liquidations secrètes dans les prisons ? Nul ne le sait avec précision. La Chine souvent revendique son droit à une conception spécifique des droits de l'homme. Mais aucun État ne peut prétendre respecter les droits de l'homme quand il procède à des exécutions de masse ou clandestines. Le moment est proche où la démocratie fleurira en Chine et la liberté politique triomphera. Alors la peine de mort, inutile et barbare, disparaîtra de l'immense empire chinois.

À l'université de Pékin où je donnai en 2004 une conférence sur l'abolition universelle, l'accueil des professeurs et des étudiants fut plus que favorable : chaleureux. Le président de la Cour suprême, avec lequel je m'entretenais, me confia que l'abolition s'imposerait un jour en Chine ; mais les esprits n'étaient pas encore mûrs pour cette révolution-là. Air connu, pensai-je en l'écoutant. Déjà des signes avant-coureurs, messagers des progrès de la bonne cause, se manifestent en Chine. La procédure offre de nouvelles garanties. La Cour suprême a seule compétence pour contrôler la légalité des condamnations à mort. Le moment s'avère propice pour lancer une vaste campagne demandant un moratoire sur toute exécution à l'occasion des Jeux olympiques de Pékin, en 2008. Que les stades chinois ne soient plus voués qu'au sport, qu'en soit proscrit le claquement des coups de revolver dans la nuque du supplicié, et les Jeux olympiques auront servi la cause de l'humanité ! Dans la charte olympique est inscrit le principe du respect des droits de l'homme dans les Jeux. Que la Chine, grande puissance sportive, s'en souvienne à l'heure où le monde entier aura les yeux fixés sur elle. La flamme olympique est aussi symbole de vie.

Suivant l'exemple chinois, le Vietnam s'adonne à une pratique intense de la peine de mort. Les autorités entendent ainsi marquer leur volonté d'éradiquer le trafic de stupéfiants qui infecte le pays. Affichage politique et non remède effectif, la campagne d'exécutions publiques discrédite le Vietnam sans réduire le trafic de drogue dont les ressources alimentent les réseaux mafieux. La perspective d'une très longue peine de réclusion criminelle dans les prisons vietnamiennes suffirait à assurer la répression et la dissuasion recherchées, si l'efficacité des enquêtes et des poursuites judiciaires était assurée.

La question posée aux abolitionnistes par les États islamistes est d'un tout autre ordre. L'Iran est, après la Chine, le plus grand producteur d'exécutions capitales. L'Arabie Saoudite et les Émirats arabes se réclament eux aussi de la charia pour fonder leur pratique sinistre [1] : pendaison, décapitation, lapidation, les supplices sont divers mais l'inspiration est constante. Il s'agit, par la mort, de faire respecter la loi divine. Ainsi l'amour de Dieu s'exprimerait dans l'horreur des supplices.

La contradiction paraît si flagrante que j'ai interrogé à ce sujet des autorités religieuses de l'Islam. Leur réponse ne fut pas différente de celle des prêtres d'autres religions révélées. Dieu, qui est amour, ne doit

---

1. Durant l'année 2005, l'Iran a exécuté au moins 94 personnes, l'Arabie Saoudite au moins 86.

pas être invoqué par l'homme pour mettre à mort d'autres hommes. L'avenir de l'humanité s'inscrit dans le respect de la vie – qui est sacrée. Celui qui prend la vie d'autrui commet le pire des sacrilèges. Comment pratiquer le sacrilège au nom de Dieu ? Ainsi, argument théologique et moral, argument philosophique ou politique se rejoignent dans un même refus de la peine de mort. Pour les croyants, parce que la vie procède de Dieu et que Lui seul en est maître. Pour les autres, pour les laïcs, parce que toute société de liberté est fondée sur les droits intangibles de la personne humaine, et que le premier de ces droits est le droit à la vie, dont le respect s'impose à l'État.

Ce qui nous ramène aux États-Unis, vieille et grande république où s'exerce encore la peine de mort. En 1972, sa pratique était presque tombée en désuétude. La Cour suprême déclara contraire à la Constitution la peine de mort parce qu'elle constituait un châtiment inutile et dégradant dans les conditions où elle était prononcée et exécutée. On pouvait croire la cause entendue, et l'abolition acquise. Il n'en fut rien. La hausse de la criminalité, le culte de la loi et de l'ordre, entraînèrent des changements législatifs et l'instauration de nouvelles techniques d'exécution, notamment le recours à des injections de poison. Et la Cour suprême modifia sa jurisprudence.

Condamnations et exécutions reprirent à partir de 1977, essentiellement dans les États du sud des États-Unis, notamment le Texas, la Virginie, la Floride. Le flux mortel culmina en 2001 : cent douze condamnations furent prononcées, et soixante-six exécutions eurent lieu. Le Texas, dont le gouverneur titulaire au droit de grâce était George W. Bush, s'inscrivit au premier rang de ce funèbre palmarès. Les États-Unis devenaient la référence politique de tous les partisans de la peine de mort dans le monde. Comment convaincre les États asiatiques ou africains, même démocratiques, tels le Japon, d'abolir la peine de mort alors que les États-Unis s'y adonnent avec zèle ?

Pourtant, les États-Unis sont voués comme toutes les démocraties à l'abolition. Et ce, plus tôt qu'on ne le pense communément. Rappelons d'abord qu'il n'y a pas de consensus aux États-Unis sur la peine de mort : douze États sur cinquante demeurent abolitionnistes. Surtout, la conscience se fait progressivement jour que le recours à la peine de mort altère la justice américaine, sans protéger les Américains contre le crime. Dans la pratique judiciaire, ce recours met en lumière toutes les injustices et les poisons d'une société : l'inégalité sociale, car ce sont les plus défavorisés et les plus marginaux qui peuplent les quartiers de la mort dans les prisons américaines ; l'inégalité financière, car dans le système judiciaire américain seuls les riches ou les mafieux ont les moyens de s'assurer les services d'avocats spécialisés appuyés sur des équipes d'enquêteurs et d'experts compétents, face à un puissant ministère public disposant d'une police efficace ; inégalité raciale car, dans ces affaires terribles où l'horreur du crime soulève dans le public et chez certains jurés une pulsion de haine et de vengeance, le racisme refoulé dans le cours ordinaire de la vie trouve l'occasion de se libérer. Ce n'est pas l'effet d'un hasard si, dans les quartiers de la mort, le nombre de Noirs ou de Latinos se révèle très supérieur à leur proportion dans la population américaine. En examinant tous les dossiers de condamnés exécutés en France au cours du XXᵉ siècle, j'avais fait le même constat pour les Maghrébins et les Noirs. Le racisme n'épargne pas la justice. Il la déshonore. La peine de mort est toujours, même quand juges et jurés s'en défendent, un vecteur inavoué du racisme ordinaire.

Enfin, liée à tous ces facteurs, l'erreur judiciaire, cette négation absolue de toute justice, ronge le système judiciaire américain : tantôt l'innocence du condamné à mort éclate, à la suite de témoignages nouveaux ou d'analyses scientifiques faites après le verdict de condamnation ; tantôt le procès se révèle après coup entaché de vices profonds : aveux extorqués, preuves de l'accusation fabriquées, indices ou témoins favorables à l'accusé écartés, droits de la défense violés. D'où la proportion stupéfiante de condamnations à mort qui n'auraient jamais dû être prononcées si l'on avait respecté les exigences du procès équitable[1].

Heureusement, dans les milieux judiciaires, la conscience se renforce que pareils errements trahissent l'idéal de justice dont les États-Unis se sont toujours réclamés. Les juridictions fédérales et les cours suprêmes des États examinent avec une attention croissante les condamnations à mort prononcées par les juridictions de première instance. La Cour suprême des États-Unis a, depuis quelques années, progressivement réduit le domaine de la peine de mort. Elle a aussi

---

1. Selon une enquête exhaustive conduite par l'Université de Columbia, sur les 5 697 condamnations capitales prononcées en première instance entre 1977 et 1995, les deux tiers avaient été acquises au terme d'un procès irrégulier.

interdit ce qui constituait un scandale judiciaire, une honte pour la nation américaine au regard des conventions et des pratiques internationales : l'application de la peine de mort aux déments et aux débiles mentaux [1], ainsi qu'aux condamnés mineurs lors de l'accomplissement du crime [2]. Les garanties procédurales ont été renforcées au profit de l'accusé. Désormais, les jurés, et non plus le juge qui dirige les débats, ont compétence pour prononcer la peine de mort après avoir rendu un premier verdict de culpabilité. La défense des accusés sans ressources est mieux assurée par des avocats commis d'office, rompus aux subtilités de la procédure pénale américaine.

La rigueur juridique de la Cour suprême a pour finalité actuelle sinon d'abolir la peine de mort, au moins d'en réduire le champ d'application et de faire prendre conscience au corps judiciaire et au public américain des risques d'injustice irréversible qu'elle emporte. Ce péril, la mort de l'innocent exécuté, n'est pas un spectre terrifiant évoqué par les abolitionnistes pour les besoins de leur cause. Aux États-Unis, le nombre de condamnés à mort reconnus innocents après des décennies de procédures, et parfois *in extremis*, est saisissant : cent vingt-deux depuis 1973 ! Encore ne s'agit-il là que de condamnés sauvés avant leur exécution. Combien ont été exécutés, dont l'innocence pourrait être établie, notamment en recourant à l'ADN, si les juridictions américaines acceptaient de rouvrir leur procès !

Le responsable ultime de l'exécution d'innocents est, dans chaque État, le gouverneur, titulaire du droit

---

1. Arrêt Atkins/Virginie, 20 juin 2002.
2. Arrêt Roper/Simmons, 1er mars 2005.

de grâce. Qu'il la refuse, et le condamné sera exécuté. En janvier 2003, le gouverneur de l'Illinois, George Ryan, après avoir fait libérer quatre condamnés à mort dont l'innocence avait été établie, décida une mesure de grâce collective sans précédent : cent soixante-sept condamnations à mort furent commuées en peines de prison à vie. Un moratoire sur toute exécution fut décidé, mettant un terme *de facto* à la pratique de la peine de mort dans un État pourtant sujet à une importante criminalité. D'autres moratoires sont intervenus dans d'autres États, notamment en Caroline du Nord et dans le New Jersey (2006). De ces mesures, le résultat s'inscrit dans la décrue des condamnations à mort et des exécutions [1]. Chaque verdict qui refuse la peine de mort, comme dans le cas du Français Zacarias Moussaoui, est un succès pour la cause de l'abolition. Et chaque grâce est une victoire de la vie.

Mais ces progrès, pour heureux qu'ils soient, ne trouveront leur pleine signification que par l'abolition de la peine de mort sur tout le territoire des États-Unis. La justice américaine, complexe, précautionneuse, se veut une culture de l'État de droit. Les Américains s'enorgueillissent de leur justice en lui attribuant une dimension morale particulière. Ils ne pourront donc longtemps encore s'accommoder de cette loterie sanglante qui s'appelle la peine de mort. Viendra le jour où, face au martyre judiciaire d'un innocent exécuté, l'opinion publique américaine réclamera l'abolition. Celle-ci interviendra non seulement dans l'État de la condamnation, mais, par un effet d'entraînement, dans

---

1. En 1999, 276 condamnations à mort, 98 exécutions. En 2004, 125 condamnations, 59 exécutions.

les autres États et dans l'État fédéral. À moins que, face au désastre judiciaire ou par une conscience renforcée des exigences d'une justice qui refuse l'inégalité, le racisme et l'irréversibilité de l'erreur judiciaire, la Cour suprême proclame la peine de mort inconstitutionnelle en la stigmatisant comme inhumaine, cruelle et dégradante. Peut-être faudra-t-il, à l'exemple du Royaume-Uni ou du Canada, procéder par étapes et interdire pendant une période probatoire toute condamnation à mort. À l'issue de cette période, comme partout, on constatera qu'il n'est résulté de l'abolition aucun accroissement de la criminalité sanglante. Et l'on abolira la peine de mort pour l'honneur des États-Unis.

Reste la question du terrorisme. Depuis les terribles attentats du 11 septembre 2001, sa menace hante les États-Unis. Le terrorisme a durement frappé l'Espagne, le Royaume-Uni. Il sévit au Proche-Orient, en Asie Mineure, dans le sous-continent indien, en Afrique, partout où sévit le fanatisme religieux ou nationaliste. Le terrorisme international organisé est aujourd'hui une des principales menaces contre la paix du monde. Dans de très nombreux États, des législations d'exception ont été adoptées, parfois au mépris des libertés fondamentales.

S'agissant de la peine de mort, l'expérience prouve que, loin de prévenir ou de réduire le terrorisme, elle ne fait que l'aggraver. Comment croire que la menace de la mort fera reculer le terroriste qui jette l'avion détourné contre des bâtiments ou qui actionne des explosifs qui le déchiquetteront avec ses victimes ? Comment ne pas mesurer que, pour lui, le tribunal sera toujours une tribune ? Aux yeux des partisans, la peine de mort transforme le terroriste exécuté en héros qui aura sacrifié sa vie à la cause qu'il soutient. Combien de jeunes gens, transportés par son exemple, rallieront, au lendemain de l'exécution, les organisations dont se réclamait le terroriste ? Moralement, enfin, les démocraties, en recourant à la peine capitale contre les terroristes, font leur la violence mortelle qui les emporte. Il est significatif que de grands États démocratiques, comme le Royaume-Uni face à l'IRA, l'Espagne face à l'ETA, n'aient jamais voulu rétablir la peine de mort. Face au terrorisme, l'abolition donne à la démocratie une dimension éthique essentielle dans un tel combat. Le terroriste tue au nom de son idéologie des victimes innocentes. La démocratie défend la liberté et reconnaît toute vie comme sacrée. Dans ce combat s'inscrit un conflit de valeurs dont la démocratie, à terme, est toujours triomphante, pour autant qu'elle maintient haut et ferme les principes qui la fondent.

Les jurés américains qui ont refusé de condamner à mort Moussaoui, qui revendiquait son appartenance à Al-Qaïda et souhaitait que de nouveaux attentats ensanglantent le territoire américain, ces jurés-là ont mieux servi la cause des États-Unis que le président Bush et ses conseillers. Face au crime et à l'outrage, la justice d'une démocratie doit refuser la vengeance et la mort. Elle doit affirmer en un même mouvement sa force et ses valeurs. Elle met le terroriste hors d'état de nuire et respecte sa vie. Elle punit et ne tue pas. En se refusant à lui donner la mort, le juge affirme cette humanité que le terroriste dénie par son attentat. « Ô mort, où est ta victoire ? » énonce, à l'instar du

psalmiste, le juge qui condamne l'assassin et épargne
sa vie.

À ce moment de mon existence déjà longue, me
retournant vers ce qui fut un combat passionné, je
mesure le chemin parcouru vers l'abolition universelle.
Mais, tant qu'on fusillera, qu'on empoisonnera, qu'on
décapitera, qu'on lapidera, qu'on pendra, qu'on sup-
pliciera dans ce monde, il n'y aura pas de répit pour
tous ceux qui croient que la vie est, pour l'humanité
tout entière, la valeur suprême, et qu'il ne peut y avoir
de justice qui tue. Le jour viendra où il n'y aura plus,
sur la surface de cette terre, de condamné mis à mort
au nom de la justice. Je ne verrai pas ce jour-là. Mais
ma conviction est absolue : la peine de mort est vouée
à disparaître de ce monde plus tôt que les sceptiques,
les nostalgiques ou les amateurs de supplices le pensent. Le moment est proche où la peine de mort rejoin-
dra la torture dans l'arsenal passé des sociétés barbares.
On regardera avec la même horreur, la même stupéfaction, la guillotine et les brodequins, la potence et le
chevalet, le poteau des fusillés et les chaînes rivées au
mur des cellules.

Oui, malgré les crimes, les génocides, les déportations, l'humanité avance. La face sombre de l'espèce
humaine, nous en connaissons les traits, nous les
retrouvons dissimulés sous tous les masques du natio-
nalisme, du tribalisme, du fanatisme. Et aussi, nous la
découvrons chez les êtres humains qu'emporte la violence mortelle, la pulsion de mort qui fait exploser les
barrières de la conscience, du respect de l'autre, de son
corps, de sa vie. Nous la connaissons bien, cette longue

traînée sanglante inscrite dans l'histoire tragique de l'humanité. Aussi refusons-nous que, sous couleur de justice, la mort soit notre loi et gouverne la cité. Nous ne voulons connaître de la justice que le visage serein de Minerve.

« Vive la vie ! », s'écrie l'homme de paix en réponse au « Vive la mort ! » du fasciste. « Que vive la vie ! » C'est tout le sens de l'abolition de la peine de mort, cette ultime victoire de l'homme sur lui-même.

R. B.

Seules les sociétés malades
maintiennent la peine capitale

*Cet article de janvier 1970 est le premier que
j'ai publié contre la peine de mort. Le président Pompidou avait été élu quelques mois
plus tôt. J'étais convaincu que le temps de
l'abolition était arrivé...*

Si les Français étaient aussi sensibles à la littérature
qu'on le dit volontiers, il y a longtemps que la peine
de mort aurait été abolie en France. N'est-ce pas de
France que, de Victor Hugo à Camus, les plus beaux
plaidoyers contre le châtiment capital se sont élevés,
toujours en vain ? Et si les Français étaient aussi sensibles à la raison qu'ils l'affirment volontiers, il est
bien évident qu'ils auraient déjà supprimé la peine de
mort. Car dans le grand débat, les faits ont tranché.
L'expérience des pays abolitionnistes prouve qu'après
la suppression de la peine de mort la criminalité n'augmente pas, mais tend plutôt à fléchir[1]. De même la

---

1. Ainsi en a-t-il été notamment depuis la guerre en Autriche,
Finlande et République fédérale allemande où après l'abolition, en
1949, le nombre des meurtres est tombé de 521 en 1948 à 301 en
1950, 355 en 1960, soit une diminution considérable.

réalité a démenti la crainte souvent exprimée de voir des criminels de sang, les seuls auxquels en fait la peine de mort est appliquée, commettre après leur éventuelle libération de nouveaux meurtres[1]. La preuve est faite. L'utilité répressive de la peine de mort est pratiquement nulle. Et cependant elle demeure.

Une singulière situation

Il est vrai qu'en France, à l'heure actuelle, la peine de mort s'affirme plus symbolique qu'effective : en 1966, une exécution ; en 1967, une exécution ; aucune en 1968 ; une seule en 1969. Mais cette désuétude est pétrie de contradictions. Car ou bien on croit encore aux vertus d'exemplarité et d'intimidation de la peine de mort – et ces vertus ne peuvent s'exercer que par un usage encore effectif comme au XIXe siècle –, ou bien l'on admet avec la criminologie moderne que la peine de mort comme moyen de lutte contre la criminalité sanglante est sans aucune efficacité. Alors pourquoi la conserver ?

L'état des choses est ainsi en France le plus singulier : d'un côté, l'inutilité de la peine de mort est établie et, en fait, son application tend à disparaître. Mais en même temps, le législateur français ne se résout pas à l'abolir. Bien mieux, à mesure que se réduisait en France le nombre des exécutions, le législateur ajoutait

---

1. Ainsi en Suisse, Belgique, Danemark, Pays-Bas, Allemagne fédérale, Suède. Il est sans exemple ou presque que des meurtriers, condamnés à la réclusion criminelle à vie et libérés en cours de peine, aient commis de nouveaux crimes de sang.

de nouveaux cas de peine capitale à une liste pourtant déjà exceptionnellement longue. Crimes contre le ravitaillement, enlèvement d'enfant suivi de mort, banditisme, infanticide commis par d'autres que les parents, incendie volontaire ayant provoqué la mort ou une infirmité permanente constituent autant de crimes que le législateur a voulu, depuis la guerre, marquer du sceau noir de la peine capitale. Alors qu'on savait, au moment même du vote de la loi, que pour ces seules causes elle ne serait très probablement jamais prononcée et en tout cas pas exécutée.

La contradiction est donc patente : d'une part, la peine de mort se maintient et même s'étend dans les textes. D'autre part, elle s'amenuise au point de n'être plus qu'un accident dans la réalité répressive. Mais ce paradoxe est aussi révélateur. N'est-ce point que la peine de mort, devenue symbolique, assume dans notre société une autre fonction, plus secrète, inavouée même, que son rôle affirmé de lutte contre la criminalité sanglante, dont il est acquis qu'elle ne le remplit pas ?

Au regard de cette question fondamentale : « Pourquoi une société comme la nôtre conserve-t-elle encore la peine de mort ? », l'analyse de la carte et de l'histoire de l'abolition de la peine de mort, dans les divers pays d'Europe, est révélatrice.

Avant la guerre, à l'exception du Portugal, qui sous l'empire d'un courant humanitaire d'inspiration française soulevant ses élites avait, en 1867, le premier, aboli la peine de mort, seuls les pays du nord de l'Europe avaient, en fait ou en droit, supprimé la peine de mort. En premier lieu, les pays de l'actuel Benelux, puis les pays scandinaves (sauf la Finlande). S'y était ajoutée, en 1937, la Suisse. Tous ces pays, hormis le Portugal, jouissent de régimes démocratiques fortement enracinés, généralement de monarchie parlementaire. Aucune tension grave, sociale ou raciale n'y régnait. S'estimant protégés par leur neutralité proclamée, ils ne ressentaient que faiblement les tensions internationales.

Immédiatement après la guerre, d'autres pays rejoignirent le camp des abolitionnistes : l'Italie, l'Autriche, la Finlande, l'Allemagne fédérale. Ces pays émergeaient de la défaite et, hormis la Finlande, d'un régime totalitaire. La renaissance des institutions démocratiques, en même temps que la liquidation par la défaite des tensions internationales extrêmes qu'ils avaient subies, coïncidant ainsi avec l'abolition. La Grande-Bretagne enfin, par l'Homicide Act de 1957, a réduit considérablement la liste des crimes capitaux avant de supprimer complètement la peine capitale en 1965, et de l'abolir définitivement en 1969.

Une protection illusoire

Ainsi, en Europe, seuls ont aboli la peine de mort les pays qui ne connaissent pas de tensions violentes au sein de la société. Dans aucun de ces pays, lors de l'abolition ou ultérieurement, ne sévissent à l'état endémique de crises politiques, religieuses ou raciales graves. Tous jouissent en outre d'institutions démocratiques qui fonctionnent régulièrement.

Il apparaît ainsi qu'à mesure qu'une société atteint un certain équilibre ou échappe aux tensions extrêmes la conscience collective tend à se libérer du mythe de l'utilité de la peine de mort. En revanche, que la tension

monte, que la société soit secouée par une crise violente et la peine de mort, même en droit commun,
apparaît de nouveau souhaitable. Ainsi, l'Espagne,
après avoir aboli le châtiment capital en 1932, l'a rétabli en 1934, et l'a maintenu depuis, seul pays d'Europe
occidentale, avec la France, à pratiquer la peine de
mort.

Aussi révélatrice est l'analyse comparative de la
législation des divers États des États-Unis au regard
de la peine de mort. Sept États seulement l'ont abolie.
Mis à part l'Alaska et Hawaii, à la situation géographique et ethnique très particulière, les cinq États abolitionnistes : Maine, Minnesota, Wisconsin, Delaware,
New York, sont des États du nord des États-Unis à
l'abri des tensions violentes, raciales ou économiques
qui règnent au sud ou à l'ouest des États-Unis, notamment en Californie. L'État de New York lui-même, à
la différence de la ville de New York qui s'y trouve,
vieil État de la Nouvelle-Angleterre, demeure un État
relativement homogène, longtemps à l'abri des plus
graves affrontements sociaux ou surtout raciaux. Ainsi,
au sein d'une même civilisation, comme en Europe
occidentale, la suppression de la peine de mort correspond à une relative harmonie sociale ou du moins à
un certain apaisement des tensions au sein de l'État
abolitionniste.

Que l'on considère à présent l'histoire de la France.
Depuis la chute de l'Ancien Régime, les crises s'y
succèdent. C'est en France que se sont élevées au long
du XIXe siècle les plus fermes et hautes protestations
contre la peine de mort. Toutes les tentatives parlementaires pour l'abolition ont cependant échoué. Vai-

nement, en 1906, pour en finir avec l'application de la peine capitale, la commission du budget de la Chambre des députés supprima le crédit de trente-sept mille francs affecté au traitement du bourreau et aux frais d'exécution. Depuis lors, les tensions et les crises n'ont jamais cessé d'ébranler la société française.

Ainsi se vérifie dans notre histoire cette corrélation entre l'existence des tensions au sein d'une société et le maintien, voire le rétablissement de la peine de mort, au-delà même du domaine politique, à l'égard des criminels de droit commun.

On voit dès lors apparaître la signification véritable de la peine de mort dans une société moderne. Elle n'est pas un instrument efficace de lutte contre la criminalité sanglante. Cette fonction de défense sociale, la peine de mort est impuissante à l'assumer. Mais au sein d'une société secouée de conflits internes, la peine de mort exprime à la fois l'agressivité et la crainte, toujours indissolublement liées, qui imprègnent l'inconscient collectif.

L'individu, dans ces sociétés et dans ces moments, se sent toujours obscurément menacé. L'existence de la peine capitale, par son horreur, le rassure un peu, car il la ressent terrifiante pour les autres, donc protectrice pour lui. En même temps, l'écho roulant de siècle en siècle de l'élémentaire talion résonne encore sourdement en lui. Protection illusoire, comme le chant de l'enfant qui a peur dans la nuit. Mais à terreur irraisonnée, remède déraisonnable. La peine de mort relève ainsi dans nos sociétés modernes plutôt de la névrose collective et de la psychanalyse que de la politique répressive ou de la criminologie. Il est grand temps, en tout cas, pour un pays doté d'une grande et longue histoire de prendre enfin conscience que le maintien de la peine de mort n'est rien d'autre que le signe d'une société qui n'arrive pas à maturité ni à refuser l'inutile, odieux et millénaire sacrifice humain.

Le Figaro littéraire,
19-25 janvier 1970

La loi du talion

Cet article fut écrit en septembre 1971 alors que venait d'être commise à la centrale de Clairvaux la prise d'otages d'une infirmière et d'un surveillant par Claude Buffet et Roger Bontems. Les deux victimes furent égorgées lors de l'assaut donné par les forces de l'ordre. L'indignation fut immense dans le public. Lorsque je rédigeais cet article, j'ignorais que je serais amené huit mois plus tard à défendre, au côté de Philippe Lemaire, Roger Bontems aux assises de Troyes. Nous démontrâmes – et le jury l'admit – que Bontems n'avait pas égorgé les otages. Il n'en fut pas moins condamné à mort comme complice de Claude Buffet.

Il est normal que les parents, les proches des malheureuses victimes de la tragédie de Clairvaux en appellent au talion. Tout être qui perd l'un des siens par le fait criminel d'un autre sent monter en lui, même s'il ne le formule pas, le désir que cet autre périsse à son tour. Rien de plus humain.

Mais ce qui est réaction légitime chez les époux, les parents, les amis chers des victimes, cesse de l'être pour tout autre. Et cependant, sans s'interroger plus avant sur les causes et les circonstances de ce drame, la plupart d'entre nous concluons que de tels crimes n'appellent en retour que la mort de leurs auteurs. Le regret est même exprimé que Buffet et Bontems n'aient pas été condamnés et exécutés pour leurs forfaits antérieurs. En associant ainsi absurdement les juges d'hier à la responsabilité de ces crimes, on invite les juges de demain à se montrer impitoyables. De toute part s'élève le vieux *votum mortis*, le souhait de mort.

Au-delà de l'émotion ressentie, de la pitié éprouvée pour les victimes, comment ne pas mesurer ce qu'une telle réaction collective signifie ? Ce n'est pas, en effet, d'efficacité répressive ou de défense sociale qu'il s'agit. Que l'on guillotine Bontems et Buffet au terme d'une procédure que l'on promet de mener avec une promptitude particulière, comme s'il s'agissait de jeter au plus vite leurs têtes à la foule, ce châtiment n'interdira pas le renouvellement de tels crimes.

Car, au long de ces heures terribles, la pensée de la peine capitale a dû hanter Buffet et Bontems. Elle ne les a pas pour autant retenus. Ces desperados savaient bien qu'ils jouaient leur vie dans cette entreprise, si elle s'achevait dans le sang des otages. Ils l'ont pourtant menée à son effroyable terme.

Pourquoi en irait-il autrement, demain, pour d'autres forcenés ? Ce n'est pas la perspective du châtiment fatal qui les retiendra en ces instants de délire où ils croient échanger leur condition soumise contre une condition révoltée. Un moment, par le fait qu'ils pèsent du poids de leur dessein aberrant sur d'autres hommes, ils ont comme retrouvé une sorte de liberté. La certitude de la peine de mort ne peut qu'ajouter à ces heures de démence une tension, un emportement tragique de plus. Il n'est pas sûr, même, que la fascination du diptyque : la liberté ou la mort (la sienne et celle des autres aussi que l'on entraîne avec soi), n'appelle, plutôt qu'elle ne les refoule, ces explosions où les vies se jouent et se perdent.

Si c'était la rigueur du châtiment qui prévenait le crime, ce ne serait d'ailleurs pas à la peine de mort qu'il faudrait recourir. La perspective pour le meurtrier de se retrouver après condamnation, sa vie durant, dans une prison où il aurait tué, soumis à l'autorité de gardiens dont il aurait abattu le compagnon, ne serait-elle pas plus effrayante que la certitude de perdre en un instant une vie vouée à une telle condition ?

Mais la question ainsi posée n'appelle pas de réponse. L'effroi qu'inspire le châtiment, la peur de la mort ne peuvent interdire de tels crimes. L'exemple de Clairvaux le prouve dramatiquement. Buffet et Bontems ont commis leurs forfaits, sachant bien qu'ils risquaient, plus qu'en aucune autre circonstance, d'y laisser leurs têtes. L'existence de la peine de mort est donc inopérante à titre préventif dans ce cas extrême comme dans tous les autres.

Pourquoi en sont-ils arrivés là ? Nous savons maintenant qu'un des otages était mort avant l'assaut, et que l'autre fut tué, dans un paroxysme meurtrier, alors que tout était joué, comme si précisément ces hommes perdus voulaient se perdre irrémédiablement. L'inutilité évidente de ces crimes les rend plus odieux encore, mais aussi plus révélateurs. Les meurtriers n'éprouvèrent à l'encontre de leurs victimes aucune inimitié, aucune haine personnelle, aucun de ces sentiments qui donnent au crime, sinon une justification, du moins une sorte d'explication passionnelle. Ces crimes furieux apparaissent gratuits et presque commis de sang-froid. Leur caractère insensé est aussi évident que leur horreur même.

Seraient-ce donc des monstres, des bêtes dangereuses qu'il faudrait abattre ? Et si précisément c'était vrai, qu'il s'agisse en effet de monstres, de bêtes dangereuses, faudrait-il pour autant les abattre ? L'essentiel est là. Et c'est à sa réponse que l'on juge une société. Si ce sont des monstres, pourquoi en attendre des sentiments humains ? Ce n'est pas de pitié qu'il s'agit. Ces hommes, tels qu'ils se sont révélés, sont une forme du malheur. On ne se protège pas du malheur en mettant à mort ceux qui en sont les instruments. Et si notre époque hurle encore à la mort contre de tels hommes, alors au-dessus des siècles est renoué le fil des temps où le dément, le monstre, était traité comme le criminel, et le fou mis hors de la cité, parce qu'il faisait horreur et peur.

Et si ces hommes sont des monstres, alors au nom de quelle justice, faite pour les hommes et non pour les monstres, nous arrogerions-nous le droit de pratiquer cette euthanasie judiciaire que l'on réclame à grands cris ? Et selon quel critère l'anti-homme sera-t-il défini, traqué, abattu, dans une société qui se prétendrait en état de légitime défense, alors qu'elle ne ferait qu'accepter ou consommer une de ses pires défaites ?

Quel est, en effet, le sens de ces cris de mort, de cette réaction immédiate et élémentaire au sang versé qui n'appelle, en retour, qu'à verser le sang ? Cet emportement collectif vers une violence projetée qui fait écho à la violence commise, qu'exprime-t-il sinon un refus, que trahit-il sinon une angoisse ? Refus de se pencher sur les profondeurs abyssales de l'homme parce qu'elles nous font peur. Angoisse de retrouver en elles, déformée, grimaçante, comme la projection insupportable de ce qui gronde au fond de nous, de l'homme fauve. Il suffit ainsi du geste atroce d'hommes dont on dirait que nous craignons de savoir qui ils sont et ce qui les a conduits là pour que frémisse la vieille bête jamais lasse, le dieu jaloux et sanguinaire qui sommeille en chaque être et s'arroge le droit de disposer de la vie des autres.

La tragédie de Clairvaux a bien de quoi faire horreur – par ce qu'elle a entraîné de morts et de douleurs et par tout ce qu'elle révèle aussi sur nous-mêmes.

Le Monde,
29 septembre 1971

L'alibi

*Le 24 novembre 1972, après que le président
Pompidou eut refusé de gracier Claude Buffet
et Roger Bontems, tous deux furent guillotinés
à la maison d'arrêt de la Santé. C'était la
première exécution capitale depuis l'élection
du président Pompidou, en 1969.*

Ainsi la liste des exécutions capitales qu'on avait
un moment pu croire achevée n'est pas close. Ainsi
est renouée l'alliance séculaire de la France et de la
guillotine. Et les Français, à en croire des sondages
honteux pour ceux qui ont choisi de les publier alors
que le sort de deux hommes était en balance, les
Français en seraient en majorité satisfaits. Comment
ne pas s'interroger, au-delà du débat reconduit entre
partisans et adversaires de la peine de mort : pourquoi
les Français lui sont-ils si attachés ?

Voici un grand pays, le nôtre, qui, seul de la communauté religieuse, culturelle, politique à laquelle il
appartient, conserve la peine de mort. Tous les proches
compagnons de notre longue histoire s'en sont progressivement libérés. Obstinément, les Français lui
demeurent fidèles. Quelle fonction ou quelle angoisse
secrète satisfait donc chez tant de nos concitoyens la

peine de mort ? Quelle est donc la vérité enfouie que révèle ce signe tragique qu'il faut enfin décrypter ?

Ce n'est pas que la France connaisse une fièvre de criminalité sanglante plus forte que celle des autres pays d'Europe occidentale. Le crime n'y sévit pas plus qu'en Allemagne, en Grande-Bretagne ou en Belgique, tous abolitionnistes.

Ce n'est pas que la Justice française soit gouvernée par une passion répressive particulière. Elle n'est pas, sans doute, la plus nourrie d'indulgence ou la plus préoccupée de comprendre les criminels. Mais elle est loin d'être la plus rigoureuse ou la plus inhumaine.

Ce n'est pas que les Français soient emportés par une sorte de passion de sang. Sans doute la peine de mort joue en France le rôle libérateur d'un psycho-drame collectif où se défoulent l'agressivité et la violence morbide que chacun porte en soi. Mais la tension n'est pas moindre dans les pays voisins, dont les mœurs et les angoisses séculaires ne sont pas différentes des nôtres. Alors ?

C'est parce que la peine de mort est un alibi commode pour les bonnes consciences qu'elle subsiste. C'est parce que le débat sur la peine de mort permet d'escamoter d'autres débats, plus pressants encore, qu'il se poursuit, interminablement, comme une sorte de diversion tragique à des questions fondamentales que l'on ne veut pas se poser.

La première est celle de la valeur accordée à la personne humaine dans une société. Les passionnés de la peine de mort en reviennent toujours à l'apostrophe célèbre : « Que messieurs les assassins commencent... » Ils ne commenceront jamais, précisément parce qu'ils

sont des assassins. Mais si une société proclame que la
vie humaine a valeur d'absolu, elle ne peut plus prendre,
même légalement, la vie de quiconque. Si la vie
humaine est sacrée, elle le demeure même en la personne du sacrilège, de l'assassin. Quand un pays, donc,
se refuse à abolir la peine de mort, il se refuse en même
temps à considérer le droit à la vie comme absolu,
comme sacré. Tel est le cas en France, à l'heure actuelle.

Cette terrible condamnation commande un rappel,
qui vient la conforter. La France est aussi le seul pays
démocratique d'Europe occidentale qui se soit dérobé
à signer la Convention européenne des droits de
l'homme, dont la première affirmation est le respect
absolu dû à la personne humaine. Ces deux signes :
maintien de la peine de mort, refus de condamner la
torture, se conjuguent ainsi dans une secrète accepta-
tion que la violence, même mortelle, même légalisée,
n'est pas inutile au gouvernement des sociétés.

Que signifient, en définitive, l'abolition de la peine
de mort et le refus de la torture, sinon que l'individu,
même le plus coupable, a encore le droit de voir respecter par la société sa personne et sa vie ? Par là seulement se trouve consacrée la primauté de l'individu sur
l'État. Maintenir, au contraire, la peine de mort, se résigner secrètement à la conception que la torture est utile,
en certaines circonstances où l'on invoquera l'intérêt
supérieur de la Nation ou de la Justice, c'est reconnaître
à l'État, en définitive, le pouvoir de disposer de la personne et de la vie même du sujet. Ainsi s'explique la
liaison historique fondamentale entre la dictature, de
droite ou de gauche, et la peine de mort.

Il suffit de constater à cet égard que les seuls pays
d'Europe où la peine de mort est en vigueur sont des

pays où la primauté de l'État sur l'individu est un dogme. Dans le nôtre, c'est une survivance historique. Mais elle n'est pas sans racines profondes dans la conception inavouée ou résignée que se font les Français des droits de l'homme en face de l'État. En déniant, précisément, au plus déchu ou au plus dangereux de ses membres un droit absolu au respect de sa vie, la France n'accorde implicitement que valeur relative à la personne humaine. Elle admet que la société, ou plutôt son expression institutionnelle : l'État, peut, en définitive, disposer de la vie humaine. Elle se révèle, à cet égard, totalitaire.

La même ambiguïté entoure la deuxième question, dont on discute volontiers mais sans la poser en termes exacts : celle de l'utilité de la peine de mort – non pas l'utilité invoquée, celle de l'intimidation des criminels, mais l'utilité inavouée, secrète, essentielle, qui motive en réalité le maintien de la peine de mort.

Il y a beau temps, en effet, que pour ceux qui s'interrogent sérieusement sur les rapports de la criminalité sanglante et de la peine de mort, la réponse est inscrite dans les faits. L'abolition de la peine de mort est sans conséquence sur l'évolution de la criminalité. Il serait sans doute absurde ou exagéré de dire que l'abolition réduit la criminalité. Mais il est contraire à la vérité de dire qu'elle l'augmente. Toute l'expérience des pays abolitionnistes l'a confirmé : la peine de mort ne sert à rien. Jamais la criminalité sanglante n'a reculé devant elle.

Mais, ce fait, on persiste à le refuser. Par défaut d'information ou plus encore parce qu'on ne veut pas l'admettre. Cette attitude paralogique, si passionnément maintenue, est significative. Elle procède d'une volonté secrète de maintenir l'état des choses existant, non parce qu'il est moralement justifiable, mais parce qu'il est utile, ou simplement commode. Car la peine de mort est commode. Comme elle n'est que très exceptionnellement pratiquée, elle ne heurte plus guère les sensibilités. Mais le fait qu'elle soit possible assure encore son secret office – qui est de donner à bon compte bonne conscience à ses partisans. Car, précisément parce que la peine de mort existe et qu'on l'épargne à la quasi-totalité des criminels, la plupart des Français ont le sentiment d'être généreux envers eux. Leur laisser la vie paraît une grâce si importante, un traitement si clément, que pour le reste, c'est-à-dire l'essentiel, le sort qui leur est fait, n'importe quel pourrissoir peut y pourvoir dans l'indifférence commune.

Il est insuffisant, à cet égard, de dire qu'il serait vain d'abolir la peine de mort s'il n'était pas procédé, enfin, à une véritable réforme pénitentiaire qui permettrait de prendre en charge ceux que l'on n'exécuterait plus. Car le problème ainsi posé est exact, mais limité parce qu'il ne concerne, par définition, que quelques cas exceptionnels. Le vrai problème est plus vaste – et le lien plus secret entre la peine de mort et la situation pénitentiaire.

La peine de mort, précisément parce qu'elle est rarement prononcée et exceptionnellement exécutée, est l'alibi des bonnes consciences, la justification morale des léproseries pénitentiaires.

Après tout, mieux vaut être vivant et lépreux que mort. Surtout quand les lépreux sont dérobés à l'attention des bien portants, quand ils sont comme retranchés du monde, par la pensée autant que par les murs, dans leur univers clos. Et qu'il ne leur est prêté attention, le plus souvent, que lorsque survient une insurrection d'esclaves, le soulèvement de ceux auxquels on fait grâce de la vie, devenue faveur suprême alors qu'elle est le premier et le plus absolu des droits, qu'appellent-ils, pour les bien-pensants, sinon la mort de ceux qui méconnaissent leur générosité ?

Ainsi tout s'enchaîne et se tient. La peine de mort permet d'ignorer, pire encore, de justifier le maintien de la situation pénitentiaire actuelle. On aurait pu tuer ces criminels. Ils sont encore en vie. L'exigence d'humanité est satisfaite, à bien peu de frais. Mais qu'on supprime la peine de mort, et les bonnes consciences auront du même coup perdu leur alibi. Plus de faux-fuyant.

Ce masque d'humanité qui voile la réalité péniten-tiaire simplement parce que ceux qui la vivent ont conservé leur vie sera arraché. Il faudra bien, alors, s'interroger sur les prisons et ce qui s'y passe.

La peine de mort permet, au contraire, de dérober, d'escamoter cette interrogation fondamentale. Elle est la marque d'une société qui préfère s'en tenir à la survivance des rites magiques du sacrifice humain purificateur plutôt que d'affronter dans leur réalité les périls de notre temps.

L'Express,
4-10 décembre 1972

L'exécution

En mai 1973, je publiai L'Exécution, *récit du procès de Claude Buffet et Roger Bontems et de leur exécution à la Santé. Le livre est aussi une analyse du rôle de l'avocat face à la peine de mort. À la sortie de l'ouvrage, je donnai à* L'Express *une longue interview.*

L'EXPRESS : L'avocat qui a lutté, qui s'est acharné, qui a cru, qui a espéré, que ressent-il lorsqu'il voit tomber le couperet de la guillotine sur la tête de celui qu'il a défendu ?

ROBERT BADINTER : C'est presque inexprimable. D'abord le dégoût, la révolte, une certaine honte aussi. Puis le sentiment terrible que c'est fini. Quand un de nos clients est condamné à une très lourde peine, à perpétuité même, le combat de l'avocat n'est pas achevé. Il y a la révision possible, la libération conditionnelle, la grâce. Mais, par l'exécution, tout est consommé. Vous ne pouvez plus rien. Vous ne pourrez plus jamais rien. Et même tout ce que vous avez fait jusque-là perd tout sens. C'est la défaite totale, définitive.

L'EXPRESS : Pour vous, c'était la première fois. Et vous en parlez, dans votre livre, comme d'une sorte d'initiation suprême. On pense à *La Condition humaine* où Malraux parle de ceux qui n'ont jamais tué comme de « puceaux »...

ROBERT BADINTER : Oui, le dépucelage au sens d'initiation. Il y a les avocats qui ont vu mourir leur client, et les autres. Mon maître, Henry Torrès, me disait, quand j'étais jeune avocat stagiaire : « La mort du condamné, c'est le mur, le mur lisse. Une fois que tu l'auras rencontré, tu te poseras les vraies questions. Et tu seras devenu un avocat... »

L'EXPRESS : Quelles sont les vraies questions pour un avocat ?

ROBERT BADINTER : À quoi ai-je servi ? À quoi sert un avocat quand on exécute l'homme qu'il a défendu ?

L'EXPRESS : C'est le choc ?

ROBERT BADINTER : Plutôt la cassure. Vous commencez par refuser l'idée que votre client sera condamné à mort. Et il l'est. Alors, vous refusez l'idée qu'il sera exécuté : tuer quelqu'un de sang-froid, comme cela, c'est impossible. Et puis, on vous téléphone à 6 heures du soir pour vous dire : « C'est pour demain, à 4 heures. » Et cette certitude, pendant les dix heures qui restent, vous continuez encore à la refuser. Ce n'est pas possible que l'on aille prendre dans sa cellule cet homme que vous avez vu le matin, qui était en bonne santé, qu'on le prépare calmement, délibérément, et qu'on lui coupe la tête. Cela n'a rien à voir avec le choc que l'on peut éprouver devant un accident ou devant l'issue fatale d'une maladie. Encore une fois, c'est inexprimable.

L'EXPRESS : C'est ce choc qui vous a déterminé à écrire ce livre ?

Robert Badinter : Dans la vie professionnelle, vous vous posez des questions sur la justice, sur la défense, sur vous-même. Vous ne vous posez pas la question, celle qui remet tout en cause : qu'est-ce donc que cette justice qui donne la mort ? Il faudrait que tous les magistrats assistent à une exécution capitale. Parce qu'elle donne à la justice un sens que, sans cela, on ne saisit pas, qu'on ne connaît pas. La justice reste jusque-là une notion abstraite, un cérémonial. Là, elle devient une réalité sanglante. Inévitablement, c'est la remise en question.

L'Express : La remise en question de vous-même, pourquoi ?

Robert Badinter : Quel est le chemin qui m'a mené là et qu'est-ce que cela veut dire ? Je me suis efforcé de retrouver le jeune homme qui, un jour, est devenu avocat, qui ne pensait pas que cela pouvait lui arriver. Et qui refusait l'initiation par le sang. Un avocat, ça sert à quoi ? C'est la question que je me pose dans ce livre. À quoi sert la défense ?

L'Express : Vous voulez dire, en matière criminelle ?

Robert Badinter : Oui. Si vous passez votre vie d'avocat à plaider des affaires complexes de droit des sociétés, de filiation ou de droits d'auteur, vous pouvez devenir un bon avocat, un professionnel de qualité. Le métier d'avocat ne requiert que compétence et travail. Mais la défense, en matière criminelle, c'est tout autre chose. La défense, c'est assumer seul, totalement, le sort de l'accusé.

Dans le système judiciaire qui est le nôtre, toute la pesanteur joue contre l'accusé. La partie semble égale entre accusation et défense, mais ce n'est pas vrai. À partir du moment où quelqu'un se trouve dans le box des accusés, la présomption d'innocence est, en fait, une présomption de culpabilité. Et tout concourt à renforcer cette présomption, même la position... géographique des parties. L'avocat général est placé à la même hauteur que la cour. Vous, l'avocat, vous êtes au-dessous, vous vous adressez à la justice, vous plaidez de bas en haut. Physiquement, psychologiquement, vous êtes seul avec l'accusé. Il y a vous, lui et les autres. Et vous, vous avez la charge de prouver qu'il n'est pas coupable.

L'Express : Même s'il l'est ? L'avocat se pose pourtant en auxiliaire de la justice...

Robert Badinter : Je prends le cas extrême où l'on dénie la culpabilité. Dans le cas de Bontems, bien entendu, je n'ai jamais espéré le faire acquitter. Mais l'avocat n'a pas à chercher la vérité. Même pas la justice. Torrès me disait : « Tu n'as pas à savoir ce qui est juste ou pas juste. Tu as à défendre. » Point. Pour l'avocat, il n'y a rien d'autre. Défendre, ce n'est pas connaître, ce n'est pas aimer. On n'a pas besoin d'aimer. Défendre, c'est savoir qu'il y a derrière vous quelqu'un qui est accusé, et faire en sorte qu'il ne soit pas condamné ou qu'il soit condamné le moins possible. Il y a, au départ, un refus de l'accusation, un refus qui vous emporte. Les deux thèmes fondamentaux de la défense, ce sont la solitude et le courage. Le courage, c'est de ne jamais abandonner ni s'abandonner au doute. On arrive très facilement à la résignation. Si vous vous dites un quart de seconde : « Oh ! et puis tant pis... », c'est fini. Si vous n'êtes pas constamment à l'assaut, alors restez chez vous, ne venez pas à la barre.

L'EXPRESS : Et le talent ?

ROBERT BADINTER : Contrairement à ce que l'on croit, cela joue peu. C'est la crème fouettée que l'on ajoute sur la tarte, pour la décoration, ou pour la rendre plus agréable. La technique, le métier, il faut les avoir maîtrisés, sans quoi vous ne pouvez rien. Mais ceux qui sont à la poursuite du talent se trompent. La défense n'exige pas le talent. J'ai vu des avocats apparemment médiocres, sans génie oratoire, sans don pour la démonstration, qui s'expriment mal, bafouillent, être admirables dans une épreuve judiciaire. Tout s'arrête devant eux... On a l'impression d'une justice surprise, étonnée. Pourquoi ?

Je crois, finalement, que seuls sont de grands avocats ceux qui portent en eux l'angoisse d'être accusés. Les grands avocats sont ceux qui ont été giflés par leur mère, élevés par un père impitoyable, ceux qui vivent dans l'obsession de l'accusation. Il y a, de toute évidence, un phénomène d'identification à l'accusé. Prenez le cas de Vergès, qui a eu des accents irrésistibles dans les procès de la colonisation. Je me souviens de l'avoir vu entrer en transe dans un procès où l'on jugeait un métis. C'est dans les transes que l'on surprend l'avocat. Et j'ai compris à ce moment-là que Vergès était toujours un métis en prison.

L'EXPRESS : Mais le jury, lui, le comprend-il aussi ?

ROBERT BADINTER : Vous partez à la conquête du jury comme à la conquête d'une femme que vous aimeriez par-dessus tout convaincre. Et convaincre, c'est se faire aimer, se faire accepter. Il n'y a pas de règle pour cela, on ne se promène pas avec un manuel de Don Juan dans sa poche. Des juges à moitié convaincus, et tout est perdu. Pour Cicéron, les trois commandements de l'avocat étaient, dans l'ordre : *placere, movere, convincere*. Il plaçait l'obligation de plaire en premier. Et il avait raison dans la mesure où la marge qui vous est laissée pour convaincre par des arguments rationnels est extrêmement mince. Un procès d'assises se déroule toujours dans un climat émotionnel très fort. La recherche de ce rapport avec le jury, c'est... oui... c'est une histoire d'amour. Et, dans ces histoires d'amour-là, il y a beaucoup plus souvent des échecs que des réussites. Il n'y a pas d'expérience au singulier. Il n'y a que des expériences au pluriel. Je refuse l'expérience professionnelle. Cela n'existe pas.

L'EXPRESS : Il n'y a pas la moindre recette, pas le moindre truc ?

ROBERT BADINTER : Il n'y a pas de recette. On cherche, on tâtonne, on surprend. L'avocat doit toujours surprendre. Il ne faut pas laisser le jury s'endormir une seconde ; sinon, on est toujours vaincu.

L'EXPRESS : Le jury, tel qu'il existe en France, vous semble-t-il une institution utile, nécessaire ?

ROBERT BADINTER : Pour l'avocat, il est infiniment préférable de n'avoir devant soi que des jurés, comme c'est le cas aux États-Unis. Quand des magistrats arrivent à l'audience, ce sont des professionnels qui ont déjà connaissance du dossier. Ils se sont fait une idée de l'affaire qui peut, peut-être, être modifiée, mais qui ne peut que rarement être bouleversée, parce que le juge est convaincu, même inconsciemment, qu'il porte en lui la justice, comme un arbre ses fruits.

Les jurés, eux, n'ont pas cette conviction. Ils ne connaissent rien à l'affaire. Vous êtes en présence d'un terrain vierge. Tout se joue à l'audience. Pour eux, le rideau se lève sur la cour d'assises. Vous êtes, par conséquent, plus à même de les surprendre, de les convaincre, de les séduire. C'est si vrai que la réforme du jury par Vichy a tué la grande éloquence d'assises. Maintenant, vous vous adressez non plus aux seuls jurés, mais aussi au président de la cour et à ses deux assesseurs, à trois magistrats qui délibéreront avec eux.

On dit volontiers que les jurés sont des passionnés, qu'ils condamnent parfois exagérément et que les magistrats les tempèrent. C'est quelquefois vrai. Mais j'ai remarqué aussi à quel point ils sont attentifs, soucieux de comprendre, de bien faire. Lorsque vous mettez en balance l'authenticité de leurs réactions, leur bonne volonté d'un côté, et de l'autre les habitudes, l'espèce d'érosion que crée inévitablement l'exercice professionnel de la justice, je me demande si l'harmonie ne pourrait pas être obtenue de la même façon en l'absence de magistrats. Ajoutez à cela que le jury, c'est aussi une école de citoyens. Il est très important que les citoyens sachent qu'ils ont le pouvoir de juger, qu'ils ne se réfugient pas derrière la robe rouge des magistrats auxquels ils auraient délégué leurs responsabilités.

L'EXPRESS : Pourtant, vous le savez, le tirage au sort d'un jury, c'est aussi un peu le tirage au sort d'un verdict...

ROBERT BADINTER : Si le procès de Bontems s'était déroulé hors du ressort de Clairvaux, peut-être, en effet, n'aurait-il pas été condamné à mort. Et cette simple hypothèse suffit à condamner la peine de mort. Il y a trop d'impondérables qui influent sur le cours de la justice pour qu'on puisse admettre l'exécution capitale. Dans la mesure où les jurys sont toujours différents, le risque de l'exécution devrait être proscrit. Il est révélateur qu'il suffise que la Cour de cassation admette un vice de forme pour qu'un nouveau jury, jugeant la même affaire, ne prononce pas à nouveau la condamnation à mort qui a été cassée. Sans parler de détails mineurs, contingents, absurdes, qui peuvent, eux aussi, modifier les données du procès. Que l'on étouffe dans la salle d'audience, et chacun a hâte que cela soit fini. Qu'il y fasse froid, et chacun ne pense qu'à éviter un rhume. Au fond, la meilleure façon de jeter un doute dans l'âme des partisans de la peine de mort, c'est de raconter comment tout cela se passe, à quoi tout cela tient, et comment on en arrive à se trouver un matin, à l'aube, dans la cour de la Santé, où la guillotine est dressée. C'est aussi pour l'expliquer, pour ouvrir les yeux que j'ai écrit ce livre.

L'*EXPRESS* : Dans l'appareil de la justice tel que vous le décrivez, il y a aussi le cérémonial, la robe, les ornements. Êtes-vous pour ou contre le port de la robe ?

ROBERT BADINTER : Je suis pour, parce que c'est l'uniforme, et que l'uniforme, c'est l'effacement de l'individu au profit de sa fonction. La robe de l'avocat est le signe que la défense est présente. J'aime, d'ailleurs, la robe de l'avocat, parce qu'elle est dépouillée. S'il ne tenait qu'à moi, je supprimerais le rabat, les épitoges herminées, les décorations sur la robe. Tout ce qui détourne l'attention vers l'avocat lui-même est pris à la défense. C'est pourquoi je préfère l'avocat en robe plutôt qu'arborant des pochettes incroyables ou des chapeaux à large bord comme au Texas. Même la moustache m'est suspecte.

L'*EXPRESS* : Cette remise en cause dont vous parliez ne concerne donc pas les formes extérieures de la justice. C'est autre chose. Quoi exactement ?

ROBERT BADINTER : Notre justice est une justice qui accepte de tuer. Elle a pour signe la peine de mort. Aux yeux de l'étranger, ce qui la symbolise, c'est la guillotine. Notre justice se reconnaît le droit de disposer de la vie d'autrui. Et c'est pour moi inacceptable.

L'EXPRESS : Pourquoi ?

ROBERT BADINTER : La peine de mort est un non-sens. On sait très bien qu'elle ne change pas les données de la criminalité sanglante, dont l'évolution est liée à d'autres facteurs. Qu'on exécute ou qu'on n'exécute pas, qu'on condamne à mort ou pas, cela ne change rien. L'expérience canadienne le prouve. La peine de mort a été suspendue depuis cinq ans au Canada. La criminalité a augmenté, c'est un fait, mais moins que dans certains États américains très comparables, sur le plan de la population et du mode de vie, et où existait, à l'époque, la peine de mort. Dire que la peine de mort empêche le développement de la criminalité sanglante est un argument fallacieux.

La peine de mort, telle que nous la pratiquons, n'est d'ailleurs pas l'expression d'une politique répressive. Si la liquidation physique du condamné était une politique répressive, il est bien évident qu'elle ne serait pas une exception rarissime. On reverrait les charrettes de la Terreur. Le caractère exceptionnel des exécutions – dix en dix ans – prouve bien qu'il ne s'agit en aucune manière d'une politique criminelle. Ces dix criminels-là, ne pensez-vous pas que l'administration pénitentiaire aurait pu les prendre en charge, comme d'autres qui ont commis des crimes non moins horribles et n'ont pas été exécutés ?

L'EXPRESS : La peine de mort ne serait-elle pas plutôt l'expression persistante de la loi du talion, ce besoin de savoir que celui qui a donné la mort volontairement peut, à son tour, être mis à mort ?

ROBERT BADINTER : Même pas. Le cas de Bontems est d'ailleurs à cet égard saisissant. Bontems n'avait pas tué. Il n'était pas un assassin. Les jurés de Troyes l'ont admis. Pourtant, il a été condamné et exécuté. On a donc guillotiné un homme qui n'avait pas versé de sang. D'ailleurs, tous ceux qui commettent des crimes de sang ne sont pas condamnés à mort. Et un grand nombre de ceux qui sont condamnés à mort ne sont pas exécutés. Il n'y a pas d'application systématique du principe « qui a tué sera tué ». Cette part du hasard qui fait que l'on exécute ou pas, c'est un argument de plus contre la peine de mort.

Prenez le cas du curé d'Uruffe. Tuer la mère de son enfant, tuer un enfant dans le ventre de sa mère, on ne peut aller plus loin dans l'horreur et le sacrilège. Dans l'inconscient des jurés a joué une sorte d'interdit : on ne tue pas un prêtre. Mais on condamne très facilement à mort le sous-homme pénitentiaire. « On lui a laissé la vie et il a osé. Après cela, il voudrait encore être traité en être humain ! Allez, à la guillotine ! » C'est peut-être cela, le sens du procès Buffet-Bontems. Ce climat de haine fantastique à leur égard. Ils étaient des rejetés, des parias. Si Buffet avait séquestré et tué des détenus, croyez-vous qu'on l'aurait condamné à mort et exécuté ?

L'EXPRESS : Vous dissociez le cas de Buffet et celui de Bontems ?

ROBERT BADINTER : En passant d'une condamnation à vingt ans à une condamnation à perpétuité, Bontems aurait subi un châtiment. Buffet, lui, était déjà condamné à perpétuité. Judiciairement, c'était un homme perdu. Rien ne pouvait le sauver. Il avait tué les deux otages. Il annonçait qu'il continuerait à tuer. C'était le cas limite. Et c'est précisément pour cela que j'étais certain qu'il serait gracié. C'était l'exemple absolu, l'occasion unique d'abolir, de fait, la peine de mort. Buffet gracié, aucun autre n'aurait pu être exécuté.

L'EXPRESS : Restait le problème : que faire de lui ?

ROBERT BADINTER : Précisément. L'abolition de la peine de mort est, à mon avis, la condition même de la réforme du système pénitentiaire. Car les deux sont liés. On ne s'en rend pas assez compte. Avec un système pénitentiaire dont la finalité serait la réinsertion progressive des coupables dans la société, la peine de mort perd tout sens. C'est ce que Thierry Lévy, un des avocats de Buffet, a très bien dit dans sa lettre au président de la République. Il ne pouvait gracier Buffet qu'à condition de remettre en cause le système pénitentiaire. Il aurait fallu que Buffet soit pris en charge par l'administration, et, dans la mesure où il annonçait qu'il continuerait de tuer, il fallait redoubler de précautions et prévoir parallèlement un traitement psychiatrique. Mais tant que l'on considère qu'en laissant la vie à un homme on a tout fait, que c'est merveilleux de générosité et d'humanité, comment voulez-vous pratiquer une véritable politique criminelle ?

Le seul argument, le seul qui puisse être invoqué en faveur de l'exécution, c'est que, bien évidemment, si on avait guillotiné Buffet après l'assassinat de Mme Besimenski, on aurait épargné deux vies humaines, celles des deux otages de Clairvaux. Mais imaginez aussi où

peut conduire l'application systématique de ce raison-
nement ! Si l'on tuait tous les voleurs condamnés à des
peines de prison, il est bien évident qu'on supprimerait
le risque de voir se produire des hold-up sanglants. Mais,
là encore, est-ce une politique répressive ?

L'EXPRESS : Ce qui vous choque le plus, c'est, au
fond, que ces hommes – et, en dernier ressort, un
homme – s'arrogent un droit de vie ou de mort sur
leurs semblables ?

ROBERT BADINTER : Absolument. Et cela, c'est le
signe d'une société que je refuse. Allons jusqu'au bout
des choses. La peine de mort, comment y arrive-t-on ?
Un certain nombre d'hommes se réunissent et décident
qu'un autre homme sera condamné à mort. C'est-à-dire
qu'ils lui dénient le droit de vivre. Ils ont donc une
certitude de leur infaillibilité assez forte pour retirer à
un autre le bien le plus sacré : la vie. Cela, l'admet-
tez-vous ? Pas moi. J'y vois les dernières traces, mais
très profondes, d'une conception presque raciste, sei-
gneuriale en tout cas, de la justice, comme s'il existait
une race supérieure, une race de maîtres qui aurait le
droit de décider pour les autres, de la vie des autres.

Mais cela va plus loin. En réalité, la décision appartient à un seul, c'est-à-dire au président de la République, auquel le pays délègue son droit de vie ou de
mort. Une condamnation à mort, c'est un vœu de mort,
ce n'est pas une exécution. La sentence n'est pas
accomplie, dans la minute qui suit le verdict, dans la
cour du Palais, même si la foule hurle à mort. Si César
ne baisse pas le pouce, l'homme a la vie sauve. Mais,
s'il baisse le pouce, qui l'a tué, le public ou César ?
César. Et il ne peut jamais s'en laver les mains. Bien

sûr, César peut dire qu'il a suivi la volonté des juges. Mais ce n'est pas exact. La décision, celle qui met à mort, c'est lui seul qui la prend, à l'instant précis où il rejette le recours en grâce. Accepter ce pouvoir, c'est reconnaître le droit d'un homme sur la vie d'un autre homme.

L'EXPRESS : Si la vie est sacrée, le pouvoir de décider de l'exécution confère une aura, sacrée, elle aussi, à celui qui la possède, en l'occurrence le président de la République. La suppression du droit de grâce l'en dépouille. Pensez-vous qu'un chef d'État puisse être attaché à cette prérogative, qui l'élève au-dessus des autres hommes dans la cité ?

ROBERT BADINTER : Tant que la peine de mort subsiste, il est bien évident qu'il est préférable d'avoir une ultime chance d'éviter l'exécution par le recours en grâce. La solution, ce n'est pas d'abolir le droit de grâce. C'est d'abolir la peine de mort. Le problème serait ainsi résolu. Pour le président de la République aussi, car je suis convaincu qu'il est extrêmement pénible d'avoir à se prononcer sur un recours en grâce, du moins quand on le rejette.

L'EXPRESS : Aviez-vous été surpris par la décision de M. Pompidou à l'égard de Bontems et de Buffet ?

ROBERT BADINTER : J'ai toujours cru qu'il gracierait non seulement Bontems, mais aussi Buffet. Je pensais que le président était un abolitionniste convaincu. Le cas de Buffet était une occasion unique de le prouver. Sans doute était-ce aller à contre-courant de l'opinion publique. Il y aurait eu des protestations immédiates, des réactions ? Simple épiphénomène. La grâce, avec un peu de recul, n'est finalement jamais mal jugée. Dans l'Histoire, on n'a jamais reproché aux souverains leur clémence, mais souvent leur rigueur. Oui, je croyais que le président de la République gracierait Buffet. Et j'étais convaincu, en tout cas, qu'il gracierait Bontems. C'était pour moi une évidence. Il est très rare qu'on condamne à mort quelqu'un qui n'a pas tué, et plus rare encore – voyez la liste des exécutions de ces dernières années – qu'on l'exécute.

L'EXPRESS : Vous êtes absolument contre la peine de mort ?

ROBERT BADINTER : Absolument.

L'EXPRESS : Même dans le cas des tortionnaires, des criminels de guerre nazis comme Eichmann ? Quelles que soient la quantité et la gravité des crimes commis ?

ROBERT BADINTER : Je réponds catégoriquement oui. La vie doit être sacrée même en la personne du sacrilège. Il n'y a pas à attendre que les assassins commencent. Car ils ne commenceront jamais, précisément parce qu'ils sont des assassins. Mais une société qui condamne la mort doit se refuser à la donner. Dans tous les cas.

L'EXPRESS : Comment expliquez-vous qu'une large majorité des Français – 63 %, selon le dernier sondage – refuse son abolition ?

ROBERT BADINTER : Pour de simples raisons. La première étant que l'on se place toujours inconsciemment du côté des victimes. On ne peut pas s'imaginer dans la condition d'un assassin. Au pire, on peut concevoir de tuer par vengeance, de commettre, peut-être, un crime passionnel. Mais, pour l'immense majorité des gens, l'hypothèse d'être condamné à mort ne se pose pas. Il y a, au contraire, un phénomène d'identification inconsciente avec la victime. On se dit que l'on pourrait très bien être, un jour, à sa place. Ou pis encore, votre femme, vos enfants. L'idée qu'un homme qui a tué, ou pourrait tuer votre enfant, continuerait, lui, à vivre soulève un sentiment de révolte très profond, insupportable. Et l'homme est un animal qui tue.

C'est très révélateur : lorsque j'écris un article sur un quelconque aspect de la justice pénale, je reçois dix, vingt lettres. Lorsque je parle de l'abolition de la peine de mort, c'est un déferlement inouï, un torrent de lettres me traitant de salaud, de canaille, me souhaitant, à moi et à ma famille, le sort le plus sanglant et m'offrant les visions les plus sadiques de ma fin.

C'est ce qui explique que les discussions entre adversaires et partisans de la peine de mort échappent, le plus souvent, au domaine de la raison et de la logique.

C'est si vrai que, même dans les pays où l'on a aboli la peine de mort, on la regrette. Je l'ai constaté, tout récemment encore, en Angleterre, à l'occasion d'un débat sur ce problème.

L'EXPRESS : Mais il y a d'autres raisons qu'un phénomène d'identification à la victime ?

ROBERT BADINTER : Oui. Il y a quelque chose de plus profond : c'est la réponse à une angoisse collective. Plus la tension sociale est forte, plus les gens réclament la peine de mort. J'avais fait, il y a quelques années, une carte des pays qui l'avaient abolie et de ceux qui la conservaient. Aux États-Unis, notamment, les États qui l'avaient conservée étaient précisément ceux où la tension raciale, l'inégalité sociale étaient les plus fortes. Et ceux qui avaient réalisé une certaine homogénéité du corps social l'abolissaient. Souvenez-vous, la peine de mort a été rétablie en Allemagne au moment où le nazisme est apparu. Non seulement parce que le nazisme portait en lui le droit de disposer de la vie d'autrui, mais parce que c'était une période de grande tension.

Il y a eu, après la dernière guerre, une tendance à la suppression de la peine de mort, parce que la tension extrême des années de guerre s'apaisait. Et, aussi, parce qu'on assistait, en Europe, à une renaissance des valeurs démo-chrétiennes, et que le nazisme avait été identifié à la mort. On retrouve toujours ce même rapport, à propos de la peine de mort, entre l'angoisse et la libération de cette angoisse. Si l'horreur qu'a suscitée le crime est intense, la peine de mort est libération de cette angoisse collective. Je crois que les rapports entre le criminel et la cité ne sont pas assez perçus. Le criminel de sang, on voudrait qu'il nous soit étranger. Il ne l'est pas. C'est un homme comme nous. Et la peine de mort, l'exécution, c'est une forme d'exorcisme. En exécutant cet homme, on lui refuse la qualité d'homme.

L'EXPRESS : Ne pensez-vous pas que puisse jouer aussi, dans cet attachement à la peine de mort – et si paradoxal que cela puisse paraître –, l'influence chrétienne ?

ROBERT BADINTER : Indirectement, peut-être. Quand, au XIVe, XVe siècle, notre justice répressive prend forme, la France est chrétienne, totalement. Pour un chrétien de cette époque, la vie temporelle à côté de la vie éternelle n'est rien. La vie n'est qu'un passage. Elle n'est que le moyen d'assurer son salut. Par conséquent, qu'importe de prendre la vie au criminel si c'est en même temps lui ouvrir la porte sur son salut ? L'exécution n'est pas une fin, c'est un commencement.

Condamné à mort, le criminel expie, et par l'expiation, et le repentir qui la précédera, on lui permet d'obtenir son salut. Notre justice répressive est encore pénétrée de l'influence des juridictions inquisitoriales. Mais ces survivances n'ont pas de sens dans une société où la mort n'a pas la même signification. La vie, pour nous, c'est le sacré, c'est le bien suprême.

L'EXPRESS : Jacques Fesch, par exemple, a vécu sa mort comme une passion...

ROBERT BADINTER : Et rien ne semble plus dérisoire aujourd'hui que son exécution.

L'EXPRESS : Vous insistez dans votre livre sur le côté bureaucratique et aussi technique de l'exécution.

ROBERT BADINTER : J'ai eu beaucoup de mal à exprimer ce que j'ai ressenti en voyant pour la première fois la guillotine. C'est le symbole, le signe de la mort. Et, en même temps, il y a un côté machine, mécanique... Objet surchargé de puissance, la guillotine reste un objet à la fois dérisoire et terrible, mais un objet. Ce mélange de mécanique et de mort stupéfie.

L'EXPRESS : Vous parliez, tout à l'heure, d'exorcisme. Mais l'on exorcise dans la clandestinité. On délègue la décision d'exécution au président de la République et, ensuite, on se détourne, on ne veut plus savoir. N'est-ce pas, finalement, une réaction de lâcheté ?

ROBERT BADINTER : De lâcheté ? Je ne crois pas que l'on ait peur de voir. Si l'on avait retransmis l'exécution de Buffet et de Bontems, à 4 heures du matin, en couleurs et en Eurovision, je suis sûr qu'il y aurait eu autant de téléspectateurs que pour le débarquement sur la Lune. L'exécution, c'est toujours un spectacle qui, historiquement, fait recette. Non, c'est une réaction plus ambiguë. C'est la peur du scandale. Non pas le scandale absolu qui est d'ôter la vie. Mais un souci de la décence. On veut que l'exécution soit aussi décente que possible. C'est le souvenir épouvantable de l'exécution de Weidmann. On avait vu quelques hystériques se précipiter pour tremper leur mouchoir dans son sang. Lorsque, pour la première fois, on a proposé d'interdire les exécutions publiques, Gambetta, qui était un abolitionniste, est monté à la tribune de la Chambre : « Si vous voulez l'exécution capitale, ayez le courage de la regarder en face. » Et il a voté contre l'interdiction de la publicité.

L'EXPRESS : Pourquoi les Français sont-ils si attachés à la guillotine ?

ROBERT BADINTER : Peut-être parce que la guillotine, comme le drapeau tricolore, est un symbole républicain ? Mais la manière d'exécuter, le genre de supplice, pour moi, importe peu. J'ai vu et entendu, à la BBC, le bourreau de Londres, plein de fierté, raconter qu'il avait réussi à ramener la durée totale de l'exécution à trois minutes. Trois minutes entre le moment où le condamné arrive devant la potence et son dernier spasme. Alors que le meilleur des « spécialistes » américains n'avait pas mis moins de six minutes pour exécuter chacun des criminels de guerre !

D'ailleurs, si l'on décidait d'exécuter à la ciguë ou par une piqûre, on s'accommoderait encore plus aisément de la peine de mort. Le caractère horrible de la guillotine constitue sans doute, actuellement, un frein.

L'EXPRESS : Ce spectacle clandestin, vous le décrivez, en détail, dans votre livre. Ne risquez-vous pas d'être poursuivi ?

ROBERT BADINTER : Non. Contrairement aux journalistes, je ne risque rien. Ce que je raconte, on peut l'écrire dans un livre, pas dans un journal. Sous prétexte qu'un livre, il faut du temps pour l'écrire. Tandis qu'un article se fait à chaud, en quelques heures. C'est d'une hypocrisie formidable !

L'Express : Et ce spectacle, vous l'avez dit, était dérisoire. Tragique... Quelle impression demeure la plus vivace en vous ?

ROBERT BADINTER : L'expression des visages lors de la messe. Sauf Bontems et le prêtre, tous ceux qui étaient là avaient des traits creusés, un rictus. Des gueules d'assassins. Moi aussi, sans aucun doute.

L'Express : Dans un tel moment, que peut encore faire un avocat ?

ROBERT BADINTER : Ce qu'a fait Philippe Lemaire. Quand tout est perdu, l'avocat est un homme qui aide un autre homme à mourir. Il est le père, le frère du condamné, son ami, il est tout. Ce que Philippe Lemaire a fait en ces minutes-là pour Bontems était admirable, prodigieux. On aurait dit que Philippe Lemaire écartait de lui l'horreur, qu'il lui insufflait toutes ses forces de vie pour lui permettre de bien mourir.

L'Express : C'est, en quelque sorte, le rôle total de l'avocat ?

ROBERT BADINTER : La défense, c'est tout assumer.

L'Express : Comment êtes-vous devenu avocat ?

ROBERT BADINTER : Par hasard. Je suis très sceptique sur les vocations. Il fallait que je gagne ma vie. Je suis entré au Palais par hasard et le reste a suivi.

L'Express : Mais vous avez aussi rencontré un maître...

ROBERT BADINTER : C'est là que la chance a joué. J'avais vingt-deux ans lorsque Henry Torrès m'a pris dans son cabinet comme avocat stagiaire. Il avait besoin d'un collaborateur. Il en aurait pris tout aussi bien un autre. Quand un garçon entre dans une profession comme celle-là, il ne sait rien de ce qu'elle est réellement. Et, tout à coup, il m'a été donné de la découvrir au niveau le plus élevé, auprès d'un homme qui, lui, assumait cette conception totale de la défense. Il le prouvait en toutes circonstances. Son enseignement n'était pas verbal, il était vécu.

L'EXPRESS : Tout au long de votre livre, on est surpris de rencontrer cette référence au « maître ». « Mon maître »... Ce rapport maître-disciple surprend à une époque qui rejette l'enseignement magistral, qui répudie, précisément, cette notion de maître.

ROBERT BADINTER : Le maître parle, le disciple l'écoute, et, un jour, c'est le disciple qui exprime. Mais le créateur, le penseur, c'est le maître. Le disciple n'est que l'interprète... Du moins, c'est ce que je ressens. Pourquoi mon maître ? Parce que c'est celui auquel je pense comme étant détenteur d'une vérité. On va vers son maître parce qu'on le reconnaît comme tel.

L'EXPRESS : Nous pourrions tous avoir des maîtres dans n'importe quelle profession. Pourtant, il est rare qu'on en parle comme vous en avez parlé.

ROBERT BADINTER : Il avait perdu son fils. J'avais perdu mon père... Cela ne suffit pas à tout expliquer.

Mais il y a deux questions à se poser. Avons-nous tous envie ou besoin d'avoir un maître ? Et ce lien maître-disciple n'est-il pas une façon d'échapper à la solitude ? Si vous êtes l'élève, vous n'êtes plus seul, vous avez toujours cette possibilité de vous retourner vers le maître et de lui demander : « Et vous ? Qu'en pensez-vous ? Que faut-il faire ? » Sans doute est-ce parce que j'ai connu, avec l'exécution de Bontems, ce désastre que j'ai éprouvé le besoin de retourner aux sources.

L'EXPRESS : Cette justice pénale à propos de laquelle vous avez souvent parlé de crise, comment la voyez-vous ?

ROBERT BADINTER : Toute justice pénale est, par définition, répression. La justice est l'appareil répressif d'une société. Mais la justice est aussi expression. Les valeurs au nom desquelles elle rend ses décisions doivent être reconnues par la société. Les hommes reconnaissent la justice dans la mesure où ses décisions répondent, correspondent à ces valeurs collectives. C'est ce qui explique que nous nous trouvions aujourd'hui dans une période de crise, de doute, d'hésitation judiciaires. Dans la mesure où notre société doute des valeurs qu'elle a recueillies en héritage, et sur lesquelles sont fondées nos lois, la justice est incertaine, ballottée, discutée, mise en question. L'harmonie entre la justice et la conscience collective a disparu. La justice conserve sa fonction répressive, mais elle a perdu sa fonction expressive. Parce qu'on ne sait plus souvent au nom de quoi l'on juge et l'on condamne.

L'EXPRESS : Après être passé par cette épreuve, que signifie pour vous, aujourd'hui, être avocat ? Qu'y a-t-il de changé en vous ?

ROBERT BADINTER : Plus jamais je ne pourrai voir la justice de la même façon. C'est pour moi une justice qui a tué. Et elle m'est devenue, en quelque sorte, étrangère. J'ai le sentiment d'avoir découvert une face cachée de la justice. Il y a l'appareil judiciaire : le procès, la procédure, tout cet aspect extérieur, presque théâtral de la justice. Et puis, derrière tout cela, il y a cette chose que j'ai vue : une machine qui tue, et cela s'appelle faire la justice... Il s'est produit en moi une rupture. Je ne peux pas être le révérend d'une justice qui tue.

L'Express,
2-8 juillet 1973

Mort et justice

Le 8 janvier 1976, la France apprenait l'enlèvement du petit Philippe Bertrand (neuf ans) à la sortie de son école à Troyes. Une demande de rançon avait été formulée pour sa libération. Pendant neuf jours, les Français vécurent l'angoisse et la souffrance des parents. Le 17 janvier, était arrêté un jeune homme qui connaissait la famille Bertrand, Patrick Henry. Le corps de l'enfant étranglé reposait sous un lit, dans une chambre d'hôtel louée par le ravisseur. Un déchaînement de haine souleva le pays contre le meurtrier, d'autant plus intense qu'interrogé à la télévision Patrick Henry, alors simple témoin, avait flétri le crime et s'était déclaré partisan de la peine de mort pour ses auteurs. Le ministre de la Justice et le ministre de l'Intérieur demandèrent publiquement la tête du meurtrier. Dans leur quasi-totalité, les médias accablaient le criminel et réclamaient le châtiment suprême. Patrick Henry était devenu l'incarnation du mal absolu. Dans ce climat de mise à mort, alors que maître Bocquillon, avocat de Patrick Henry, ne m'avait pas encore demandé de le défendre avec lui, je publiai cet article dans Le Monde.

Cette alliance que l'on veut indissoluble entre notre justice et la mort et dont on appelle de toute part la célébration, le moment est venu d'en mesurer la signification.

Enlevons d'abord son masque au justicier. L'horreur même du crime commis témoigne suffisamment de ce que la peine de mort n'a pas de valeur dissuasive. Depuis des mois, le garde des Sceaux a constamment annoncé que tout rapt d'enfant suivi de sa mort devait entraîner la peine capitale. L'auteur de ce crime odieux ne pouvait donc ignorer le sort qu'on lui promettait. Et cependant il l'a commis. Le criminel savait qu'à coup sûr il jouait sa tête s'il tuait cet enfant. Et cependant il l'a assassiné. Le crime est monstrueux et, pour le meurtrier, fatal s'il est pris. Il l'accomplit pourtant en connaissance de cause. C'est que, comme tous les criminels, il n'agit que dans la conviction absolue, folle, qu'il sera plus habile que les autres, que la police, que la justice. Le criminel est toujours ce joueur assuré que toutes les chances sont de son côté. Jamais il ne considère l'enjeu qu'il jette sur la table du destin. Il ne voit que le gain dont il rêve. Mais, hélas, c'est la vie des autres qu'il perd d'abord.

Pourquoi, dès lors, toujours avancer l'argument de l'exemplarité de la peine de mort ? Parce que sa rationalité rassure et détourne du vrai débat.

En réalité, la seule motivation de la peine de mort est celle que le public ressent profondément. Chacun d'entre nous s'imagine à la place des malheureux parents – et se lève alors en lui l'instinct de mort contre de telles souffrances. C'est dans ce mouvement-là, un des plus profonds de l'être humain, que s'enracine la peine de mort. Il n'est pas besoin de lui chercher une justification raisonnable. La peine de mort n'est pas un moyen de lutte contre les crimes les plus odieux. Elle assouvit simplement l'instinct de mort que polarise sur lui l'assassin – parce qu'il nous fait horreur et peur à la fois et parce qu'il est un autre visage de l'homme que nous refusons et qui nous hante.

Tout serait donc simple si la justice n'était que la mise en forme des réactions et des pulsions de l'homme. Mais la mission de la justice n'est pas seulement « répressive ». La justice doit aussi assumer une fonction « expressive ». Dans ses décisions s'inscrivent les valeurs morales essentielles d'une société. À défaut, la justice n'est qu'un instrument à châtier les criminels et à satisfaire la vindicte publique. Elle perd sa plus haute mission.

À la lumière de cette fonction expressive se révèle le sens du cri : « Cet homme qui a tué un enfant ne mérite pas de vivre. » Par là notre société dénie que le droit à la vie soit un droit absolu – pour tout homme, même le pire. La peine de mort exprime ainsi en clair qu'un homme n'a le droit de vivre qu'à la condition que d'autres hommes l'en jugent digne – ou, si l'on préfère, qu'autant qu'ils ne l'ont pas jugé indigne de vivre. Si la société peut disposer de la vie d'un homme, même au terme d'un procès régulier, même s'il s'agit d'un assassin, alors ce droit à la vie devient relatif – ou pour utiliser le terme convenable : il cesse d'être sacré.

Mais le propre du meurtrier est d'avoir violé le sacrement. En attentant à la vie d'autrui, surtout à celle d'un enfant, le meurtrier n'est-il pas le sacrilège qui s'est mis hors de la communauté des hommes – et ne peut plus prétendre bénéficier de ses lois ? À cet instant toute société fait son choix. Si elle exécute le criminel, elle proclame que le droit à la vie en dernier ressort lui appartient – puisqu'elle peut en disposer. C'est pourquoi tous les régimes qui mettent au premier plan le primat de l'État sur l'individu conservent et pratiquent la peine de mort. Il suffit de jeter un coup d'œil sur la carte en rouge et blanc de la peine de mort pour s'en assurer. Là où elle règne encore triomphe avec elle une conception qu'il faut bien appeler fascisante du pouvoir : celle où l'État peut disposer de la vie du sujet. Côte à côte se retrouvent mêlés dans cette conjoncture révélatrice l'URSS et le Chili de Pinochet, l'Arabie Saoudite et Cuba, la Guinée et l'Espagne, et tant d'autres encore. Au contraire, dans les pays où le respect de l'homme se conjugue avec celui de la liberté, où le pouvoir de l'État en définitive procède de la volonté des citoyens, la peine de mort n'existe plus. Parce qu'elle est le signe même de la soumission ultime de l'homme à un principe transcendantal.

La France fait exception. Dans la Communauté européenne, elle seule à ce jour pratique la mise à mort par l'État, au nom du peuple français. La criminalité pourtant n'est pas plus forte en France que dans les pays qui lui sont semblables par la culture et le niveau de vie. Et, hélas, ce n'est pas l'exécution d'un criminel odieux qui arrêtera ou réduira cette criminalité. Mais la France est comme prisonnière de son histoire. Monarchie devenue république, elle conçoit encore qu'un homme, le président, puisse détenir le droit de vie – c'est-à-dire de mort – sur un condamné. Vieux pays chrétien où la foi paraît chaque jour en régression, elle conserve encore ce sacrifice expiatoire, lié à la tradition judéo-chrétienne – et qui ne prenait son sens que par sa proclamation symbolique que la vraie vie est ailleurs : dans la vie éternelle qu'assurent le repentir ultime et le pardon – la peine de mort en était l'occasion terrible et privilégiée. Notre justice demeure ainsi une justice de droit divin dans un monde sans roi. Une justice judéo-chrétienne dans un monde sans foi.

Nous proclamons des valeurs essentielles : le caractère sacré de la personne humaine, la primauté du citoyen sur l'État. Mais ces fondements moraux, nous n'avons pas le courage de les déclarer absolus. Si forte demeure en nous l'angoisse de la mort à laquelle nous croyons riposter en donnant nous aussi la mort. Sans mesurer que par cette réponse sanglante, nous perdons notre âme sans nous sauver des assassins.

Le Monde,
26 février 1976

Tout ce qui peut encore sauver
un homme, ce sont des mots

*Quelques jours après le procès de Patrick
Henry, en janvier 1977, face aux réactions de
stupéfaction et souvent d'indignation devant
le verdict qui lui laissait la vie, je donnai cette
interview dans* Paris-Match *sur le procès de
Troyes, vu du banc de la défense.*

Pour un avocat, un procès d'assises, c'est d'abord
une grande épreuve morale, physique et nerveuse.

Ce n'est pas un débat, auquel l'on se rend, le dossier
sous le bras, pour faire son monologue. Il faut tout
préparer, réfléchir aux questions que l'on va poser, aux
réponses prévisibles, aux points qui vont intéresser les
jurés.

Puis les témoins ne répondent pas comme vous vous
y attendiez, l'attention de la cour et des jurés est attirée
sur un élément auquel vous n'aviez pas prêté un intérêt
particulier. Vous devez sans arrêt modifier votre stratégie, évoluer selon ce que vous ressentez, selon les
impressions d'audience, être en disponibilité absolue,
comme un animal aux aguets.

Dans une affaire comme celle de Patrick Henry, la
tension s'accroît jusqu'au paroxysme. Il est terrible

d'éprouver que finalement, entre la guillotine et celui qui respire derrière vous, il ne reste que votre plaidoirie. Tout ce qui peut encore sauver un homme, ce sont des mots. Un mot de trop, un mot malvenu, c'est fini. L'impression est dissipée, tout est perdu.

On ne plaide pas pour le public, on plaide pour neuf jurés et trois magistrats. Ces douze personnes, ce sont des femmes et des hommes que vous voulez, chacun, individuellement convaincre. Parler à dix mètres de distance, et à travers un micro, de choses essentielles, c'est une difficulté immense. Si on s'écarte du micro, la voix change. Vous êtes cloué à cet instrument maudit. Votre corps ne vit plus, n'accompagne plus votre parole.

C'est encore plus grave en ce qui concerne les rapports entre les jurés et l'accusé. Ils jugent un homme, ils vont décider de sa vie et ils ne savent pas qui ils ont devant eux. Ils le voient à distance, ils ne peuvent saisir son regard. Ils vont décider du sort de quelqu'un qui est trop loin pour qu'ils établissent avec lui un rapport humain.

Pendant le procès, au cours de l'interrogatoire, Patrick Henry s'est soudain tu, peu de temps avant qu'il soit amené à dire comment il avait tué l'enfant. C'est un phénomène de blocage que j'ai souvent remarqué : ceux qui ont tué ne peuvent pas raconter le meurtre. Il se produit un blanc : ils racontent ce qui s'est passé avant, après, pas ce qui s'est passé pendant. À peine trois phrases, mais ce n'est jamais le « vécu ». C'est un résumé schématique de l'événement. Ce qui permettrait de comprendre est gommé. On a l'impression d'un saut. Le meurtre est escamoté ou nié.

C'est ce qui s'est passé à Troyes. Pendant l'interrogatoire, j'étais assis tout près de Patrick Henry et je voyais les muscles de sa mâchoire qui tremblaient. Il allait parler. Les jurés, à dix mètres, ne pouvaient pas le voir. Puis le président a posé la question suivante, et c'est ainsi que nous n'avons jamais su ce qu'il était prêt à dire.

C'était le procès de Buffet et Bontems qui recommençait

En ce qui me concerne, j'étais dans une situation que je ne revivrai jamais. Je me retrouvais à Troyes, dans la même salle, avec le même avocat général requérant la peine de mort, et j'ai, presque instinctivement, été m'asseoir à la même place au banc de la défense d'où j'avais défendu Bontems, où je l'avais entendu condamner à mort en même temps que Buffet. Durant ces trois jours, je n'ai pas cessé d'éprouver une sensation inexprimable de déjà vécu. Je vivais le procès Patrick Henry et, en même temps, c'était le procès Bontems-Buffet qui recommençait.

Ce qui m'a le plus frappé, c'est la personnalité complètement fermée de Patrick Henry. Nous, ses avocats, nous ne savons pas ce qui s'est passé réellement. Nous pouvons, parce que nous y avons beaucoup pensé, reconstituer certains faits. Par exemple, il est certain qu'il n'y a pas eu de préméditation. Il n'a pas emmené l'enfant pour le tuer. Sinon, il n'aurait pas loué l'appartement. Le fait qu'il ait amené des provisions, de quoi se chauffer, prouve qu'il entendait que l'enfant vive. Il pensait le rendre, la nuit suivante. Lorsqu'il a échoué dans sa demande de rançon, il n'a pas davantage décidé de tuer l'enfant. Sinon, il aurait d'abord pensé à se débarrasser du corps. Il aurait acheté le sac où il comptait mettre le corps de l'enfant à ce moment-là et non quinze jours plus tard. En fait, il avait une telle peur, une telle horreur de ce corps qui était sa perte qu'il ne l'a jamais changé de lieu après le meurtre. Il l'a laissé là douze jours. Au moment même où il demandait la rançon, il laissait derrière lui la preuve de sa culpabilité. Il était tout simplement paralysé. Il est certain qu'à un moment donné, probablement dans le milieu de la deuxième journée, il a tué. Panique, angoisse, pulsion de mort ? C'est là où la personnalité de Patrick Henry nous échappe complètement.

Vis-à-vis de ses avocats, il s'en est toujours tenu aux mêmes propos, à la même version, au même récit. Rien n'a pu l'en faire changer. S'il avait reconnu avoir donné des barbituriques à l'enfant, il aurait amélioré sa situation. Le fait que l'enfant a dormi explique tout, l'absence d'empreintes comme l'absence de bruit. Ce sommeil pouvait atténuer l'horreur du crime. Il ne l'a jamais admis.

Cet homme était complètement fermé

Personnellement, je suis convaincu qu'il a bien donné des barbituriques à l'enfant et je ne comprends pas son attitude. J'ai reposé la question publiquement aux assises quand je me suis rendu compte qu'il n'y avait aucune raison de douter des arguments du professeur Lebreton. À partir de ce moment-là, et jusqu'à la plaidoirie, je n'ai plus participé aux débats. Délibérément. Je ne pouvais défendre une position que je considérais comme invraisemblable.

Garder le silence au cours des débats, c'était la première fois de ma vie que cela m'arrivait. C'est tout à fait contraire à mon tempérament. Mais j'étais convaincu que le procès était entièrement centré sur la peine de mort.

Cet homme était complètement fermé. Il a fallu attendre la dernière minute du procès pour que, sous le coup d'une émotion intense, il s'ouvre un peu. Je ne sais même pas s'il était arrivé au procès pour s'entendre condamner à mort ou s'il avait encore un espoir.

Pour nous, les chances de sauver la tête de Patrick Henry étaient minimes. Mais, pour un avocat, même s'il reste une chance sur cinq cents, il ne faut penser qu'à elle. Un plaidoyer, un cri émotionnel, ce n'était pas ainsi que je concevais mon rôle. Je devais convaincre, faire tout pour que cette chance infinitésimale prenne corps.

Le procès lui-même, en tant que drame judiciaire, a été marqué par peu d'événements. Un moment important a été la comparution à la barre, le premier matin, de la famille, et surtout de la sœur de Patrick Henry. C'est sur le visage des parents du meurtrier qu'on lit cet autre malheur qui naît du crime. Un juré s'identifie naturellement avec la victime. Mais, quand la sœur de Patrick Henry apparut, tellement proche de nous tous, d'un seul coup, quelque chose a changé. On s'est dit : il y a aussi la mère de l'assassin, sa sœur, son père.

Tandis que déposait la sœur de Patrick Henry, je voyais au-delà d'elle les visages des époux Bertrand.

Toute la souffrance qu'engendre le crime était inscrite sur leurs traits. Ils demeuraient admirables de maîtrise d'eux-mêmes et de dignité dans ces moments terribles. Leur avocat, Mᵉ Ambre, a su dire leur immense douleur sans jamais devenir un procureur. Mᵉ Ambre a honoré la profession d'avocat.

Après les dépositions du professeur Lwoff et du professeur Léautet et celle de l'abbé Clavier, un témoignage important a été celui du professeur Roumageon, le grand expert psychiatre. Après avoir expliqué qu'il ne pouvait pas considérer que Patrick Henry était irresponsable, le professeur Roumageon a dit qu'il demeurait un adversaire de la peine de mort. Il faudrait des années pour tenter d'explorer le conscient et l'inconscient de Patrick Henry, avec une marge considérable d'incertitude scientifique. Le professeur Roumageon a rappelé des exemples terribles : l'exécution d'un criminel dont le cerveau avait révélé après l'autopsie des lésions évidentes.

L'acte était tellement atroce et tellement sans rapport avec la personnalité de son auteur ! On nous parlait d'un garçon aimant ses parents, et gentil avec ses amis, bon copain, vivant comme n'importe quel habitant de Troyes, et on évoquait l'horreur même de son crime. Les psychiatres disaient : « Il nous paraît normal, mais son comportement a été si extraordinairement anormal, son acte est si terrible, qu'on ne l'explique pas. »

Enfin, il y a eu un dernier instant de grande émotion. Patrick Henry est incapable de s'exprimer autrement qu'en phrases brèves, et ne parle jamais de ce qui est essentiel. Lorsque j'étais allé le voir à la prison, il avait depuis longtemps préparé un texte qu'il voulait adresser aux parents de Philippe. Il n'avait pas osé le faire. Il y exprimait ses remords, en des termes qui montraient qu'il avait mesuré l'horreur de son crime. Un très beau texte. Je lui ai dit :

« Vous n'avez qu'à le lire au début du procès puisque vous n'avez pas pu l'envoyer. »

Quand nous sommes arrivés au procès, il s'est penché vers moi et m'a dit : « Je ne peux pas le sortir. » Je lui ai répondu : « Alors, taisez-vous, ce n'est pas la peine. On aurait l'impression que ça ne vient pas du cœur. » Il s'est tu.

Tout à fait à la fin, alors que nous avions déjà plaidé, le président lui a dit : « Vous n'avez rien à ajouter ? » Et là, il a craqué : il a tout dit, mais en des termes tout différents de ce qu'il avait préparé, plus directs, plus précis. Il a dit qu'il savait que ce qu'il avait fait était horrible, il demandait pardon aux parents ; toute sa vie, si on le laissait vivre, il regretterait son crime, il expierait.

Il avait un accent d'une profondeur, d'une sincérité totales. Un peu plus tard, je lui ai demandé : « Qu'est-ce qui vous a fait parler ? » Il m'a dit : « La lettre que Mme Ranucci a envoyée à ma mère. » S'il n'y avait pas eu cette lettre, il est probable qu'il se serait tu. Il est possible qu'il aurait été condamné à mort.

Au procès, il me rappelait « l'Étranger », le héros de Camus. Il donnait l'impression d'être ailleurs. Il participait aux débats de temps en temps, poliment. Il répondait aux questions comme un bon élève, pas très doué, puis il se rasseyait. Rien n'apparaissait de la tension que l'on sent chez un accusé qui risque sa tête.

Un avocat ne peut pas tricher avec la vérité

Au cours des audiences, il n'entrait en contact avec nous que pour des détails mineurs, rien d'essentiel. Il était enfermé dans une espèce de citadelle. Je n'en étais pas surpris. Chaque fois que je l'avais vu, à Chaumont, à Troyes, à Paris, les entretiens étaient toujours précis mais, surtout dans les derniers temps, il me donnait cette impression d'être loin de nous.

Me Bocquillon a plaidé le premier. Il a plaidé en laissant parler son cœur. On imagine toujours les avocats pleins de trucs, d'habiletés, sortant un lapin du chapeau, faisant pleurer le public à volonté avec des clichés émotionnels. Je ne sais pas si cela a existé ; c'est possible. Je suis convaincu que cette époque-là en tout cas est terminée. Ce changement radical est venu tout simplement de la télévision. Jadis, on allait aux grands meetings républicains, aux banquets ou aux distributions de prix où l'éloquence coulait à flots. On jugeait les avocats à la qualité de leur discours. Ils étaient formés à une technique, une technique rhétorique.

Aujourd'hui, les gens se sont habitués non pas à entendre des discours publics, mais à voir sur l'écran de la télévision quelqu'un qui leur parle directement. Ainsi, tous les jurés potentiels, le public, chacun d'entre nous s'attend, non pas à être agressé par un discours ou par une plaidoirie mais à être convaincu en profondeur. Ce n'est pas exclure l'émotion, c'est interdire l'effet, la pure dramatisation. Si nous voulions atteindre le juré – et au départ nos chances étaient très minces –, nous ne pouvions y parvenir qu'à une double condition. La première était la sincérité. Quand

Mᵉ Bocquillon parlait de Patrick Henry, on sentait sa sincérité absolue. Mᵉ Bocquillon a été magnifique quand il a évoqué l'idée que chacun de nous pouvait avoir un fils, un frère qui soit un assassin. Il a certainement touché au cœur les jurés.

L'autre exigence, c'est la lucidité. Il n'est pas possible de communiquer sa conviction aux gens auxquels on s'adresse si on ne les traite pas en adultes et en êtres libres et responsables. Vous devez les mettre en face de leurs responsabilités, puis leur dire loyalement mais fermement ce qui vous paraît exact, profondément vrai.

Les jurés : une grande fermeté morale

Au début, pour l'avocat, les jurés, ce sont des noms, des prénoms, des âges, des professions. Vous savez que vous aurez affaire à une femme de quarante-deux ans, directrice d'école, habitant un petit hameau à côté de Troyes, et qui s'appelle X... Cela ne vous renseigne pas beaucoup sur la personne elle-même. Ensuite, vous voyez des visages silencieux. De temps en temps, l'un d'entre eux fait poser une question par le président. De plus en plus, ils prennent des notes.

Je suis avocat depuis vingt-cinq ans. Plus le temps passe, plus les jurés prennent au sérieux ce qu'ils font. Ils mobilisent leur attention. C'est important et réconfortant. Mais ils demeurent des visages silencieux, des visages que l'on épie.

Dans un grand débat, l'avocat est aussi attentif aux visages des jurés qu'on peut l'être au visage d'une femme que l'on aime. Mais il voit ces visages à dix mètres et il ne peut pas amener des jumelles de théâtre. On voudrait s'assurer que ce qu'on croit être un signe d'émotion n'est pas simplement un réflexe. Comment savoir si ce juré s'est frotté le nez pour sécher une larme ou simplement par réaction nerveuse ?

On a publié les noms, donné les adresses des jurés, ce qui me paraît très dangereux. Ils vivent dans la ville de Patrick Henry ou dans ses environs et ils ont rendu un verdict impopulaire. Il suffisait d'écouter les cris « À mort ! » pour s'en convaincre. Puis ils sont rentrés chez eux et ils continueront à y vivre. Ils ont fait preuve d'une grande fermeté morale. Ils ont préféré un acte de justice à leur confort personnel. Il est réconfortant pour un avocat que des gens aient opposé leurs convictions au courant passionnel que suscite un tel crime.

Quand je songe à la pression à laquelle ont été soumis les avocats... les lettres de menaces, les coups de téléphone anonymes avant le procès, pendant les trois jours d'audience – à côté des télégrammes d'encouragement –, le courrier contenant des menaces de mort, je me représente les épreuves qui attendent les jurés.

La peine de mort était au banc des accusés

Quand vous plaidez une affaire de cette importance, vous portez en vous ce que vous allez dire, et votre propos lui-même vous emporte. Vous le sentez monter, vous le sentez se développer. Il a d'une certaine manière sa logique, qui ne correspond pas d'ailleurs toujours à ce que vous aviez envisagé de dire. Je ne crois, à cette heure décisive, qu'à une spontanéité créatrice.

Au moment où le jury s'est retiré pour délibérer, nous sommes allés voir Patrick Henry dans la petite salle à côté, avec ses gardiens. Il était très calme, il nous a remerciés, Mᵉ Bocquillon et moi, comme toujours, parce qu'il est courtois, et il m'a posé cette question : « Qu'est-ce que vous en pensez ? » Je lui ai répondu : « Et vous ? » L'accusé est finalement le spectateur de son propre procès, et surtout du dernier acte, celui des plaidoiries. Il n'a pas répondu.

J'ai commencé à espérer quand, après une heure de délibération, mon collaborateur est venu me chercher et m'a dit : « Il y a des cars de police de renfort qui arrivent. » Il était bien évident qu'on n'aurait pas eu besoin de renfort pour prononcer la condamnation à mort de Patrick Henry.

Puis tout s'est passé très vite. La sonnerie a retenti. La conversation s'est interrompue, l'audience a repris. Cette sonnerie qui rappelle tout le monde à sa place, comme au théâtre, a quelque chose d'angoissant et de ridicule. Là, j'ai eu une impression fulgurante. J'avais gardé un souvenir précis de la condamnation à mort de Buffet et Bontems. Ce qui m'avait frappé alors, c'était que les jurés, en entrant, ne regardaient pas le public ; ils regardaient au-dessus du public. Dès qu'ils avaient rejoint leur place, ils avaient baissé les yeux, comme s'ils ne pouvaient regarder la mort en face, regarder en face celui qu'ils venaient de condamner.

Cette fois, ils ont tous tourné les yeux vers le box. Ensuite, c'est allé très vite. À la dernière question : « Y a-t-il des circonstances atténuantes ? », le président a conclu : « Oui. » Les journalistes ont bondi pour se précipiter vers la porte. Le président a poursuivi, dans un tumulte formidable : « Réclusion criminelle à perpétuité. » On a entendu un cri : celui de la mère du condamné. Le président a dit à Patrick Henry :

« Vous vous rendez compte que la cour a fait à votre égard preuve d'une immense mansuétude et je pense que nous n'aurons pas à le regretter. »

Après le verdict, il reste déconcertant

Il a répondu : « Je vous l'assure, monsieur le président », d'un ton qui était celui d'un jeune scout, qui contrastait complètement avec le drame, l'horreur du crime, la fin à laquelle il avait échappé. C'était stupéfiant. Et puis la famille s'est approchée du box pour l'embrasser. Mᵉ Bocquillon et moi, nous sommes restés les jambes coupées. Vidés. Je pensais à mon ami Philippe Lemaire avec lequel j'avais défendu Bontems. Je n'ai pas eu le temps de commenter la décision avec Patrick Henry ; les gardes l'ont entraîné. Dehors, le verdict commençait à être connu. Le camion de gendarmerie est sorti par l'arrière du palais en emmenant le condamné.

Contrairement à ce qui était arrivé au verdict de Buffet et Bontems, où l'on avait applaudi dans la salle, il régnait cette surexcitation qui accompagne les grandes décisions, mais sans trace d'hostilité. Dehors, on hurlait : « À mort ! À mort ! » Il a fallu attendre. Le président ne voulait pas que les jurés sortent ; le capitaine de gendarmerie non plus. Quand deux inspecteurs de police ont franchi la grande porte, on les a pris pour des jurés ; ils ont reçu des cailloux et des coups.

Nous avons attendu un moment, puis nous sommes partis, comme à regret, les uns après les autres, par petits groupes. C'était fini, l'affaire Patrick Henry.

Paris-Match,
janvier 1977

L'angoisse de juger

Après le verdict de Troyes, le débat intellectuel sur la peine de mort se raviva. Le philosophe Michel Foucault, le psychanalyste Jean Laplanche et moi-même confrontâmes nos vues dans un long entretien publié dans Le Nouvel Observateur *en mai 1977.*

L'article de Jean Laplanche, publié dans *Le Nouvel Observateur* du 28 février 1977, à la suite du procès de Patrick Henry, avait provoqué de nombreuses réactions. Qu'un psychanalyste de renom, par définition ennemi de toute répression, paraisse renvoyer dos à dos adversaires et partisans de la peine capitale, voilà en effet qui avait de quoi surprendre – voire scandaliser – nos lecteurs, « abolitionnistes » dans leur grande majorité. Mᵉ Robert Badinter, dont la plaidoirie contribua grandement à arracher Patrick Henry à la guillotine, et le philosophe Michel Foucault, dont on connaît les prises de position sur la peine de mort et le problème de la répression, ont eu à cœur d'en débattre avec Jean Laplanche.

JEAN LAPLANCHE : La peine de mort est une peine absolue, c'est-à-dire une peine qui abolit le criminel en même temps que le crime. Or nous n'avons plus les certitudes théologiques, la foi aveugle, qui nous autoriseraient à prononcer une telle peine. Il me suffirait de savoir que, sur mille condamnés, il y avait un seul innocent, pour que l'abolition de la peine de mort soit indispensable : l'erreur judiciaire, quand on voudra la réparer, son « objet » – le condamné – ne sera plus là. Je suis donc personnellement, et sans aucune ambiguïté, favorable à la suppression de la peine capitale.

Cela dit, mon article est né d'un étonnement inquiet : je me suis aperçu que, dans ce grand débat, il existait un accord tacite pour ne se référer qu'à des arguments utilitaristes. Cela m'a paru particulièrement choquant de la part des gens qui, se réclamant en gros de la gauche, se disent partisans de l'abolition de la peine de mort. Devant le déluge de statistiques « montrant » que la peine de mort ne décourage pas le crime et qu'elle n'est pas en somme dissuasive, je me suis dit : comment peut-on parler d'une chose aussi sérieuse en acceptant que la mort soit considérée du seul point de vue de sa fonction d'épouvantail, fût-ce pour tenter de montrer que celui-ci est inefficace ? Et si d'autres statistiques « démontraient » que la peine est dissuasive ? Votre conviction ne changerait pas d'un pouce !

ROBERT BADINTER : Vous avez fait, dans votre article, allusion au rôle de la défense dans les procès d'assises et vous me reprochez de m'être servi d'arguments « utilitaristes »... Il y a beaucoup à dire làdessus ! Mais, avant tout, je dois préciser que, pour moi, une plaidoirie est morte à l'instant même où elle a été prononcée. La plaidoirie est action, non réflexion. Elle est indissociable du procès dans lequel elle s'insère. J'ai fait faire une sténotypie complète de tous les débats du procès de Patrick Henry. Je pensais, comme tout le monde, qu'il allait se terminer par une condamnation à mort. Je souhaitais – et ceci ne surprendra pas Michel Foucault – que les débats subsistent, comme un document historique. Si Patrick Henry avait été condamné à mort, j'aurais publié ce texte immédiatement.

MICHEL FOUCAULT : Vous venez de dire une chose très importante : personne ne sait ce qui se passe réellement au cours d'un procès. Ce qui est pour le moins surprenant, dans la mesure où c'est une procédure, en principe, publique. Par méfiance de l'écrit et du secret – qui étaient deux principes de la justice pénale sous la monarchie –, la nôtre, depuis 1794, est censée être orale et publique. Les pièces de l'instruction ne sont que des documents préparatoires. Tout doit se jouer dans un théâtre où la conscience publique est censée être présente. Or, concrètement, n'y assistent que cinquante personnes, quelques journalistes, un président hâtif, des jurés débordés. Il n'y a pas de doute : en France, la justice est secrète. Et, après le verdict, elle le reste. Il est tout de même extraordinaire que, tous les jours, des dizaines de réquisitoires soient prononcés au nom d'un « peuple français » qui les ignore pour l'essentiel.

Un débat comme celui de Troyes était terriblement important. Le crime de Patrick Henry a fait l'objet d'une dramatisation sans précédent, pendant des mois, dans toute la presse. Et puis je ne sais s'il faut s'en féliciter mais, dans ce procès, l'histoire de la peine de mort se trouvait engagée. Or, malgré tout cela, personne ne sait vraiment ce qui s'y est dit, quel argument a fait mouche ; à mon sens, la publication intégrale des débats est indispensable, quelles que soient vos réserves.

ROBERT BADINTER : Ce que vous venez de dire m'encourage à poser à Jean Laplanche une question préliminaire, mineure mais très importante : avez-vous déjà assisté à un grand procès criminel ?

JEAN LAPLANCHE : Non, jamais.

ROBERT BADINTER : Vous non plus, Michel Foucault ?

MICHEL FOUCAULT : Jamais à un grand procès d'assises. Et *Le Nouvel Observateur* ne m'a pas demandé de couvrir le procès de Troyes, ce que je regrette...

ROBERT BADINTER : Jean Laplanche n'a vu qu'artifice et habileté là où tous ceux qui étaient présents au procès ont ressenti exactement le contraire. En fait, il ne s'agissait pour moi que d'amener les jurés à la lucidité sur ce que représentait pour eux, en tant qu'hommes, la peine de mort.

Je m'étais dit : le vrai problème pour le juré, c'est son rapport personnel, secret, à la mort. J'ai voulu leur faire sentir qu'ils ne représentaient, finalement, qu'eux-mêmes, face à un homme assis tout près d'eux. Et qu'ils avaient le pouvoir aberrant, exorbitant, d'interdire à cet homme de continuer à vivre. Bien sûr, j'ai parlé de l'« homme coupé en deux ». Mais, contrairement à ce qu'imagine Jean Laplanche, ce n'était pas par goût de l'effet oratoire. J'ai horreur de toute exploitation rhétorique de la guillotine, du supplice. C'est justement pour ne pas décrire que j'ai cherché l'image la plus nue de ce que représente le fait de décapiter un homme. Et de quelque façon qu'on prenne la chose, à la fin du supplice cet homme est en deux morceaux dans la cour de la Santé. C'est tout. Alors, au lieu de dire avec un luxe de détails troubles : on va lui trancher le cou, prendre sa tête et la mettre dans un panier – ce qui s'est beaucoup fait dans les prétoires –, j'ai choisi la nudité extrême.

Que cette image évoque pour un psychanalyste des notions fondamentales comme la castration, c'est possible. Mais, en ce qui me concerne, c'est le contraire d'un artifice rhétorique. C'est pourquoi cet article m'a choqué, blessé.

JEAN LAPLANCHE : Badinter semble penser que je lui ai reproché des procédés ou des « effets ». Mais ce n'est pas la sincérité de l'avocat qui est en question. Au fond, peu importe que j'aie ou non assisté à ce procès : des procès comme celui de Troyes sont des procès témoins, ce sont tous les citoyens qui, au-delà de l'assistance, y sont interpellés.

Et c'est ici que vient ma seconde remarque : vous êtes nécessairement en porte-à-faux entre votre fonction de défenseur d'un homme et votre mission de réformateur d'une loi. J'ai lu avec beaucoup d'admiration votre livre, *L'Exécution*. Vous y montrez que la défense d'un homme ne peut être qu'une assistance absolue, au corps à corps, qui n'a plus à se préoccuper de la justice. C'est une position redoutable et admirable : à supposer que vous ayez utilisé des « effets » à cette fin, je n'y verrais rien à redire ! Mais là où votre position est insoutenable, c'est quand, au même moment, vous entendez engager une action contre la peine de mort. De deux choses l'une : soit vous vous situez encore dans une référence à la loi et à la justice – mais cela entrave votre défense absolue. Ou bien c'est la notion même de peine que vous ébranlez : or la critique de la peine de mort qui met l'accent sur son

« inutilité » présuppose que la justice n'a pour objet que l'administration la meilleure possible des rapports entre les hommes.

ROBERT BADINTER : Mais, enfin, le problème de la peine de mort ne se pose pas seulement en soi, dans l'abstrait ! Il se pose d'abord concrètement au moment où un homme qui est là, près de vous, risque d'être condamné à mort. Il ne prend tout son sens, croyez-moi, qu'à la minute ultime, sanglante, dans la cour de la Santé. Là, il n'a plus rien de théorique, hélas !

JEAN LAPLANCHE : Vous nous dites que chaque juré ne représente finalement que lui-même. Mais on peut prétendre la même chose pour tout prononcé d'une peine, quelle qu'elle soit ! Supposons que la peine de mort soit abolie. N'est-ce pas la même situation ? Le juré n'est-il pas alors l'homme qui ferme le verrou de la cellule du prisonnier ? N'en revient-on pas, comme pour la peine de mort, à une situation d'« homme à homme », dans laquelle une réelle décision ne peut plus être conçue que comme une vengeance ? C'est bien pourquoi la justice n'est possible que si elle est rendue « au nom de... ». Si vous supprimez cette référence qui dépasse l'individu, vous supprimez la justice ; mais ce qui s'y substitue, ce n'est pas la liberté, c'est l'administration contraignante des hommes, avec ses multiples visages : technique, policier, psychiatrique...

ROBERT BADINTER : À aucun moment de sa vie un homme ne dispose d'un pouvoir comparable à celui où il dit : « Que vais-je faire de lui ? Pour combien de temps vais-je l'envoyer en centrale ? Cinq ans ? Dix ans ? » Et dès lors, bien sûr, le premier devoir d'un avocat est de rappeler aux jurés que cinq ans de privation de liberté, c'est immense. Mais, dans le cas d'une peine de prison, modifiable par nature, rien n'est vraiment définitif. Le procès va se poursuivre, dans l'ombre, dans le cadre de la détention, à l'occasion de la grâce, de la libération conditionnelle, etc. Quand il s'agit de la mort, le choix est radical : il change de nature. Après la décision – et sous réserve du droit de grâce –, tout est fini. Quand les jurés doivent se prononcer, c'est la mort qui les regarde en face. Et elle est escamotée, gommée, masquée par tout le cérémonial judiciaire.

JEAN LAPLANCHE : Le cérémonial n'est ridicule et désuet que lorsqu'il est déserté par sa signification symbolique, par sa référence « au nom de... ». Vous tenez à individualiser la décision judiciaire. Mais, par là même, vous rendez toute décision impossible – ou criminelle. N'y a-t-il pas, tous les jours, de nombreuses circonstances dans lesquelles la décision d'un seul entraîne la mort de milliers d'hommes ? Imaginez que vous êtes président de la République et que vous devez décider si l'on abaisse la limite de vitesse sur les autoroutes à 90 km/h. Il y a de quoi passer quelques nuits blanches. Là encore, l'investissement d'une charge n'est pas un vain oripeau mais ce qui permet d'assumer la culpabilité liée à toute décision. Des « présidents », des juges, des jurés obsessionnellement culpabilisés : est-ce là ce que nous souhaitons ? Mais alors, en contrepartie, les commissaires, les technocrates, les spécialistes de l'« âme humaine », eux, ne s'embarrasseront pas de scrupules...

ROBERT BADINTER : Je ne vois pas le rapport. En quoi le fait que certaines décisions politiques ou stratégiques engagent la vie et la mort d'autrui justifie-t-il la décision judiciaire de mise à mort ? C'est vrai qu'il est très grave de décider si un homme restera en prison cinq ans de plus ou de moins. Mais, dans le système actuel, comment admettre la peine de mort ? À Troyes, Patrick Henry en a réchappé. Mais Ranucci venait d'être guillotiné et, une semaine après Troyes, Carrein était condamné, peut-être parce que certains jurés se sentent frustrés de la mort de Patrick Henry. Ce relativisme-là, à lui seul, suffit à condamner la peine capitale.

Alors, comment ne pas user de tous les arguments dont on dispose ? En face de vous, voilà un procureur qui vous dit : « Si vous ne condamnez pas cet homme à mort, d'autres enfants innocents seront assassinés sauvagement. » À ce moment-là du débat, si vous ne répondez pas sur le même terrain, si vous ne détruisez pas cet argument – qui n'est en réalité que le déguisement de la pulsion de mort qui nous habite tous –, vous êtes perdu. Bien entendu, on n'exécute pas les criminels pour protéger d'autres victimes potentielles. On les tue pour bien d'autres raisons que j'aurais aimé vous entendre, vous psychanalyste, nous expliquer. Mais, avant d'aborder le fond du débat, il faut démolir ces arguments pseudo-rationnels. Et, si l'on ne passe pas par là, ce n'est pas la peine d'essayer de sauver un homme.

JEAN LAPLANCHE : Assurément, vous êtes en contact avec la réalité du prétoire. Mais je me demande si ce milieu du prétoire, et ses argumentations en circuit fermé, est bien relié à cette autre réalité, celle du corps social, et de son besoin de justice, que vous réduisez, à tort, à un besoin de vengeance. Exemplarité ou inefficacité de la peine ? Ce n'est pas ce qui résonne au niveau de la population. Ou bien, pour nuancer les choses, il faudrait distinguer deux aspects de ce qu'on nomme exemplarité. Une exemplarité purement utilitaire : l'homme est comparé à un rat qu'on dresse dans un labyrinthe. S'il reçoit une décharge, il ne prendra pas telle direction. Nous savons que ce conditionnement – heureusement – est largement inefficace chez l'homme. Et il est une exemplarité différente, que l'on peut nommer symbolique, celle qui atteste la pérennité d'un certain réseau de valeurs : la valeur de la vie humaine, par exemple. Eh bien, je pense, si l'on va au fond des choses, que la dissuasion « réelle » n'intéresse que médiocrement les gens qui réclament, parfois de façon véhémente ou hideuse, le châtiment. Ce qu'ils veulent simplement, c'est que « le crime soit puni » ; l'« exemple » de la peine est là pour attester la pérennité de certains interdits, voire de certains « tabous ». Or, à ce niveau-là, vous ne leur répondez pas. Vous ne leur dites jamais, à aucun moment : « La punition, savez-vous bien ce que c'est ? Savez-vous pourquoi vous la désirez tellement ? »

MICHEL FOUCAULT : La plaidoirie de Badinter à Troyes m'a paru forte sur les points, précisément, que conteste Jean Laplanche. Mais je crois, maître Badinter, que vous ne donnez de ce que vous avez fait qu'une interprétation minimale. Vous avez dit aux jurés : « Mais, enfin, votre conscience ne peut pas vous autoriser à condamner quelqu'un à mort ! » Vous leur avez dit également : « Vous ne connaissez pas cet individu, les psychiatres n'ont rien pu vous en dire, et vous allez le condamner à mort ! » Vous avez aussi critiqué l'exemplarité de la peine. Or ces arguments ne sont possibles que parce que la justice pénale ne fonctionne pas tant comme l'application d'une loi ou d'un code que comme une sorte de mécanisme correctif dans lequel la psychologie de l'inculpé et la conscience des jurés viennent interférer.

Si votre stratégie me paraît fine, c'est qu'elle piège le fonctionnement de la justice pénale depuis le début du XIXe siècle. Vous l'avez pris au pied de la lettre. Vous vous êtes dit : « Dans notre justice, les jurés, ces gens choisis au hasard, sont censés être la conscience universelle du peuple. Mais il n'y a aucune raison pour que douze personnes se mettent tout d'un coup, par la grâce judiciaire, à fonctionner comme la conscience universelle. » Relevant ce défi, vous vous êtes adressé à eux : « Monsieur Untel, vous avez vos humeurs, votre belle-mère, votre petite vie. Accepteriez-vous, tel que vous êtes, de tuer quelqu'un ? » Et vous avez eu raison de leur parler ainsi. Car la justice fonctionne sur l'équivoque entre le juré-conscience universelle, citoyen abstrait, et le juré-individu trié sur le volet selon un certain nombre de critères.

De même, vous avez dit : « Au fond, on juge les gens non tellement sur leurs actes que sur leur personnalité. » La meilleure preuve : on fait venir un psychiatre, des témoins de moralité, on demande à la petite sœur si l'accusé était gentil, on interroge ses parents sur sa première enfance. On juge le criminel plus que le crime. Et c'est la connaissance qu'on prend du criminel qui justifie qu'on lui inflige ou non telle punition. Mais, relevant toujours le défi, vous en avez tiré les conséquences : « Les psychiatres n'ont pas su nous parler de Patrick Henry, il n'est pas vraiment connu de nous. Nous ne pouvons donc pas le tuer. »

Vos arguments étaient tactiquement habiles, certes. Mais ils avaient surtout le mérite d'utiliser en pleine lumière, en la retournant contre elle-même, la logique du système pénal actuel. Vous avez démontré que la peine de mort ne pouvait pas fonctionner à l'intérieur d'un tel système. Mais c'est alors qu'intervient Jean Laplanche en disant que ce système est dangereux.

JEAN LAPLANCHE : Si je dis qu'il est dangereux, c'est qu'il nous conduit à un conformisme bien pire que celui de la loi : celui de la conformité. Foucault souligne une évolution mais il pousse aussi dans le sens de celle-ci. La loi dont il annonce la mort est remplacée, de façon insidieuse, par la manipulation de l'homme, au nom d'une « norme » prétendue rationnelle. Et la « norme », elle, il ne s'en défera pas aussi facilement : c'est le chiendent qui repousse sans cesse sur le terrain « libéré » de la loi.

MICHEL FOUCAULT : Imaginons une justice qui ne fonctionne qu'au code : si tu voles, on te coupera la main ; si tu es adultère, tu auras le sexe tranché ; si tu assassines, tu seras décapité. On a un système arbitraire et contraignant de relation entre les actes et la punition qui sanctionne le crime en la personne du criminel. Alors, il est possible de condamner à mort.

Mais si la justice se préoccupe de corriger un individu, de le saisir dans le fond de son âme pour le transformer, tout est différent : c'est un homme qui en juge un autre, la peine de mort est absurde. Mᵉ Badinter l'a prouvé et sa plaidoirie, en ce sens, est incontestable.

JEAN LAPLANCHE : Non seulement la peine de mort devient impossible, mais aucune peine n'est, en vérité, possible.

MICHEL FOUCAULT : En effet. Actuellement, deux systèmes se superposent. D'une part, nous vivons encore sur le vieux système traditionnel qui dit : on punit parce qu'il y a une loi. Et puis, par-dessus, un nouveau système a pénétré le premier : on punit selon la loi mais afin de corriger, de modifier, de redresser ; car nous avons affaire à des déviants, des anormaux. Le juge se donne comme thérapeute du corps social, travailleur de la « santé publique » au sens large.

JEAN LAPLANCHE : Il me semble un peu raide de proclamer que nous en avons fini avec la loi pour entrer dans l'univers de la norme – même si c'est pour la contester à son tour. Pour la population, malgré tout, la notion de justice reste inentamée. « C'est juste, ce n'est pas juste. Cet homme a fait du mal, il faut le punir » : on entend cela partout autour de soi. C'est le besoin d'une loi qui se manifeste dans ce grand murmure collectif. Il est frappant de voir, chez nos juristes ou criminologistes modernes, que la notion « rétributive » de la peine soit traitée par le mépris.

C'est pour remonter un peu ce courant, cette dégradation, que j'ai fait allusion à Hegel, qui est allé au-devant de l'objection majeure : si l'on s'en tient au niveau de la matérialité, de la souffrance, rien ne justifie qu'on vienne ajouter au crime un autre mal, une autre souffrance – celle qu'on impose au criminel. Cela ne change rien, cela ne ressuscite pas le mort ! Les maux, loin de s'équilibrer, s'additionnent. Or cette objection, si puissante, ne peut être dépassée que par la référence à un autre niveau, celui de la loi. La peine, dit fortement Hegel, n'a de sens que si elle abolit, symboliquement, le crime. Mais cela, à son tour, ne se comprend que parce que le crime, lui-même, ne gît pas dans la violence matérielle où il se manifeste. Il n'existe que dans et par la loi. Nous sommes des animaux voués aux symboles et le crime est adhérent à notre peau, comme la loi...

ROBERT BADINTER : Tout à l'heure, j'évoquais le rapport qui s'établit entre celui qui a pour mission de juger et la décision. Vous me dites : la loi survit. C'est vrai. Seulement, il ne faut pas oublier le jeu des circonstances atténuantes. Vous pouvez, pour le même crime, être condamné à mort ou à trois ans de prison avec sursis. Bien sûr, l'éventail des condamnations possibles n'est pas infini mais il est tout de même très large. Et la diversité des choix offerts confère au juge un grand pouvoir.

En fait, si l'on s'est ainsi orienté vers un élargissement du possible, c'est parce que l'institution judiciaire le réclamait. Rappelez-vous la thèse de Montesquieu et des Constituants : le juge doit être « la bouche de la loi ». C'était infiniment commode pour lui. Il lui suffisait de se poser la question : coupable ou non coupable ? S'il était persuadé de la culpabilité, il prononçait la peine prévue par les textes. Et il avait le sentiment réconfortant d'avoir appliqué la volonté générale. Cela devait être bien agréable. Mais trop commode. Dans le système actuel, c'est le juge qui assume la responsabilité de la décision. D'où les tâtonnements, les incertitudes. Mais c'est, à mon sens, infiniment préférable à ce couperet automatique de la rétribution abstraite.

Le drame, c'est qu'on n'est pas allé jusqu'au bout de la personnalisation. Bien sûr, on parle de traiter, de rééduquer, de guérir. Mais on nous donne une caricature du traitement. On parle de réadaptation, de réinsertion sociale des condamnés. Et, en fait, on assiste à une exploitation politique de la lutte contre le crime. Aucun gouvernement n'a jamais voulu se donner les moyens de tous ces beaux discours.

JEAN LAPLANCHE : Si je vous entends bien, nous nous dirigeons à grands pas vers une psychiatrisation totale de la justice !

ROBERT BADINTER : Non. La psychiatrie n'est qu'un moyen parmi d'autres à la disposition des juges.

JEAN LAPLANCHE : Je pourrais parler de psychanalysation, ce qui me paraît aussi grave. La psychanalyse n'est pas là pour venir, sur commande, guérir la délinquance.

MICHEL FOUCAULT : J'irai plus loin : quel est cet étrange postulat selon lequel, du moment que quelqu'un a commis un crime, cela signifie qu'il est malade ? Cette symptomatisation du crime fait problème...

ROBERT BADINTER : Ne me faites pas dire ce que je n'ai pas dit : ce serait une grossière caricature de ma pensée... Le crime est une maladie sociale. Mais ce n'est pas en tuant les malades ou en les confinant à l'écart des prétendus bien portants qu'on lutte contre la maladie.

MICHEL FOUCAULT : Peut-être, mais ce n'est pas une caricature de ce qui a été dit par toute la criminologie depuis 1880. Nous avons encore, en apparence, un système de loi qui punit le crime. En fait, nous avons une justice qui s'innocente de punir en prétendant traiter le criminel.

C'est autour de cette substitution du criminel au crime que les choses ont pivoté et que l'on a commencé à penser : « Si l'on a affaire à un criminel, punir n'a pas grand sens, sauf si la punition s'inscrit dans une technologie du comportement humain. » Et voilà que les criminologues des années 1880-1900 se sont mis à tenir des propos étrangement modernes : « Le crime ne peut être, pour le criminel, qu'une conduite anormale, perturbée. S'il trouble la société, c'est qu'il est lui-même troublé. Il faut donc le traiter. » Ils en tiraient deux sortes de conséquences : en premier lieu, « l'appareil judiciaire ne sert plus à rien. Les juges, en tant qu'hommes du droit, ne sont plus compétents pour traiter cette matière si difficile, si peu juridique, si proprement psychologique qu'est le criminel. Il faut donc substituer à l'appareil judiciaire des commissions techniques de psychiatres et de médecins ». Des projets précis furent élaborés en ce sens.

Deuxième conséquence : « Il faut certes traiter cet individu qui n'est dangereux que parce qu'il est malade. Mais, en même temps, il faut protéger la société contre lui. » D'où l'idée d'un internement à fonction mixte : de thérapeutique et de préservation sociale.

Ces projets ont suscité de très vives réactions de la part des instances judiciaires et politiques européennes dans les années 1900. Pourtant, ils ont trouvé de nos jours un très vaste champ d'application où l'URSS – une fois de plus « exemplaire » – n'est pas exceptionnelle.

ROBERT BADINTER : Mais on ne peut tout de même pas préconiser un retour à la rétribution abstraite de la peine ! Vous parlez crime, Michel Foucault. Mais c'est le criminel que l'on juge. On peut essayer de réparer les conséquences d'un crime, mais c'est le criminel que l'on punit. Les juges ne pouvaient pas refuser d'aller dans la direction du traitement judiciaire. Pouvaient-ils refuser l'idée qu'on allait changer le criminel pour le ramener dans la norme ? Qu'en faire ? Le jeter dans un trou pendant vingt ans ? Ce n'est pas, ce n'est plus possible. Le couper en deux ? Ce n'est pas possible. Alors ? Le réinsérer en le normalisant. Du point de vue du technocrate judiciaire – juge ou avocat –, il n'y a pas d'autre approche possible. Et elle n'est pas forcément pratiquée selon le système soviétique.

L'autre aspect des choses qui me passionne, c'est cette clameur qui monte vers le ciel : « À mort ! À mort ! Qu'on les pende ! Qu'on les torture ! Qu'on les castre ! » Pourquoi ? Si j'ai été tellement déçu à la lecture de l'article de Laplanche, c'est qu'il ne répondait pas à cette question. Au fond, la seule approche intéressante du problème de la peine de mort, ce n'est pas celle des techniciens de la justice, ce n'est pas celle des moralistes, ce n'est pas celle des philosophes. C'en est une autre que je voudrais voir naître et qui répondra à tous ceux qui s'interrogent sur la fonction secrète de la peine de mort.

La peine de mort, en France, cela concerne un tout petit nombre de criminels. Dans les neuf dernières années, il y a eu cinq exécutions. Regardez, face à ces chiffres, l'immensité des passions déchaînées ! Pourquoi reçoit-on, dès que l'on publie un article sur la peine de mort, deux cents lettres d'insultes ou de délire ? Pour l'affaire Patrick Henry, je continue à recevoir un courrier incroyable : « Espèce de salaud, si tu crois que tu vas sauver ta peau après avoir fait acquitter [le terme est plaisant s'agissant de la perpétuité !] ce monstre ! » Suivent des menaces de torture sur la personne de ma femme et de mes enfants.

Pouvez-vous expliquer cette angoisse ? Pourquoi les non-criminels ont-ils un tel besoin de sacrifice expiatoire ?

MICHEL FOUCAULT : Je crois que vous intégrez deux choses dans la même question. Il est certain que les crimes spectaculaires déclenchent une panique géné-

rale. C'est l'irruption du danger dans la vie quotidienne. Résurgence exploitée sans vergogne par la
presse.

En revanche, vous n'imaginez pas les efforts qu'il
a fallu déployer pour intéresser un peu les gens à ce
qui est – vous en conviendrez – le vrai problème de
la pénalité, c'est-à-dire les flagrants délits, la menue
correctionnelle, les procès minute où le gars, parce
qu'il a volé un bout de ferraille dans un terrain vague,
se retrouve avec dix-huit mois de prison, ce qui fait
qu'il recommencera forcément, etc. L'intensité des
sentiments qui entourent la peine de mort est entrete-
nue volontairement par le système ; cela lui permet de
masquer les vrais scandales.

Nous voilà donc avec trois phénomènes superposés
qui ne s'accordent pas : un discours pénal qui prétend
traiter plutôt que punir, une conscience collective qui
réclame quelques punitions singulières et ignore le
quotidien du châtiment qu'on exerce silencieusement
en son nom.

JEAN LAPLANCHE : Il me semble arbitraire de séparer
aussi nettement la population des délinquants et celle
des non-délinquants. Il existe, des deux côtés, un fonds
d'angoisse et de culpabilité commun. Les grandes
vagues d'angoisse dont vous parlez ne sont pas liées à
la peur mais à quelque chose de beaucoup plus profond
et de plus difficile à cerner. Si les gens s'interrogent
tellement sur la peine de mort, c'est parce qu'ils sont
fascinés par leur propre agressivité. Parce qu'ils savent
confusément qu'ils portent le crime en eux et que le
monstre qu'on leur présente leur ressemble.

Quant aux criminels – que je connais moins bien
que Me Badinter –, ils restent eux aussi fidèles à la loi.

N'entend-on pas, d'une cellule à l'autre : « Ce n'est pas juste, il a écopé de trop » ? Ou : « Il l'a bien cherché... » ?

Non, il n'y a pas d'un côté une population blanche comme l'oie qui s'effraie de la transgression et souhaite la punir, et d'autre part un peuple de criminels qui ne vit que dans et par la transgression. Alors, que vous répondre, sinon qu'il existe un décalage entre l'angoisse innommable qui vient de notre propre pulsion de mort et un système qui introduit la loi ? Et que c'est justement ce décalage qui permet un certain équilibre psychique. Je ne pense en aucune façon que l'application de la loi soit le « traitement » du criminel. La loi est un élément qui existe implicitement, même chez celui qui la viole. Inversement, le crime existe en chacun de nous, mais ce qui est psychiquement dévastateur, c'est, lorsque quelqu'un a fait passer ce crime implicite dans les actes, de le traiter comme un « enfant irresponsable ». On pourrait, ici, se référer à la psychanalyse et à son évolution par rapport aux problèmes de l'éducation : on s'est aperçu que l'absence de loi – ou du moins sa carence partielle, ou encore son ambiguïté – était très angoissante, voire « psychotisante », pour l'enfant élevé dans la « permissivité ».

ROBERT BADINTER : Il n'est pas question de supprimer la loi. Elle n'a pas seulement une fonction technique et répressive mais aussi une fonction expressive, en ce sens qu'elle exprime ce que la conscience collective juge convenable.

JEAN LAPLANCHE : Je dirais, au sens le plus fort, qu'elle a une fonction subjective, et cela en chacun de nous ; celle des interdits que nous respectons – en notre inconscient –, du parricide ou de l'inceste...

MICHEL FOUCAULT : Pour Laplanche, le sujet se constitue parce qu'il y a la loi. Supprimez la loi, vous n'aurez même pas de sujet.

ROBERT BADINTER : Je regrette beaucoup que les psychanalystes ne se soient pas interrogés plus avant sur l'origine du besoin de punition qu'ils semblent tenir pour acquis. Dire qu'il y a à la fois identification avec le criminel et angoisse de cette identification, ce sont des mots...

MICHEL FOUCAULT : Il me paraît périlleux de demander aux psychanalystes raison et fondement pour l'acte social de punir.

ROBERT BADINTER : Pas raison et fondement mais explication et clarté.

JEAN LAPLANCHE : Les psychanalystes, et Freud le premier, se sont longuement interrogés sur cette question. S'il fallait en deux phrases se risquer à résumer leur point de vue, je dirais qu'il existe deux niveaux de la culpabilité : l'un où elle est coextensive à l'angoisse de notre propre auto-agression ; et l'autre où elle vient se symboliser dans des systèmes constitutifs de notre être social : linguistiques, juridiques, religieux. Le besoin de punition est déjà une façon de faire passer l'angoisse primordiale dans quelque chose d'exprimable et, par conséquent, de « négociable ». Ce qui peut être expié peut être aboli, compensé symboliquement...

ROBERT BADINTER : Nous nous contentons donc de prendre le besoin de punition comme un acquis sans en chercher les causes. Mais, une fois que le public a été informé de la punition, c'est le deuxième aspect des choses qui commence : le traitement, l'approche personnalisée du criminel. La justice doit donc satisfaire le besoin collectif de punition, sans oublier la réadaptation. Évidemment, cela grince parfois, et le public s'indigne : « On l'a condamné à vingt ans et il s'en est sorti après huit ans ! » Mais pourquoi le garderait-on plus longtemps s'il s'est amendé ?

JEAN LAPLANCHE : On pourrait même se demander pourquoi il faut absolument punir certains criminels si l'on est sûr qu'ils se sont amendés avant d'être punis.

ROBERT BADINTER : Il ne le faudrait pas. Mais le public réclame le châtiment. Et si l'institution judiciaire n'assouvissait pas le besoin de punition, cela produirait une frustration formidable, qui se reporterait alors sur d'autres formes de violence. Cela dit, une fois la dramaturgie judiciaire accomplie, la substitution du traitement à la punition permet la réinsertion sans toucher au rituel. Et le tour est joué.

MICHEL FOUCAULT : Bien sûr, cela grince, mais voyez aussi comme tout est bien huilé ! Bien sûr, on est là pour punir un crime, mais le président, avec son hermine et sa toque, que dit-il ? Il se penche vers le délinquant : « Qu'a été votre enfance ? Vos rapports avec votre maman ? Vos petites sœurs ? Votre première expérience sexuelle ? » Qu'est-ce que ces questions ont à faire avec le crime qu'il a commis ? Certes, cela a à voir avec la psychologie. On convoque des psychiatres qui tiennent des discours à couper bras et jambes, tant du point de vue psychiatrique que du point de vue judiciaire, et que tout le monde fait semblant de considérer comme des exposés techniques de haute compétence. C'est au terme de cette grande liturgie juridico-psychologique qu'enfin les jurés acceptent cette chose énorme : punir, avec le sentiment qu'ils ont accompli un acte de sécurité-salubrité sociale, qu'on va traiter le « mal » en envoyant un bonhomme en prison pour vingt ans. L'incroyable difficulté à punir se trouve dissoute dans la théâtralité. Cela ne fonctionne pas mal du tout.

ROBERT BADINTER : Je ne suis pas aussi sûr que vous que le juré se laisse séduire par cette approche médicale. Il pense plus simplement : « Il a été abandonné par sa mère ? Deux ans de moins. » Ou encore : « Son père le battait ? Quatre années de réclusion en moins. Il a eu une enfance méritante ? Trois ans de moins. Il a plaqué sa femme et ses enfants ? Trois ans de plus. » Et ainsi de suite. Je caricature, bien sûr, mais pas tellement...

JEAN LAPLANCHE : L'expertise psychiatrique, telle que je l'ai connue, se préoccupait avant tout de la protection de la société. Qu'est-ce qui était le plus efficace de ce point de vue : l'internement ou la prison ? La thérapeutique n'avait pas grand-chose à voir là-dedans. J'ai vu le cas de délits mineurs : sachant que l'emprisonnement serait très court, l'expert conseillait d'interner le délinquant, en recommandant même aux autorités de tutelle de ne pas suivre l'avis d'un médecin-chef trop intelligent qui risquerait de le remettre en liberté...

MICHEL FOUCAULT : Il existe en cette matière une circulaire, qui date d'après la guerre, selon laquelle le psychiatre doit répondre, en justice, à trois questions – outre la traditionnelle : « Était-il en état de démence ? » Ces questions sont extraordinaires si l'on y fait attention : « 1) L'individu est-il dangereux ? 2) Est-il accessible à la sanction pénale ? 3) Est-il curable ou réadaptable ? » Trois questions qui n'ont aucun sens juridique ! La loi n'a jamais prétendu punir quelqu'un parce que « dangereux » mais parce que criminel. Sur le plan psychiatrique, cela n'a pas plus de signification : que je sache, le « danger » n'est pas une catégorie psychiatrique. Ni le concept « réadaptable », d'ailleurs.

Nous voilà en présence d'un étrange discours mixte où la seule chose dont il soit question est le danger pour la société. Voilà le jeu que les psychiatres acceptent de jouer. Comment est-ce possible ?

JEAN LAPLANCHE : En effet, la psychiatrie, lorsqu'elle se plie à ce jeu, assume un double rôle : de répression et d'adaptation. Pour ce qui concerne la psychanalyse, les choses sont un peu différentes. La psychanalyse n'a vocation ni à l'expertise ni à la réadaptation. La criminalité n'est certainement pas en soi un motif de cure analytique ; à plus forte raison si le délinquant était adressé au psychanalyste par les autorités. Cependant, on pourrait très bien imaginer qu'un délinquant fasse une cure analytique en prison. S'il exprime une demande en ce sens, il n'y a aucune raison pour ne pas tenter d'y répondre. Mais, en aucun cas, le traitement ne saurait être une alternative de la sanction : « Si tu guéris bien, on te libérera plus vite... »

MICHEL FOUCAULT : Certaines législations prévoient des décisions judiciaires de traitement obligatoire, dans le cas des drogués ou dans les tribunaux pour enfants.

JEAN LAPLANCHE : Mais c'est aberrant ! Quand on sait la difficulté extrême qu'il y a à aborder les drogués, même quand ils acceptent de recourir à un traitement...

ROBERT BADINTER : Du point de vue du juge, ce n'est pas une aberration. Cela vaut tout de même mieux que de boucler le drogué dans une maison d'arrêt pendant plusieurs mois.

JEAN LAPLANCHE : Mais, précisément à ce propos, vouloir soustraire le drogué à une éventuelle confrontation à la sanction pénale, c'est se placer dans les pires conditions du point de vue même de la psychothérapie. La psychothérapie ne saurait être une alternative à la prison qu'en se sabordant elle-même.

ROBERT BADINTER : Cela dit, notre justice n'a jamais vraiment voulu jouer le jeu du traitement jusqu'au bout.

JEAN LAPLANCHE : Ce n'est pas parce que le cadre pénitentiaire est détestable qu'il faut le remplacer par un cadre psychiatrique non moins détestable.

ROBERT BADINTER : Ce n'est pas d'un cadre psychiatrique que je parle. Il ne s'agit pas de donner au psychiatre les pleins pouvoirs. Ce que je dis, c'est qu'on ne peut pas l'ignorer. Jusqu'à présent, il a été utilisé essentiellement comme alibi. Jamais à des fins curatives.

MICHEL FOUCAULT : Vous semblez considérer la psychiatrie comme un système qui existerait réellement, comme un merveilleux instrument tout préparé d'avance. « Ah ! si enfin de vrais psychiatres venaient travailler avec nous, comme ce serait bien ! » Or je crois que la psychiatrie n'est pas capable, et qu'elle ne le sera jamais, de répondre à une pareille demande. Elle est incapable de savoir si un crime est une maladie ou de transformer un délinquant en non-délinquant.

Il serait grave que la justice se lave les mains de ce qu'elle a à faire en se déchargeant de ses responsabilités sur les psychiatres. Ou encore que le verdict soit une sorte de décision transactionnelle entre un code archaïque et un savoir injustifié.

ROBERT BADINTER : Il ne s'agit certes pas d'une délégation de responsabilités. Mais la psychiatrie est un instrument parmi d'autres. Mal ou peu utilisé jusqu'à présent en justice.

MICHEL FOUCAULT : Mais c'est sa valeur qu'il faut justement mettre en question.

ROBERT BADINTER : Mais, alors, faut-il exclure de la vie judiciaire toute recherche psychiatrique ? Retourner au début du XIXᵉ siècle ? Préférer l'élimination, le bagne, envoyer les condamnés le plus loin possible pour les y laisser crever dans l'indifférence ? Ce serait une effroyable régression.

JEAN LAPLANCHE : La psychiatrie est de plus en plus infiltrée de concepts psychanalytiques. Or la psychanalyse ne peut en aucun cas se prononcer sur l'irresponsabilité d'un délinquant. Au contraire : l'un des postulats de la psychanalyse, c'est que les analysés doivent se retrouver responsables, sujets de leurs actes. Se servir de la psychanalyse pour les « irresponsabiliser », c'est un renversement absurde.

MICHEL FOUCAULT : Il suffit d'écouter ces « experts » qui viennent vous analyser un bonhomme. Ils disent ce que dirait n'importe qui dans la rue : « Vous savez, il a eu une enfance malheureuse. Il a un caractère difficile... » Bien sûr, tout cela est assaisonné de quelques termes techniques, qui ne devraient abuser personne. Or cela fonctionne. Pourquoi ? Parce que tout le monde a besoin d'un modulateur de la peine : le procureur, l'avocat, le président du tribunal. Cela permet de faire fonctionner le code comme on veut, de se donner bonne conscience. En fait, le psychiatre ne parle pas de la psychologie du délinquant : c'est à la liberté du juge qu'il s'adresse. Ce n'est pas de l'inconscient du criminel mais de la conscience du juge qu'il est question. Quand nous publierons les quelques expertises psychiatriques que nous avons réunies ces dernières années, on mesurera à quel point les rapports psychiatriques constituent des tautologies : « Il a tué une petite vieille ? Oh, c'est un sujet agressif ! » Avait-on besoin d'un psychiatre pour s'en apercevoir ? Non. Mais le juge avait besoin de ce psychiatre pour se rassurer.

Cet effet modulateur joue d'ailleurs dans les deux sens, il peut aggraver la sentence. J'ai vu des expertises portant sur des sujets homosexuels formulées ainsi : « Ce sont des individus abjects. » « Abject », ce n'est tout de même pas un terme technique consacré ! Mais c'était une manière de réintroduire, sous le couvert honorable de la psychiatrie, les connotations de l'homosexualité dans un procès où elle n'avait pas à figurer. Tartuffe aux genoux d'Elmire lui proposant « de l'amour sans scandale et du plaisir sans peur ». Substituez sanction et châtiment à plaisir et amour, et vous aurez la tartufferie psychiatrique aux pieds du tribunal. Rien de mieux contre l'angoisse de juger.

ROBERT BADINTER : Mais c'est angoissant de juger ! L'institution judiciaire ne peut fonctionner que dans la mesure où elle libère le juge de son angoisse. Pour y parvenir, le juge doit savoir au nom de quelles valeurs il condamne ou absout. Jusqu'à une période récente, tout était simple. Les régimes politiques changeaient. Pas les valeurs de la société. Les juges étaient à l'aise. Mais, aujourd'hui, dans cette société incertaine, au nom de quoi juge-t-on, en fonction de quelles valeurs ?

MICHEL FOUCAULT : Je crains qu'il ne soit dangereux de laisser les juges continuer à juger seuls en les libérant de leur angoisse et en leur évitant de se demander au nom de quoi ils jugent, et de quel droit, qui, quels actes, et qui ils sont, eux qui jugent. Qu'ils s'inquiètent comme nous nous inquiétons d'en rencontrer parfois de si peu inquiets ! La crise de la fonction de justice vient juste de s'ouvrir. Ne la refermons pas trop vite.

Propos recueillis par Catherine David
Le Nouvel Observateur,
30 mai 1977

Sur la peine de mort

En 1977, le Comité d'études sur la violence, créé par le président Giscard d'Estaing et présidé par Alain Peyrefitte, proposa dans ses recommandations l'abolition de la peine de mort – Alain Peyrefitte étant devenu garde des Sceaux, le moment me parut propice pour pousser plus avant la cause de l'abolition dans l'opinion publique. En septembre 1977, avant la reprise des travaux parlementaires et des procès d'assises, je publiai une série de trois articles dans Le Monde.

I. Fonction politique et grâce

Lorsqu'il s'agit de la peine de mort, la politique devient essentiellement morale. À ce titre, rien n'est plus révélateur que le comportement des hommes de gouvernement au regard de la peine de mort.

Pour ses partisans déclarés, tout paraît simple. Il suffit de laisser faire. Mais il est malaisé de renoncer aux tentations de l'humanisme. On se prononcera donc volontiers contre la peine de mort en général, mais pour son application dans certains cas, les seuls, bien sûr, à propos desquels elle soit envisageable. Ainsi réussira-t-on à s'affirmer à la fois contre la peine de mort et pour son maintien. Les moralistes pourront s'étonner. Les amateurs de souplesse politique apprécieront ce tour.

S'agissant d'abolitionnistes, l'épreuve du pouvoir est plus cruelle. Ils déclareront donc qu'il est convenable pour l'homme d'État de faire abstraction de ses convictions personnelles. Tout en déplorant – à voix basse – l'existence de la peine de mort, et en s'en déclarant adversaires dans la cité de Dieu, ils s'y résigneront dans la cité des hommes. Puisque, paraît-il, les deux tiers des électeurs veulent des têtes, eh bien ! on leur en donnera. Le moins possible, bien sûr, mais en nombre suffisant pour ne pas susciter une trop grande frustration. Une tête tous les deux ans par exemple. Avec des périodes d'inflation : trois têtes dans les quinze derniers mois.

D'autres adopteront une attitude plus complexe. S'affirmant disciples de Montesquieu, ils considèrent que rien ne peut être fait dans les lois que les esprits et les cœurs ne soient disposés à accepter. Il faudrait donc d'abord modifier la sensibilité nationale pour procéder ensuite sereinement à l'abolition. À défaut, disent-ils, l'abolition engendrerait une frustration telle qu'elle susciterait inévitablement une explosion de vengeance privée ou collective.

Singulier argument. Il faudrait conserver la peine de mort, non plus au nom des victimes, mais dans l'intérêt des criminels. On exécuterait encore de temps à autre, très officiellement. Mais ce serait pour éviter des exécutions sommaires plus nombreuses.

Laissons là le paradoxe. En fait, la vengeance privée est pratiquement impossible. Sans doute, les parents des victimes ressentent-ils souvent le désir du talion, bien naturel dans leur cas. Mais le criminel est hors de leur atteinte. Parfois il n'a pas été identifié. Souvent il est en fuite. Et lorsqu'on l'a enfin arrêté, il est déjà trop tard, car il se trouve sous bonne garde. Et imaginer que les malheureux parents attendront pendant vingt ans la libération du condamné pour l'abattre à sa sortie (dont ils ignorent le jour), ou dans sa retraite (qui demeurera lointaine ou secrète), autant écrire un nouveau *Monte-Cristo*.

Quant au lynch redouté, il impliquerait une telle faiblesse ou une telle complaisance des autorités que l'expérience et les principes commandent également de l'écarter. Il ne faut pas confondre les pays ni les époques. Les Français ne se sont jamais pris pour des justiciers du Far West.

Reste que ces arguments sont constamment avancés. C'est qu'ils permettent de justifier en raison apparente une contradiction insurmontable : comment peut-on être partisan de l'abolition, ministre, et se résigner aux exécutions ? C'est le procureur général, relevant directement de l'autorité ministérielle, qui donne l'ordre de remettre au bourreau le condamné. Je plains ceux qui vivent cet écartèlement moral.

Est-ce à dire que ce sacrifice serait justifié par la nécessité de respecter la volonté populaire ? Ce souci serait remarquable dans un pays où le peuple n'a guère la parole, qu'il s'agisse de son destin nucléaire ou du cadre de sa vie quotidienne. Ce n'est pas, en tout cas, dans la courbe fluctuante des sondages que l'homme d'État doit trouver son inspiration. Le suivisme n'a jamais été un principe de gouvernement. Et l'on ne place pas à terme les valeurs morales à la corbeille de la politique.

En fait, la voie de l'abolition passe par le Parlement. On peut se faire deux conceptions de son rôle : miroir des ombres, ou phare dont les lumières éclairent la route à prendre. La démocratie me paraît mieux assurée quand le Parlement joue cette mission-là. Dans d'autres pays, qui méritent autant que le nôtre le beau nom de démocratie, le Parlement l'a depuis longtemps assumée. Il est vrai que les gouvernants avaient eu le courage de l'y convier. On nous parle volontiers du grand débat qu'il conviendrait d'avoir à propos de l'abolition. Mais quand nos gouvernants ont-ils entrepris de le faire naître ? C'eût été pourtant facile.

Depuis des années, des projets de loi demandant l'abolition de la peine de mort ont été déposés. Les a-t-on jamais mis à l'ordre du jour de l'Assemblée ? L'un de nos gardes des Sceaux a-t-il eu la volonté de susciter, à l'instar des Anglais ou des Canadiens, une commission parlementaire *ad hoc* ? Cette commission aurait procédé aux auditions nécessaires de tous ceux, partisans ou adversaires de l'abolition, qui réfléchissent au problème depuis des années. Elle aurait consulté criminologues et psychologues, magistrats, avocats, policiers, associations représentatives. Elle aurait réuni toutes les données rassemblées depuis tant d'années par les instances internationales ou étrangères. Elle aurait enfin publié sur la peine de mort ce livre blanc que nous appelons de nos vœux. Mais l'on n'a jamais voulu officiellement réunir les éléments nécessaires pour que, dans un Parlement et un pays enfin éclairés, intervienne le grand débat. Et quand le comité sur la violence, dont on s'était plu à louer la compétence et l'indépendance, se prononce pour l'abolition, son président, devenu garde des Sceaux, s'applique aussitôt à restreindre la portée et à différer la mise en œuvre de cette recommandation.

C'est que la peine de mort remplit en réalité une fonction politique secrète. Personne, sérieusement, ne peut soutenir qu'à faire tomber une tête de temps à autre la sûreté des Français s'en trouve mieux assurée. Mais, en l'état actuel des choses, où sa pratique est devenue symbolique sans cesser d'être odieuse, si nos gouvernants s'en accommodent, c'est qu'ils la savent utile politiquement.

Ne parlons pas de ceux qui, à l'heure de l'émotion collective née d'un terrible crime, se précipitent à la télévision pour hurler les premiers à la mort, assumant ainsi, à peu de frais, le rôle du justicier, toujours plus profitable politiquement que celui du juste. Ces mouvements-là, trop bien ou trop mal maîtrisés, n'appellent que l'oubli. Mais l'échafaud assume toujours un rôle. Non point celui qu'on lui prête, d'épouvantail aux criminels. Il est seulement le signe d'une volonté assurée de combattre le crime. La peine de mort permet ainsi de masquer aux yeux du public l'absence d'une politique qui s'attaquerait sérieusement aux sources mêmes de la criminalité. Elle est l'alibi commode de l'impuissance, un substitut détestable à l'action.

Plus insidieuse encore, la peine de mort s'inscrit dans notre système de pouvoir. Faire tomber une tête, même très rarement, c'est prouver publiquement que l'on est prêt à assumer ce qui vous fait horreur quand il y va de la défense de la collectivité. L'exécution donne ainsi un air de fermeté à celui qui ordonne qu'elle s'accomplisse. Et cette fermeté d'âme, si nécessaire à la foi commune en la vertu du chef, apparaîtra d'autant plus grande qu'on croira qu'elle lui coûte plus. Ainsi la mort du criminel témoigne-t-elle plus éloquemment du caractère du chef que tout autre acte, sans nuire à sa réputation d'humanité ou de sensibilité. Réponse absurde à l'angoisse collective née de la peur, la peine de mort est en même temps signe que règnent une puissance et une volonté qu'aucun sacrifice n'entrave quand il y va de l'essentiel. Ainsi se révèle le rapport secret qui existe entre un système de gouvernement fondé sur la foi dans le caractère d'un homme et la peine de mort.

On comprend dès lors la raison fondamentale qui fait qu'en la matière il est toujours pour nos gouvernants urgent d'attendre. S'il est vrai que l'abolition entraînerait un changement radical dans la conception morale qui est à la base de notre justice, elle signifierait aussi une modification substantielle de la nature du pouvoir et de ses rapports avec les citoyens. Il était inévitable, dès lors, que la gauche inscrivît à son programme la suppression de la peine de mort dès la première législature. Comme il est douteux que la majorité se présente au suffrage des électeurs en annonçant qu'elle votera l'abolition. Sans doute, bien des électeurs de gauche sont partisans de la peine de mort – et nombreux sont les soutiens de la majorité qui s'affirment abolitionnistes. Mais tout choix politique majeur a sa logique et sa morale. Et c'est pourquoi l'issue du débat politique en cours, déterminée pourtant par bien d'autres considérations, commandera ou différera encore l'abolition de la peine de mort en France.

II. Faut-il une sanction de remplacement ?

Il est important que le comité sur la violence se soit prononcé pour l'abolition de la peine de mort. Sans doute cette recommandation s'inscrit à la suite d'autres déclarations récentes : l'Église catholique, Amnesty International, la Ligue des droits de l'homme, le Syndicat de la magistrature ont ces derniers mois, en des occasions diverses, publiquement exprimé leur opposition fondamentale à la peine de mort.

Reste que dans le cas du comité sur la violence, cette prise de position est plus significative encore.

Le comité, en effet, n'était pas une instance morale. Sa mission n'était pas d'affirmer ou de défendre des principes philosophiques ou religieux. Le comité avait pour objet d'étudier la violence et le crime en notre société, et de proposer les moyens de les réduire. En recommandant, au terme de ses travaux, la suppression de la peine de mort, le comité a d'abord affirmé, comme toutes les commissions internationales avant lui, l'inutilité de la peine de mort comme moyen de lutte contre la violence criminelle.

Par là, le comité refusait à la peine de mort le caractère de nécessité que tant de ses partisans lui prêtent encore. Mais la recommandation du comité va plus loin. La lutte contre la violence non seulement ne requiert pas la peine de mort, mais implique bien sa suppression. L'abolition apparaît ainsi telle qu'elle est : exigence morale, mais aussi condition nécessaire pour que notre justice s'engage plus avant dans des voies nouvelles.

Mais lesquelles ? À cet instant naît le débat sur le vrai problème, celui qu'escamote précisément la controverse interminable sur la peine de mort : faut-il instituer une peine de remplacement au moment de l'abolition ?

Pour le comité sur la violence, à la peine de mort doit succéder dans le cas des crimes les plus graves une peine spéciale dite de sûreté. La caractéristique de cette peine serait qu'une fraction importante – vingt à quarante ans selon M. Peyrefitte – serait effectivement subie sans que puisse intervenir aucune mesure de grâce ou de libération conditionnelle. Ainsi les jurés seraient-ils assurés, en prononçant la peine de sûreté, que le condamné purgerait la durée irréductible de la peine fixée par la condamnation. Ce temps achevé, il pourrait bénéficier des mesures ordinaires et être libéré sous condition ou gracié.

Cette proposition a pour but évident de satisfaire ce que l'on estime être une exigence essentielle de l'opinion publique. Mais la réponse faite ne nous paraît pas bonne. Et c'est dans d'autres directions qu'il faut chercher la solution.

Que l'opinion se résigne mal à l'idée de la suppression de la peine de mort est une évidence. Sans doute on peut épiloguer sur la portée des sondages, dans lesquels d'ailleurs la question de l'abolition n'est pas toujours clairement ni directement posée. On peut souligner que l'opinion publique est dans ce domaine, comme dans d'autres, fluctuante : aujourd'hui bouleversée par un crime horrible, s'apaisant lorsque les faits divers sanglants ne rencontrent pas le même écho dans la presse. On peut considérer enfin que ce n'est pas la courbe des sondages qui doit définir l'état de notre droit ni les principes de notre justice.

Mais ce qui n'est pas discutable, c'est l'angoisse fondamentale qu'entretient dans tout homme et dans toute société le crime sanglant, parce qu'il est source et expression de la mort. Or, à cette angoisse la peine de mort apporte une réponse. Non pas qu'elle réduise la criminalité sanglante. Mais, d'une part, elle libère un instant la collectivité de la haine et de la peur nées d'un crime particulièrement grave. Et, d'autre part, la peine de mort, si elle n'effraie pas les criminels, a le mérite de rassurer les honnêtes gens. Ils se disent qu'ils ne se mettraient jamais dans le cas de commettre un crime qui pourrait leur coûter la vie. Ils méconnaissent simplement que les grands criminels de sang ne raisonnent ni ne se comportent comme eux. Si la fonction d'intimidation prêtée à la peine de mort est fictive, sa fonction de sécurisation est réelle. Et dès lors, la suppression pure et simple de la peine de mort, sans autres mesures prises, accroîtrait non pas la criminalité sanglante, mais la peur et l'angoisse qu'elle engendre, et qui appellent une réponse.

Or, que nous propose-t-on ? Une sorte de troc pénal. Il s'agirait de satisfaire autrement que par la mort l'instinct de vengeance de la collectivité en s'assurant d'une longue période de souffrance et d'expiation du criminel. Par là, on se refuse dès l'origine à prendre en considération, quoi qu'il advienne, l'évolution de la personnalité du condamné pendant une très longue période. Imaginons l'auteur d'un crime atroce. Il aurait vingt ans. Le jury prononcerait pour son acte la plus longue et irréductible peine que la loi fixerait. Trente ans par exemple, pour prendre la moyenne entre les deux chiffres évoqués par le garde des Sceaux. Voici donc ce criminel enfermé jusqu'à cinquante ans.

Je n'insisterai pas sur l'inhumanité d'une telle détention qui ferait de lui, à coup sûr, une épave. Dans un récent congrès, les criminologues allemands s'accordaient à considérer qu'après quinze années de détention un homme est amendé – ou détruit. Mais en présence d'une telle perspective, comment inciter cet homme de vingt ans à changer, lui faire espérer de retrouver un jour sa place parmi les hommes libres ? Il saurait que s'il arrive vivant au terme de cette épreuve, il serait ruiné psychologiquement et physiologiquement. C'est donc au désespoir et à la violence qu'une peine irréductible de très longue durée condamnerait cet homme. Et la société n'aurait plus ainsi qu'à le redouter pendant sa peine, pour l'assister ensuite quand il serait sorti.

Les choses sont simples, pourtant. L'essentiel est de disposer en droit d'une peine dont la durée maximale puisse être suffisamment longue pour assurer la sanction du crime et pallier la dangerosité persistante de certains criminels. Mais il faut se garder de se lier les mains. Les hommes changent. Voilà la vérité simple que refusent les partisans de la peine de mort. Et parce qu'ils changent, il faut pouvoir adapter la sanction à leur évolution. Arrêter pendant une très longue durée toute possibilité de modifier la situation pénale du condamné, c'est tuer l'espérance quotidienne – levain du changement – et vouloir fixer ce qui est essentiellement mouvant : la personnalité humaine. Tout le difficile progrès de notre justice a résidé dans le passage d'une justice de l'acte à une justice de l'homme. La peine de remplacement qu'on nous propose refuse ce progrès. Inutile et peut-être dangereuse, la peine de remplacement apparaîtrait bien vite comme une survivance. Il faudrait l'abolir à son tour. Pourquoi dès lors l'instituer ? Aucun pays, à ma connaissance, n'y a jamais eu recours. Pourquoi biaiser en France avec l'abolition ?

En réalité, l'idée de substituer une peine de remplacement à la peine de mort pour faire accepter sa suppression par l'opinion publique mène à l'impasse. Aucune peine, aucun châtiment ne peut réduire l'angoisse qu'éveille en nous le crime de sang. Même l'exorcisme rituel, le sacrifice expiatoire de l'homme coupé vivant en deux ne peuvent y parvenir. Ce sont des voies nouvelles qu'il faut ouvrir à présent. L'angoisse naît du crime. C'est donc au crime lui-même, à ses sources et à ses racines dans notre société qu'il faut s'attaquer pour réduire l'angoisse.

La démarche du comité est logique, quand, au terme de ses réflexions sur la violence, il demande la suppression de la peine de mort. Parce que loin d'être une réponse à la violence, elle relève d'une pratique magique. Comment espérer progresser dans la lutte contre le crime tant qu'on croira l'arrêter en dressant à l'horizon le vieux totem avec ses bras sanglants ? Mais la démarche du comité est stérile quand il prône une peine de remplacement. On ne ruse pas avec la peur, et l'on ne doit pas chercher de substitut à l'angoisse, qui n'en comporte aucun. Les abolitionnistes ne seront pas quittes cependant pour avoir simplement débarrassé notre société de l'échafaud. La collectivité est en droit d'exiger d'eux que, par une volonté de prévention du crime et une approche différente des criminels, elle voie le crime réduit et sa sécurité accrue. Mais, de grâce, pas de subterfuge ni d'habileté dans ce domaine. Le temps est venu d'assumer nos angoisses et de nous appliquer à en réduire les causes. Le temps est venu de se comporter en adultes même devant le crime.

III. « Encore un instant, monsieur le bourreau »

Comment ne pas être saisi par le caractère à la fois tragique et dérisoire de l'impasse sanglante où nous nous sommes enfermés ! La peine de mort demeure. Elle est encore appliquée. Mais si rarement qu'elle est devenue, dit-on parfois, symbolique. Symbole de quoi ? Que voulons-nous donc symboliser par la guillotine ? La toute-puissance de notre justice ? Mais, en justice, la toute-puissance ne peut être que l'apanage de l'infaillibilité. Une justice faillible qui donne la mort usurpe les traits de la justice divine. Symbole de la toute-puissance de l'État sur le citoyen ? Quand le roi incarnait la volonté de Dieu sur cette terre, et que toute justice émanait de lui, l'échafaud dressé en place de Grève rappelait à tous les sujets que leur vie même dépendait en définitive du bon plaisir de leur maître. Au nom de quelle fiction l'État républicain et laïque s'arroge-t-il ce pouvoir absolu de vie et de mort, et, plus absurdement encore, en délègue-t-il l'exercice sans recours à un homme élu pour quelques années, qui conserve en ce seul domaine les pouvoirs de Louis XIV ? Étrange justice en vérité que la nôtre. Une justice d'inspiration chrétienne, dans une France qui ne l'est plus guère. Une justice de tradition royale, dans une France républicaine.

La peine de mort n'est pas, n'est plus l'expression d'une politique criminelle. À vrai dire, il y a beau temps qu'elle a cessé de l'être. À suivre la courbe de la peine de mort, depuis cent cinquante ans, on ne peut que constater son lent mais irrésistible déclin. Sans doute dans certaines périodes de crise nationale majeure, l'Occupation, la Libération, la décolonisation, l'on assiste à une résurgence de la peine de mort, essentiellement en matière politique. Mais la tendance n'en est pas moins irréversible : cinquante exécutions annuelles sous la Restauration, vingt sous le Second Empire, dix sous la Troisième République, cinq sous la Quatrième République, une tous les deux ans dans les dix dernières années. Historiquement, ainsi la France a fait son choix. Elle est lentement devenue un pays abolitionniste. Mais un pays abolitionniste qui s'ignore ou plutôt refuse de s'accepter tel.

Il est faux, au regard d'une telle évolution, d'énoncer que le choix serait pour la France entre l'abolition de droit et la réactivation de la peine de mort. Ce choix est fait, depuis longtemps. C'est celui des jurés qui, au long des décennies, ont refusé de plus en plus communément de s'abandonner à la loi du talion, quoiqu'il leur en coûtât et alors qu'ils se trouvaient en présence de crimes bouleversants et de criminels odieux. Pour justifier le maintien de la peine de mort, on brandit toujours les résultats des sondages où les partisans de la peine de mort s'inscrivent en majorité. Mais de quel poids sont ces réponses à une question qui n'engage en rien la responsabilité de leurs auteurs ? Ces sondages méconnaissent l'essentiel : la question de la peine de mort ne se pose pas en termes abstraits, comme celle de la grâce divine ou de la prédestination. La peine de mort interpelle directement les jurés, qui ont à se prononcer en leur conscience sur le sort d'un homme qui est présent devant eux, à quelques mètres. Or, de plus en plus fréquemment, au long des temps, ces jurés ont répondu « non » à la peine de mort. Ces arrêts-là constituent le vrai référendum. Il se poursuit dans toutes les cours d'assises depuis des dizaines d'années. Et la réponse faite est bien un verdict d'abolition à une très large majorité de ceux auxquels la question de la peine de mort a été concrètement et directement posée.

Au regard d'une telle attitude qui exprime de façon éclatante que, confrontés directement à elle, les Français sont en très grande majorité contre la peine de mort, comment ne pas ressentir cruellement la pratique actuelle ? Dans un système d'abolition de fait, toute condamnation à mort, et surtout toute exécution, revêt un aspect plus dramatique encore qu'à l'époque où, dans des temps de ténèbres, le gibet demeurait à l'entrée de la ville, tout hérissé des corps des suppliciés. Car dans une justice qui ne croit plus – et la masse de ses décisions en témoigne – aux vertus prêtées à la peine de mort, celle-ci, lorsqu'elle fait encore irruption, n'est plus que survivance odieuse, abandon secret aux vieilles angoisses et aux rites sanglants dont il est si difficile aux hommes de se libérer.

C'est pourquoi toute exécution stupéfie. Quoi ! Il peut donc encore advenir, en cette fin du XXe siècle, qu'en France des hommes se réunissent furtivement, à l'aube, pour veiller à ce qu'un autre homme soit coupé, vivant, en deux, dans la cour d'une prison, en notre nom à tous ! Cette émergence soudaine du bourreau dans notre vie quotidienne est, pour moi, à chaque fois, le signe de notre défaite. Et d'une défaite qui s'accomplit dans l'incohérence.

Car vainement essaie-t-on de déchiffrer les hiéroglyphes sanglants des décisions successives. Où se situe la ligne de partage entre la vie et la mort ? À quel degré de culpabilité ou d'horreur la fixe-t-on ? Serait-ce au regard de la faiblesse de la victime ? Mais tout être désarmé est faible devant ses tueurs, et toute victime, quels que soient son âge, son sexe, sa condition, est pitoyable. Serait-ce en fonction de l'horreur plus grande que suscite en nous le crime par ses détails sadiques ? Mais comment peser la souffrance des victimes et à quel niveau décider qu'elle appelle la mort, ou mérite la grâce ? Et comment, en même temps, ne pas mesurer que ces pratiques atroces sont la marque d'hommes qui échappent à la commune humanité ? L'observateur attentif voit se dérouler devant lui une partie tragique dont il ne comprend pas les règles ni les coups, mais dont l'enjeu est la vie ou la mort d'un homme. Comment supporter plus longtemps que cette partie se poursuive ? Et que gagne-t-on à la prolonger ?

En vérité, la peine de mort en France agonise. L'abolition est inévitable. Elle est inscrite dans l'évolution irréversible de notre justice. Pourquoi faut-il encore jalonner cette longue attente de sacrifices expiatoires ? Se dire que le couperet est tombé peut-être pour la dernière fois ne retire rien à l'horreur de l'exécution. Il y ajoute même, car il la rend plus dérisoire. « Encore un instant, monsieur le bourreau », suppliait la Du Barry devant l'échafaud. On dirait que nos gouvernants ont repris le propos. Mais ce n'est pas de la vie, c'est de la mort dont ils ne peuvent se départir. « Encore un instant, monsieur le bourreau, demeurez avec nous. » Mais, par Dieu, pour quoi faire ?

Le Monde,
14, 15 et 16 septembre 1977

La peine de mort condamnée
par Amnesty International

*En décembre 1977, je fus délégué par la sec-
tion française d'Amnesty International pour
intervenir au congrès de Stockholm consacré
à la peine de mort. J'en revins avec la conviction renforcée que la France ne pouvait demeurer plus longtemps à l'écart du mouvement qui
emportait les démocraties occidentales vers
l'abolition.*

Rêver d'un socialisme à la suédoise, militer pour
les droits de l'homme et l'abolition de la peine de mort,
et se trouver à Stockholm au moment où Amnesty
International reçoit le prix Nobel de la paix et
condamne solennellement la peine de mort : quel
cumul idéal de satisfactions morales ! En vérité, je me
suis envolé vers Stockholm comme le croyant vers La
Mecque. Singulière Mecque où il fait nuit à 3 heures
de l'après-midi et moins 10 degrés dans les rues !

Mais c'est là – à ce congrès d'Amnesty International – que, sur la peine de mort, j'ai perçu enfin ce que
je brûlais, depuis des années, d'entendre dire publiquement. Sans transport émotionnel excessif, sans rhétorique passionnée, lucidement, calmement, les deux

cents délégués de soixante-dix pays ont fait le point et donné au problème de la peine de mort – sur lequel pourtant on croyait que tout avait été dit et redit – une dimension et une intensité nouvelles.

D'abord, par la démarche même d'Amnesty International. Née pour venir en aide aux prisonniers d'opinions politiques rencontrant la torture – et la combattant inlassablement partout dans le monde –, s'attachant ensuite à la disparition des opposants politiques, Amnesty devait inévitablement être confrontée à la peine de mort, sous toutes ses formes. Car tout se tient. Il existe une longue chaîne secrète qui lie la torture aux camps, l'enlèvement aux exécutions et la liquidation des opposants au régime à l'élimination physique de ceux qu'une société refuse d'assumer plus longtemps, et donne à tuer à ses bourreaux.

Tel est précisément le premier mérite de l'approche d'Amnesty International : ne pas traiter de l'abolition de la peine de mort *en soi*, comme s'il s'agissait d'un problème indépendant, que l'on peut résoudre par l'abolition sans toucher au reste, sans se mobiliser constamment et ardemment contre les atteintes aux droits fondamentaux de l'homme, dont le droit à la vie est simplement le premier.

Mais lier le combat pour l'abolition à toutes les luttes pour les droits de l'homme ne suffit pas. Encore faut-il prendre la mesure de ce qu'implique aujourd'hui dans sa réalité l'exercice effectif de la peine de mort dans le monde. Prisonniers que nous sommes d'une sensibilité trop souvent confinée à l'Hexagone ou aux pays voisins, nous, Français, traitons volontiers de la peine de mort comme d'un problème moral – ou philosophique. Après tout, il n'y va, pensons-nous, que du sort de quelques grands criminels. C'est là ne voir que la tête de l'iceberg et ne pas prendre la mesure du mal. Amnesty International est descendue dans les profondeurs. Et ce qu'elle en rapporte est terrible.

Car la vraie dimension de la peine de mort dans le monde aujourd'hui n'est pas inscrite dans les comptes rendus annuels de la justice. Son expansion, l'inflation sanglante à laquelle nous assistons dans une commune indifférence, c'est dans des pratiques plus secrètes qu'elle s'inscrit. Et d'abord sous la forme la plus odieuse : la peine de mort politique sans jugement, l'exécution sommaire des opposants sur ordre des gouvernants ou avec leur complicité. Cette peine de mort-là, c'est par dizaines de milliers d'exécutions par an qu'elle sévit en ce monde. Le congrès de Stockholm a, pour la première fois, révélé l'étendue du fléau, dénommé pudiquement par les experts internationaux *governmental political murder*. En abrégé *PM* – initiales significatives s'il en est.

De cette peine de mort-là le monde est éclaboussé. D'abord en Amérique du Sud : vingt mille exécutions sommaires au Guatemala depuis 1966. Cinq mille dans le Chili de Pinochet. Dans un seul État du Brésil, celui de Guanabara où se trouve Rio de Janeiro, l'Escadron de la Mort exécute plusieurs centaines de condamnés sans procès par an. En Argentine, plusieurs milliers de personnes ont disparu en une seule année, depuis le coup d'État de mars 1976. En Afrique, qu'il s'agisse de l'Ouganda, de la Guinée équatoriale, de l'Éthiopie, le génocide politique est aussi communément pratiqué. Même massacre en Asie, en Thaïlande ou, bien pis, au

Cambodge, pour ne parler que des pires massacres. Encore les données obtenues sont-elles fragmentaires ou incomplètes. Le cancer est si profond, il atteint tant de pays étouffant sous la terreur et le secret qu'il est difficile d'en déceler toute l'étendue. Mais il est partout présent, et partout il tue, sous toutes les formes.

Car aux exécutions sommaires par la police d'État, ou des organismes parallèles, Amnesty assimile à juste titre les exécutions qui suivent les simulacres de procès où, à huis clos et sans défense effective, on liquide à l'issue d'une parodie de justice les opposants au régime, comme en Iran ou en Rhodésie. S'y ajoutent encore les exécutions largement pratiquées dans les camps ou les bagnes, à l'occasion de prétendues évasions, au Chili ou en Afrique du Sud. Et tout simplement ceux qu'on tue en prison, faute de soins médicaux, ou que l'on conduit irrésistiblement au suicide, grâce à un traitement approprié.

Ce qui nous ramène à l'Europe. Ce monde, où s'exerce la pire violence – la violence meurtrière d'État –, à le voir mis à nu, fait peur. Et le silence complice qui entoure ces crimes-là, le silence des Puissances, et des hommes indifférents à tout ce qui ne les menace pas directement, ce silence-là fait horreur.

En quittant la salle du congrès d'Amnesty, je marchai dans les rues piétonnières de Stockholm. C'était samedi et les passants nombreux faisaient leurs courses de Noël. Dans le passage qui menait à mon hôtel, l'hôtel de l'Armée du Salut, bien sûr, des groupes de jeunes gens s'attardaient dans le froid glacial. Ils portaient des banderoles, dénonçant les crimes commis en Iran, au Cambodge, en Haïti. Sur des tréteaux impro-

visés, des libelles étaient vendus en souvenir des victimes et au profit de leurs familles. Je regardais ces
calmes combattants des causes lointaines. Je m'étais
trompé : il ne faisait pas froid à Stockholm, mais chaud
au contraire, bien chaud au cœur.

Le Nouvel Observateur,
26 décembre 1977

La peine de mort agonise-t-elle ?

Les années qui suivirent l'affaire Patrick Henry furent marquées pour moi par une série de procès où se jouait la tête des accusés que je défendais – et que la fortune judiciaire me permit de sauver. C'est alors que Jean-Louis Servan-Schreiber décida de m'interviewer à la télévision dans son émission Questionnaire *en septembre 1978.*

Jean-Louis Servan-Schreiber : Bonsoir.

Devant vous, un objet familier de la culture française. Chez nous, on lui donne des surnoms : la « veuve », le « rasoir national », la « bascule à Charlot », le « moulin à silence », le « monte-à-regret ». Dans tous les autres pays, on le trouve horrible. La France est, en effet, la dernière démocratie d'Europe occidentale à appliquer la peine de mort. Même le pays du sinistre garrot, l'Espagne, vient d'y renoncer. Est-ce le moment d'abolir un archaïsme sanglant ? C'est ce que pensent douze députés de la majorité qui ont déposé dans ce sens, avant les vacances, une proposition de loi. La gauche, traditionnellement abolitionniste, s'est donc empressée d'en faire autant. *A priori*, les circonstances n'ont jamais été aussi propices à la suppression de la peine de mort. Le président de la République a pour elle une aversion profonde ; le Premier ministre se déclare contre ; au ministre de la Justice elle fait horreur ; les magistrats, par leurs syndicats, veulent son abolition ; et les évêques de France l'ont, au début de l'année, condamnée pour la première fois sans nuances.

Seulement, voilà : une majorité des électeurs restent d'un avis différent ; 58 % étaient, en juin, favorables au maintien de la peine capitale, contre 72 % il y a deux ans. C'est encore trop pour les hommes politiques, responsables de la sécurité des Français : ils semblent croire encore que, s'ils font voter l'abolition, ils mécontenteront l'opinion.

Avant que, comme promis par Raymond Barre, le débat ne s'engage à l'Assemblée, j'ai invité le plus notable adversaire de la peine capitale, Mᵉ Robert Badinter. Contre elle il a essuyé une cruelle défaite : l'exécution de Buffet et Bontems, il y a cinq ans ; et une victoire éclatante lorsqu'il a sauvé la tête de Patrick Henry, à Troyes, l'année dernière. Dans quelques semaines, il sera le défenseur de deux des trois condamnés à mort qui doivent être rejugés à la suite d'un arrêt de la Cour de cassation. Il va nous dire pourquoi il voudrait que ces condamnés fussent les derniers.

Robert Badinter, pourquoi est-ce que les Français, peuple anciennement civilisé, sont encore favorables, à 58 %, au maintien de la peine capitale ?

Robert Badinter : Non, peuple toujours civilisé.

Pourquoi ? D'abord, une première observation : je ne crois pas que l'on puisse utilement se fonder sur les sondages quand il s'agit de la peine de mort. Je ne parle déjà pas du facteur circonstance : si un crime

terrible vient d'être commis, évidemment, le lendemain, vous aurez un sondage qui indiquera un accroissement des partisans de la peine de mort. À l'inverse,
si vous êtes dans une période plus calme, on les voit
diminuer. Mais je trouve ça artificiel parce que, poser
comme cela la question – êtes-vous pour ou contre
l'abolition ? –, c'est ne pas mesurer que c'est aussi
abstrait que de parler de la grâce ou de la prédestination. En réalité, il y a un sondage permanent et qui,
lui, a tout son sens. On n'y pense pas assez.

La peine de mort, elle interpelle certains hommes à
un moment précis, directement : je veux dire les jurés.
On ne doit pas parler de la peine de mort en soi. Ce
qui se pose, c'est la question du prononcé de la peine
de mort, c'est-à-dire de ceux qui décident de condamner à mort. Et là, si vous suivez la courbe, si vous
regardez l'évolution des réponses à cette question qui
engage ceux qui sont amenés à répondre, c'est-à-dire
les jurés, vous constatez que la peine de mort est agonisante en France. Vous aviez cinquante condamnations à mort par an sous la Restauration, vous en aviez
trente sous l'Empire, vous en aviez vingt sous la Troisième République et nous avons eu sept exécutions
dans les dix dernières années. Par conséquent, vous
avez de moins en moins de condamnations à mort et,
aux réquisitions qui demandent la mort, vous avez de
plus en plus une réponse négative. C'est ça le vrai
sondage. Ce n'est pas le sondage général pratiqué sur
l'opinion publique.

Maintenant, en ce qui concerne la réflexion commune, je dirai qu'il faudrait commencer par informer.
C'est très difficile. Et c'est pourquoi je suis content
d'être là ce soir, parce que c'est très difficile. Il y a un

phénomène de blocage qui fait que, lorsqu'on essaie d'analyser avec lucidité le problème des rapports des Français, de la justice française, avec la peine de mort, on se heurte à des réactions passionnelles formidables.

JEAN-LOUIS SERVAN-SCHREIBER : Est-ce que ce n'est pas par définition, justement, une réaction passionnelle ? Ne parlons pas des 58 % qui peuvent effectivement monter à 80 % demain à la suite d'un crime horrible, qui, il y a, je crois, quinze ans, étaient tombés en dessous de la moitié.

ROBERT BADINTER : C'est cela.

JEAN-LOUIS SERVAN-SCHREIBER : Donc, qu'est-ce qui fait qu'un individu, un Français comme tous les autres, qui a reçu une éducation assez libérale que dispense l'enseignement, est aussi passionnément, éventuellement, pour la peine de mort ? Comment jugez-vous cette réaction individuelle, vous qui êtes en contact avec des gens qui vous injurient à cause de votre position ?

ROBERT BADINTER : C'est, à mon sens, d'abord un phénomène d'identification aux victimes et, quand on dit victimes, on dit nécessairement parents de la victime. On s'identifie à celui ou à celle dont l'enfant a été tué, dont la femme a été tuée et, évidemment, naît, à ce moment-là, la pulsion de mort qui est tout à fait naturelle chez celui qui est atteint ; c'est une réaction de l'être humain. Mais on ne s'identifie pas – et c'est très remarquable – aux autres victimes. Par exemple, j'ai remarqué qu'il est très difficile de s'imaginer en père ou en mère d'un assassin et, pourtant, cela arrive, je le sais. Se dire qu'on peut être celui dont on va guillotiner le fils, ça non. Parce que c'est insupportable à chacun d'entre nous, l'idée que son fils peut être un assassin, qu'il peut monter sur l'échafaud. Par conséquent, le phénomène d'identification joue toujours du côté de la victime et c'est légitime, c'est naturel. Et évidemment, à ce moment-là, vous avez la réaction passionnelle. Mais cela n'a rien à voir avec le problème lui-même de la peine de mort dans une société.

JEAN-LOUIS SERVAN-SCHREIBER : Si la peine de mort continue à exister, si même sur le plan numérique c'est devenu un phénomène restreint, sur le plan moral et passionnel cela reste quelque chose de considérable – la preuve : les difficultés qu'on a à surmonter le problème en France –, c'est donc qu'elle a, en principe, une fonction. Quelle est, dans la définition de la justice actuelle, la fonction de la peine de mort ?

ROBERT BADINTER : Ce que l'on a remarqué, c'est que les partisans de la peine de mort vous disent tous : « Il faut attendre des temps plus paisibles et puis, à ce moment-là, nous cesserons de la conserver. » C'est très remarquable parce que cela veut dire qu'on garde la peine de mort non pas parce qu'elle a une valeur morale – vous remarquerez que personne ou presque personne ne soutient que la peine de mort aurait une valeur morale et, au contraire, vous avez des déclarations morales dans l'autre sens, venant des instances que vous évoquiez – mais toujours une fonction utilitaire. Et ce qu'il y a de remarquable, quand on veut essayer de regarder le problème, c'est que tous les faits démentent cette fonction utilitaire de la peine de mort dans la lutte contre la criminalité sanglante.

Je sais bien qu'on a toujours horreur des chiffres et j'indiquerai simplement quelques données qui sont concordantes. Vous avez eu un rapport des Nations unies ; vous avez eu un rapport du Conseil de l'Europe ; vous avez eu en Angleterre, en 1965, un livre blanc très bien fait sur l'évolution de la criminalité sanglante dans les pays où on a aboli la peine de mort ; vous avez eu la même chose au Canada, on a procédé très scientifiquement. Tous ces documents, qui pourraient être connus, on ne les fait pas connaître dans un pays comme le nôtre, et la seule façon de les faire connaître aurait été d'organiser, depuis longtemps, un débat au Parlement, d'entendre les personnalités qui s'intéressent à ces questions, les représentants des partisans de la peine de mort comme les professeurs de criminologie, de faire venir les experts étrangers et, ensuite, de publier un livre blanc sur la peine de mort. Le public aurait su ce qui est aujourd'hui acquis, c'est-à-dire que la courbe du crime sanglant est sans rapport avec la présence ou l'absence de la peine de mort.

Et c'est très curieux parce qu'il n'y a, à ma connaissance, qu'un pays dans lequel il y ait, sur ce point, une expérience historique et c'est le nôtre. C'est tout à fait remarquable. C'est tout à fait inconnu. Et, quand je le raconte, cela n'entre pas, jusqu'à présent, jusqu'au niveau conscient puisque je me heurte toujours à ces réactions passionnelles : en France, sous la Troisième République, pendant dix ans on a eu des présidents qui considéraient qu'il était souhaitable d'envoyer les condamnés à mort sur l'échafaud. Donc, pendant dix ans, on a pratiqué l'exécution. Et puis, ensuite, il y a eu deux présidents très débonnaires qui détestaient l'échafaud : c'était Loubet et Fallières.

Jean-Louis Servan-Schreiber : Il n'y a pas eu d'exécution du tout pendant cette période ?

Robert Badinter : Presque pas. Cela n'a, d'ailleurs, pas servi leur popularité. Mais enfin, dans la première période, normalement, puisqu'on guillotinait en nombre, on aurait dû se trouver en présence d'une réduction de la criminalité sanglante ; et, dans la deuxième période, puisqu'on ne guillotinait pas, les assassins auraient dû en tirer avantage et on aurait dû avoir une augmentation de la criminalité sanglante. Eh bien, c'est exactement le contraire : c'est-à-dire que, dans la deuxième période, celle où on ne guillotinait pas, le nombre de crimes sanglants a presque diminué de moitié. Je ne dis pas que c'est une conséquence, mais c'est simplement pour indiquer que c'est sans corrélation. C'est d'ailleurs à l'issue de cette deuxième période, qui se situe en 1897-1906, que le garde des Sceaux de l'époque, qui était Briand, a décidé qu'il fallait en finir et que la France allait se débarrasser de la guillotine. Et tout était prêt. Il y a eu, à ce moment-là, deux crimes qui ont particulièrement ému l'opinion publique. La presse – c'est *Le Petit Parisien* qui a rempli cette fonction – a fait appel aux lecteurs, il y a eu ce qu'on appelle une consultation des lecteurs, un million de personnes ont écrit pour dire « Vive la guillotine », et le congrès radical qui se réunissait à ce moment-là a estimé que ce n'était pas un sujet à l'ordre du jour de la prochaine session parlementaire.

JEAN-LOUIS SERVAN-SCHREIBER : Et cela dure depuis soixante-dix ans ?

ROBERT BADINTER : Et c'est comme ça qu'on n'a pas aboli en France la guillotine.

Briand avait songé à un moyen terme : il s'était dit que le plus simple était peut-être de supprimer le traitement du bourreau au budget et que, comme cela, faute de bourreau, la guillotine cesserait de fonctionner. Cela n'a pas réussi pour ces raisons de pures circonstances, c'est tout.

JEAN-LOUIS SERVAN-SCHREIBER : Alors, y a-t-il, ou non, une justification à dire qu'actuellement la société violente dans laquelle nous sommes rend nécessaire de maintenir des punitions exemplaires et que nous sommes dans une période trop tendue par rapport à cet apaisement que l'on attend ?

ROBERT BADINTER : Une première observation : nous sommes dans une période de grande violence, mais en ce qui concerne la criminalité sanglante elle-même, celle pour laquelle, évidemment, joue la peine de mort, ce n'est pas le cas, l'augmentation, là, n'est pas sensible. Et, par ailleurs, vous avez tout ce que j'évoquais tout à l'heure, c'est-à-dire le fait que l'on sait maintenant que la criminalité sanglante est indifférente à la présence ou à l'absence de la peine de mort. La théorie de l'exemplarité, c'est la justification rationnelle d'une passion, ou d'une fonction secrète de la peine de mort, mais cela ne résiste pas à l'examen. C'est simplement la rationalisation parce que l'on n'ose pas dire : « La peine de mort sert à autre chose. » Ce qui est intéressant, en réalité, c'est cette autre chose.

JEAN-LOUIS SERVAN-SCHREIBER : Alors c'est quoi, l'autre chose ?

ROBERT BADINTER : Vous avez une double fonction ; celles-là sont réelles mais ne sont jamais énoncées.

Dans un pays comme le nôtre, vous avez une première fonction de libération de l'angoisse. Tout crime sanglant fait horreur, et à juste titre, et il fait naître ce que j'évoquais tout à l'heure, cette espèce de réaction, de pulsion de mort. Le criminel sanglant, c'est nous, c'est notre visage et c'est le visage de l'homme que nous ne supportons pas. Par conséquent, il y a, à cet instant-là, dans cette angoisse, le désir de libération.

Et si on pouvait remonter à l'origine religieuse de la justice, on verrait tout de suite que la libération de l'angoisse collective devant la peur qui est surexcitée par le crime appelle le sacrifice rituel, appelle le sacrifice du bouc émissaire pour apaiser les dieux. C'est très révélateur parce que vous passez, avec le bouc émissaire, du choix de n'importe qui au choix apparemment rationnel, techniquement justifié, du coupable. Et on dit : « Voilà le progrès humain. » Mais quand on regarde d'encore plus près et qu'on vit dans sa réalité le processus, on se rend compte que c'est une fausse rationalité. On dit : « On éliminera le coupable », et, en réalité, on a guillotiné des innocents. On dit : « On éliminera le coupable responsable », et on guillotine des demi-déments ou des complets débiles.

Par conséquent, vous avez, à cet instant-là, cette évidence qui se dégage pour libérer cette angoisse collective, comme jadis, comme aux temps des vieux sacrifices aux totems : on utilise la peine de mort. Ça apaise, un instant, la collectivité angoissée.

Mais alors il y a une fonction politique qui n'est pas assez mesurée dans une société comme la nôtre et sur laquelle j'aimerais, moi, qu'on s'interroge plus. Une double fonction politique. La première, c'est que vous avez le fait que la peine de mort, dans un système judiciaire, permet de dire à ceux qui la conservent : « Vous voyez, nous sommes prêts à tout pour faire face au crime. Nous irons, s'il le faut, jusqu'au châtiment suprême », qui, bien entendu, fait horreur aux sensibilités particulières de chacun. J'entends toujours dire que l'on a horreur de la peine de mort par ceux-là mêmes qui la conservent et, quelquefois, la pratiquent. Mais cela permet de dire : « Vous voyez, nous sommes décidés à des actions, fût-ce les plus terribles, pour lutter contre le crime. » Cela permet de témoigner d'une attitude de fermeté et, en même temps, l'essentiel, la lutte contre la criminalité, on le mettra de côté. Vous avez une sorte d'alibi de la peine de mort. Au lieu d'aller à l'essentiel, les causes du crime, vous dites : « Eh bien, nous serons impitoyables contre les criminels. » Vous escamotez les difficultés du problème.

JEAN-LOUIS SERVAN-SCHREIBER : Mais est-ce que l'on peut dire cela en France, quand même, sur ce plan précis ? Il semble que la France soit l'un des pays où, sur le strict plan de l'efficacité, la lutte contre la criminalité est à peu près bien menée, où on a une police qui retrouve plutôt les assassins ou les bandits. On ne peut pas dire qu'on relâche la lutte contre la criminalité spécialement en France en échange de la peine de mort.

ROBERT BADINTER : Monsieur Servan-Schreiber, vous confondez là deux choses. Ce que vous évoquez là, c'est la lutte contre les criminels, c'est-à-dire l'action de la police contre les criminels ou l'entreprise judiciaire de répression à l'encontre des criminels. Mais vous avez l'essentiel : c'est la lutte contre les causes de la criminalité et c'est cela qui est escamoté à la faveur de cette répression qui se veut impitoyable. On fait plaisir à l'électeur en disant : « On vous défend. » Mais, en même temps, on le mystifie puisqu'il faut d'abord lutter contre ce qui est à l'origine de sa crainte, et ça, ce sont des problèmes sociaux qui sont infiniment plus graves, et ceux-là ne correspondent pas à la politique qui a été adoptée depuis si longtemps.

JEAN-LOUIS SERVAN-SCHREIBER : Mais il faut toujours regarder au-dessus des frontières. Est-ce que, parmi les pays qui nous entourent et qui ont tous aboli la peine de mort maintenant, vous trouvez qu'il y en a qui ont mené une lutte plus efficace contre les causes de la criminalité telles que vous les décrivez ? Ou est-ce que, finalement, la criminalité n'est pas à peu près la même dans tous les pays d'Europe occidentale, avec ou sans peine de mort ?

ROBERT BADINTER : Mais nous évoquions là la fonction politique et la raison pour laquelle on conserve une peine de mort inutile, en partant du constat de son inutilité : que vous l'ayez ou que vous ne l'ayez pas, vous vous trouverez en présence des mêmes problèmes de criminalité et de violence sanglante. C'est cela le point dont il faut partir. Ensuite, il y a ceux qui s'en sont débarrassés et il y a ceux ou plutôt nous seuls qui la conservons. Et, à ce moment-là, j'indique la raison pour laquelle, à mon sens, on ne s'en débarrasse pas.

Et il y en a une autre aussi : c'est que je crois, pour ma part, que dans un système très singulier comme le nôtre, qui est une forme de monarchie présidentielle où, au fond, si vous analysez notre système politique, tout dépend du caractère d'un homme qui exerce, du Président, une forme sinon de toute-puissance, en tout cas de puissance considérable. L'alliance entre le droit de grâce, c'est-à-dire le pouvoir de vie et de mort sur l'être humain, et la fonction présidentielle revêt celle-ci d'une sorte de toute-puissance monarchique. C'est le dernier moment où le président de la République est encore Louis XIV, puisqu'il peut disposer de la vie ou de la mort d'un de ses sujets. C'est ce que rappelait le gibet, jadis : le roi pouvait faire pendre qui il voulait. Ce n'est pas le cas aujourd'hui, mais notre souverain à nous peut, à un moment, exceptionnel, décider de la vie ou de la mort. Vous voyez que cela va très loin dans notre tradition historique.

JEAN-LOUIS SERVAN-SCHREIBER : Pour prendre un exemple qui a été assez commenté, dans le cas du président Pompidou qui se déclarait ouvertement abolitionniste et qui devait l'être sincèrement : il a quand même fait exécuter trois condamnés. Quelle est votre analyse politique du fait qu'un homme qui est convaincu qu'il ne faut pas le faire – et c'est un problème moral qui est angoissant et je crois qu'il était angoissé – décide quand même de transgresser ?

ROBERT BADINTER : C'est une question très, très difficile parce que l'on ne sait pas. À chaque fois qu'il y a une exécution, on s'interroge. Et je trouve d'ailleurs détestable qu'on transforme à cette occasion, par nécessité, le président de la République en une sorte de sphinx dont on interroge les oracles sanglants. Pourquoi lui et pourquoi pas l'autre ? Pourquoi cette grâce et pourquoi cette exécution ?

S'interroger sur un acte et essayer de déceler les raisons, c'est une forme de quête du rationnel et, en même temps, de quête de ce qui peut être la motivation profonde. Vous évoquez cela à propos du président Pompidou. Il était sans doute adversaire de la peine de mort, il l'avait dit ; c'était un universitaire, il avait été membre des Jeunesses socialistes, il aimait les poètes, et il a fait exécuter trois personnes. Pourquoi ? Essayer de trouver la raison ailleurs que dans ce mécanisme même de la fonction présidentielle que j'évoquais me paraît impossible.

Mais j'en reviens à cette fonction présidentielle. Le président de la République, lorsqu'il exécute, et encore plus lorsqu'on sait qu'il est lui-même hostile à la peine de mort, à cet instant-là témoigne publiquement d'une fermeté de caractère qui sécurise. N'oubliez pas que c'est l'homme du téléphone rouge. Il témoigne publiquement, en prenant une position qui, apparemment, affectivement lui fait horreur, de sa fermeté d'âme. Donc le refus du droit de grâce à cet instant-là fait de lui l'homme qui ne reculera devant rien s'il y va de la sûreté collective. Et je crois que notre système politique, à cet égard, utilise la peine de mort et qu'inversement la peine de mort se réinsère dans ce système tout-puissant de pouvoir présidentiel. Les deux choses me paraissent liées. Je cherche des explications, n'est-ce pas...

JEAN-LOUIS SERVAN-SCHREIBER : Autrement dit, une explication cynique voudrait qu'un président aurait plutôt intérêt à toujours dire qu'il est contre parce que, s'il disait qu'il est pour, cela ne ferait pas tellement d'effet de voir qu'il l'utilise ?

ROBERT BADINTER : Sûrement. Et, en plus, cela permet de le faire plaindre au moment où il prend une décision qui lui fait horreur et qu'il la prend sans doute dans l'intérêt du public. Là, il est certain qu'il a tout intérêt à passer pour un homme qui déteste la peine de mort. Je crois d'ailleurs volontiers que les deux présidents de la République, M. Pompidou et M. Giscard d'Estaing, détestaient la peine de mort. Je constate simplement qu'il y a eu six exécutions, trois pour l'un et trois pour l'autre.

JEAN-LOUIS SERVAN-SCHREIBER : Tout ce qui tourne autour de la peine capitale est toujours empreint d'un sombre pathos, en particulier le problème de l'exemplarité. Si c'était exemplaire, pourquoi est-ce qu'on n'exécute pas en public et pourquoi est-ce qu'on ne le

montre pas à la télévision ? On aurait incontestable-
ment un effet plus grand.

Robert Badinter : Vous savez, si on a emprisonné
la guillotine, c'est sans doute parce qu'on n'en était
pas fier. C'est Gambetta, au moment du débat sur la
nécessité d'exécuter dans la cour de la Santé, qui
disait : « Vous voulez la peine de mort, regardez-la. »
Je suis convaincu que, si on filmait à la télévision en
direct une exécution dans la cour de la Santé un matin,
vous auriez un record d'écoute.

Jean-Louis Servan-Schreiber : Un record d'écoute, mais un record d'horreur, non ?

Robert Badinter : Je ne sais pas. Je ne suis pas si
optimiste sur la nature humaine. L'Histoire est là pour
nous dire que le spectacle de l'exécution a toujours
fait recette.

Jean-Louis Servan-Schreiber : Oui, il fait recette
parce qu'il y a toujours une certaine proportion de la
population qui est prête à se ruer. Je crois que cela a
été le cas pour la dernière exécution capitale publique
en 1939.

Robert Badinter : Celle de Weidmann, oui.

Jean-Louis Servan-Schreiber : À Versailles.

Robert Badinter : Un véritable scandale.

Jean-Louis Servan-Schreiber : Il y a eu une
espèce de kermesse populaire autour de cette exécution, mais on peut imaginer que c'étaient des gens qui
y avaient un intérêt direct. Votre sentiment sur la nature
humaine des Français, c'est que la majorité d'entre eux
ont cet appétit sanglant ?

Robert Badinter : Non, pas celle des Français en
particulier. Les Français ne sont pas différents des
autres, ils ont la même sensibilité que les autres peuples

occidentaux. Je crois que cela fascinerait, ferait horreur en même temps, mais que le pouvoir de fascination l'emporterait sur l'horreur. Je ne crois pas, en tout cas, que ce soit la solution que d'exhiber publiquement la guillotine. Ce n'est pas dans cette direction-là que nous devons aller, c'est dans sa suppression.

JEAN-LOUIS SERVAN-SCHREIBER : Mais il y a des problèmes modernes, qui ne sont pas seulement la grande criminalité sanglante ancienne, qui servent de justification à la peine de mort, en particulier le cas du terrorisme. Le terroriste s'attaque de manière aveugle aux innocents, puisque – on l'a vu en Italie avec les Brigades rouges – on dit : « N'ayant pas la peine de mort, la société n'est pas armée. D'un côté, les Brigades rouges peuvent capturer un innocent, puis l'exécuter ; d'un autre côté, la même société qui avait entre ses mains Cuccio et ses complices, c'est-à-dire les amis de ceux qui ont agi, ne peut que leur donner de la prison dont ils finiront bien par sortir. » La disproportion des moyens en face de la lutte contre la violence absolue qu'est le terrorisme, violence aveugle, l'une des plus odieuses, rend, à ce moment-là, plus justifiable le fait qu'on garde une arme utile pour se défendre contre le terrorisme.

ROBERT BADINTER : Il n'est pas douteux que les terroristes, lorsqu'ils se conduisent comme ils l'ont fait à l'égard d'Aldo Moro, soient tout simplement des bourreaux et des bourreaux qui agissent, eux aussi, pour libérer leurs pulsions et leurs angoisses de mort. Quant à croire que l'on va ou que l'on peut arrêter le terrorisme en utilisant la peine de mort, c'est un leurre. Et, d'ailleurs, il suffit de regarder, à cet égard, l'expérience internationale, j'y reviendrai dans un instant.

Mais pourquoi est-ce un leurre ? La question est très importante. D'abord, dans le cas des terroristes, l'idée qu'ils vont reculer devant la mort est une absurdité. Je crois qu'en général les hommes ne sont pas arrêtés par la mort, sinon il y a longtemps qu'il n'y aurait plus de guerres et il n'y aurait plus non plus de chauffards sur les routes. Mais, dans le cas des terroristes, il y a une espèce d'engagement mortel et, quand ils se lancent dans une de leurs entreprises – par exemple une prise d'otages aériens –, ils savent qu'à un instant ou un autre de cette entreprise ils vont ou ils peuvent rencontrer la mort. Et ça ne les arrête pas, il y a, au contraire, une espèce de fascination de la mort qui joue dans le cas du terrorisme. Donc, se dire que c'est par peur de la mort qu'ils vont s'arrêter, c'est un leurre.

Alors, on pense purement et simplement à la liquidation physique de l'adversaire, à l'élimination. Je répondrai en disant que ce qu'il y a de tout à fait remarquable en ce qui concerne le terrorisme, c'est que, si vous exécutez le terroriste, à cet instant-là vous le changez presque de nature ; à la limite, je dirai que vous le transfigurez, que vous en faites d'un seul coup, par une espèce de rédemption due au châtiment, pour certains, un homme qui est allé jusqu'au bout de sa destinée. J'ai été très frappé de constater, l'année dernière, lorsque Baader est mort – beaucoup ont dit qu'il avait été exécuté –, à quel point on a, parmi certains, oublié le criminel terrible qu'avait été Baader et les crimes sanglants qu'il avait commis. D'un seul coup, il est devenu une espèce de symbole de celui qui, par une véritable passion révolutionnaire, est allé jusqu'au bout de sa cause. C'est un délire, mais j'en ai noté les conséquences sur certains. Il y a une transfiguration, on dirait que la mort le grandit et que la mort transforme celui qui avait été un criminel et, à mon sens, un criminel porté par une sorte de délire paranoïaque : il est transformé d'un seul coup en héros révolutionnaire.

Alors, loin d'arrêter par l'exemplarité, vous transformez par la mort, et vous suscitez des vocations. Vous avez, à ce moment-là, des martyrs. Et je reviens aux considérations internationales : c'est pour ça que les pays qui sont le plus directement menacés par le terrorisme ne rétablissent pas la peine de mort. Je prends, par exemple, le cas de l'État d'Israël qui, entre tous, est le plus directement menacé : si vous interrogez ses dirigeants, ils diront tous : « Non, en aucun cas, parce que, si nous exécutons, une fois que nous avons pris – il est resté, par exemple, blessé au moment de l'action – un terroriste, et que nous le pendons, nous susciterons des vocations plus nombreuses encore chez d'autres, chez certains jeunes gens. Et, par conséquent, nous aurons surmultiplié le risque du terrorisme, loin de lutter contre. »

JEAN-LOUIS SERVAN-SCHREIBER : Mais, là, vous êtes en train d'utiliser, si je puis dire, *a contrario*, c'est-à-dire contre la peine de mort, l'argument politique. C'est-à-dire, à la limite, dire : « Il ne faut pas exécuter parce que, en exécutant, on crée un appel. » La raison politique est quand même seconde par rapport à ceux qui sont profondément abolitionnistes. Ce n'est pas parce qu'il est opportun de ne pas exécuter, c'est quand même fondamentalement un problème moral. On constate, par exemple, dans le sondage des 58 % du mois de juin, quand on analyse, qu'il y a deux éléments qui jouent, qui différencient non pas les hommes et les femmes – ils sont du même avis – mais la jeunesse. En dessous de trente-cinq ans, ceux qui sont en faveur de la peine de mort sont minoritaires ; en vieillissant, la peur prend peut-être le dessus. Mais, quand il s'agit des convictions, on se rend compte que les plus abolitionnistes, de très loin, ce sont les communistes, alors que même les socialistes sont légèrement majoritaires en faveur de la peine de mort. Quant à la majorité, elle est massivement en faveur de la peine de mort. Comment expliquez-vous cette différence très nette par ce critère purement moral ?

ROBERT BADINTER : En ce qui concerne la répartition selon les partis politiques, je ne peux pas m'empêcher de rappeler que, dans feu le Programme commun, était inscrite l'abolition de la peine de mort.

JEAN-LOUIS SERVAN-SCHREIBER : Mais les socialistes sont légèrement majoritairement favorables à la peine de mort.

ROBERT BADINTER : Cela tendrait plus à prouver que les socialistes ou certains socialistes avaient pris quelque distance avec cet aspect-là du Programme commun, mais je ne crois pas que l'on puisse faire un clivage selon les opinions politiques. Je crois qu'en effet vous avez rappelé la position essentielle du problème : ou la peine de mort est considérée comme étant moralement une forme de châtiment qui doit être prononcée, ou, au contraire, elle est insupportable.

Aujourd'hui, elle n'est plus pratiquée que très rarement. Je n'ose pas dire qu'elle est symbolique.

JEAN-LOUIS SERVAN-SCHREIBER : Cela fait, je crois, exactement un an qu'on a exécuté pour la dernière fois en France.

ROBERT BADINTER : Oui. Un an, oui. Et, pour la première fois en France, il n'y a plus de condamnés à mort dans les prisons françaises. Mais une pratique qui se réduit, aujourd'hui, à très peu, ce n'est pas pour autant qu'elle n'est pas moins horrible. Je dirai même que le fait qu'on pense que cela peut être la dernière exécution ne la rend pas moins tragique, mais plus dérisoire encore. Donc le problème est essentiellement moral. Et, à cet égard, chacun est en présence de sa conscience : il y a ceux qui pensent qu'on doit tuer certains criminels et ceux qui ne l'acceptent pas. Vous évoquiez la position de l'Église catholique, je pourrais aussi rappeler celle d'Amnesty International, de la Ligue des droits de l'homme, des organisations humanitaires partout.

JEAN-LOUIS SERVAN-SCHREIBER : Mais, pour l'Église catholique, ce qui est frappant, c'est que c'est la première fois, cette année, qu'elle le dit ouvertement. On peut être surpris de penser que le message de l'Église ne s'est jamais traduit dans une position ferme sur le sujet.

ROBERT BADINTER : Oui, on pourrait dire : « Enfin... » Là aussi, il faudrait retourner à l'Histoire parce que la peine de mort est liée à notre histoire. À une époque où la France est très chrétienne, la durée de vie, l'importance de la vie humaine sont sans rapport avec l'importance du salut et de l'au-delà. Au fond, quelques années de vie, ça ne compte pas ; ce qui compte, c'est le salut. Et par conséquent, qu'à un moment donné on décide d'arrêter une vie humaine, ce n'est pas essentiel ; ce qui compte, c'est la rédemption ; ce qui compte, c'est le passage vers l'au-delà. Pour moi, ce qui est très révélateur à cet égard, c'est cette scène du Moyen Âge, quand Gilles de Rais, qui est un terrible Barbe-Bleue, s'en va à l'échafaud : vous vous rappelez, il supplie ceux qui sont là de prier pour lui et tout le monde, à genoux, prie pour lui. Je ne sais pas qui a prié pour Buffet. Là, vous avez une civilisation dans laquelle on conçoit que, pour l'Église catholique, ce qui compte c'est le passage vers l'au-delà et la rédemption ; et la peine de mort, estimait-on, pouvait faciliter la prise de conscience et le repentir. Mais, aujourd'hui, l'Église a pris conscience que la vie, c'est-à-dire le respect de la vie humaine et le respect de l'autre sont des valeurs essentielles dans une société qui n'en a plus tellement. Et c'est pourquoi, à mon sens, elle a pris position publiquement.

Nous sommes dans une société qui est en crise de valeurs. Cela paraît toujours pompeux quand on le dit, mais c'est vrai ; et le respect de la vie, le respect de l'autre, c'est cela qui est sacralisé par l'abolition. C'est pourquoi c'est un problème tellement important pour une société comme la nôtre. Ce n'est pas un problème de criminologie, c'est un problème moral, c'est un problème de valeurs. Et ce sont des choix fondamentaux pour chacun d'entre nous.

JEAN-LOUIS SERVAN-SCHREIBER : C'est concrétisé, justement, à travers ce sondage dans le fait que ceux qui sont le plus abolitionnistes, ce sont, d'une part, les communistes – de loin : 27 % seulement sont pour la peine de mort – et, ensuite, les catholiques pratiquants. Les non-pratiquants sont le plus favorables à la peine de mort. On peut s'interroger sur le problème de la valeur morale de cette conviction lorsqu'on voit que les communistes sont les plus déterminés et qu'aucun pays communiste du monde n'a aboli la peine de mort. C'est une faillite morale aussi sur ce plan-là.

ROBERT BADINTER : Non, ce n'est pas une faillite morale.

JEAN-LOUIS SERVAN-SCHREIBER : C'est très décevant.

ROBERT BADINTER : Oui, c'est la constatation de l'échec des grandes espérances. Je vous rappelle que Lénine a fait abolir la peine de mort en Union soviétique en 1917 ; on l'a rétablie en 1918, on l'a resupprimée en 1920 et, si j'ai bonne mémoire, on l'a rétablie en 1922. Et, d'ailleurs, vous avez, dans les principes fondamentaux du Code pénal soviétique, une formule qui plairait beaucoup à certains de nos législateurs : « La peine de mort est maintenue à titre exceptionnel en attendant son abolition définitive. » C'est exactement la formule de M. Peyrefitte. C'est la constatation d'un échec ; c'est une grande espérance qu'apportait avec elle la grande révolution socialiste et qui s'est effondrée avec les autres. Cela n'empêche pas que je conçois très bien que ceux qui continuent à espérer dans ce changement – vous avez mentionné les électeurs communistes, prenons les électeurs communistes –, eux, aient cette position morale : c'est celle qui est à l'origine et c'est celle qu'ils n'ont pas de raison d'abandonner. Que le système, lui, ait tourné radicalement le dos à l'espérance d'origine, c'est un fait.

JEAN-LOUIS SERVAN-SCHREIBER : Le soir du jour où vous avez obtenu la non-condamnation à mort de Patrick Henry, je me souviens des journaux télévisés, je me souviens des journaux du lendemain disant : « C'est une victoire décisive contre la peine de mort. »

Cela a été présenté ainsi parce que Patrick Henry était un criminel évident, qui avait quelque chose que tout le monde trouvait horrible, et en le laissant condamner à perpétuité vous avez fait la preuve que ce que vous faisiez condamner, c'était la peine capitale elle-même d'abord. Et puis il y a eu d'autres exécutions depuis. Avez-vous eu le sentiment, ce jour-là, que vous aviez marqué un point contre la peine de mort elle-même ?

ROBERT BADINTER : J'ai dit, le soir même du verdict, que je ne croyais pas que cela signifiait l'abolition de la peine de mort en France. Pour moi, il est évident que c'était un moment très important de la lutte pour l'abolition, non parce que le crime était horrible – il l'était, ce n'est pas discutable – mais parce que, délibérément, puisque le crime était horrible, nous avions placé tout le débat sur le terrain de la peine de mort. C'était simple : si l'on était partisan ou si l'on croyait à la peine de mort, il fallait condamner à mort Patrick Henry ; si, au contraire, on n'y croyait pas, même dans le cas de Patrick Henry il ne fallait pas condamner à mort. C'était donc la condamnation à mort qui était en question et les jurés ont condamné la peine de mort. Donc, c'était important, c'était essentiel, cela ne pouvait pas être décisif : on n'abolit pas une disposition légale, quand on connaît le relativisme judiciaire, simplement dans un grand procès. On marque un point essentiel, mais la bataille continue le lendemain. Et vous avez raison de le rappeler : quelques semaines plus tard, Carrein était à nouveau condamné à mort.

JEAN-LOUIS SERVAN-SCHREIBER : Il y a eu quand même un certain nombre d'évolutions successives sur le problème : est-ce que vous avez le sentiment, maintenant, qu'on arrive au bout ? Après tout, on peut se

dire : « Pourquoi la France serait-elle la dernière ? »
La France n'est pas particulièrement sanglante. Pourquoi la France est-elle, dans une certaine mesure, derrière les autres dans ce domaine et arrive-t-on à la fin ?

ROBERT BADINTER : Mais nous sommes au bout de
la course, absolument. La peine de mort, comme je l'ai
dit tout à l'heure, est agonisante. C'est seulement une
agonie qui dure trop. Mais c'en est, à mon sens, fini
de la peine de mort. Pourquoi ? Parce que vous avez
cette très difficile mais je crois constante prise de
conscience, en particulier dans la plus jeune génération, qu'il y a, dans la décision de peine de mort,
quelque chose qui est insupportable. Pourquoi insupportable ? Pour deux raisons. La première, c'est parce
qu'on ne sait pas, je veux dire qu'il n'y a pas de
certitude judiciaire absolue qui permette de dire :
« Celui-là doit mourir pour cet acte-là. » On ne sait
pas. Il y a, d'abord, tout ce qui est le hasard judiciaire.
Je prends l'exemple de Ranucci. Ranucci, vous le
savez, a été condamné à mort et j'ai toujours pensé
qu'il avait été condamné à tort...

JEAN-LOUIS SERVAN-SCHREIBER : Il a été exécuté ?

ROBERT BADINTER : Oui. Il a d'abord été condamné
à mort parce que son procès s'était déroulé quelques
jours après la découverte du corps du petit Bertrand à
Troyes, donc dans le climat de passion que l'on imagine.

JEAN-LOUIS SERVAN-SCHREIBER : C'était le crime de
Patrick Henry, ça ?

ROBERT BADINTER : Exactement. Et, ensuite, il a été
exécuté. Depuis ce moment-là, sa mère s'est acharnée
à faire poursuivre l'enquête et ses avocats ont formé
une requête en révision, et je souhaiterais que soit

publiée cette requête en révision parce qu'on verrait, à cet instant, l'immense incertitude qui se dégage. On se dit : « Ce n'est pas possible qu'on ait condamné à mort dans ces conditions-là ! » Or, on a condamné à mort parce qu'il y avait eu l'enlèvement et la mort du petit Bertrand.

JEAN-LOUIS SERVAN-SCHREIBER : Vous dites : « Ce n'est pas possible. » Pouvez-vous dire pourquoi ?

ROBERT BADINTER : Cela saisit les consciences. Vous avez une telle masse d'incertitudes sur sa culpabilité, une telle impression qu'à ce moment l'appareil judiciaire, comme cela arrive quelquefois, est entièrement tourné dans le sens de la culpabilité et qu'il ne prend plus en considération les éléments qui peuvent militer en faveur de l'innocence, que l'accusé est comme écrasé. Et cela, je l'attribue à la fois à l'horreur que soulevait le crime – la mort d'une petite fille –, au désir de fournir un coupable et, enfin, au climat de passion qui régnait en France au moment de l'affaire de Troyes. Et c'est tout cela qui a emporté Ranucci. Je souhaite que les éléments de cette requête en révision soient très largement connus parce qu'on prend conscience de ce qui est insupportable pour un homme de justice, c'est-à-dire ce côté relatif, ce côté loterie qui fait que, par exemple, le premier président de la Cour de cassation, M. Aydalot, finit par dire : « Je ne peux plus supporter cette loterie sanglante qui est l'exercice de la justice quand elle prononce la mort. »

JEAN-LOUIS SERVAN-SCHREIBER : Expliquez-nous quelque chose. Vous dites : « Dans un cas comme celui-là, tout l'appareil judiciaire se mobilise dans un certain sens qui est de s'attacher aux preuves éventuelles de la culpabilité et non pas aux autres. » Et, en même temps, on a le sentiment, à travers l'exemple que vous venez de donner de M. Aydalot, que des magistrats – et, d'ailleurs, ils se sont prononcés syndicalement – sont de plus en plus adversaires de la peine de mort. Au fond, on a une justice qui donne la mort et ceux qui la peuplent seraient adversaires : qu'est-ce que cette période trouble dans laquelle nous sommes à cet égard ?

ROBERT BADINTER : Non, je crois qu'en ce qui concerne les magistrats, si le Syndicat de la magistrature s'est prononcé très largement, presque à l'unanimité pour l'abolition, le sondage auquel il a été procédé par l'Institut de criminologie montre que, individuellement, ils se partagent sensiblement comme les autres Français. Mais, en ce qui concerne cet exemple que vous évoquiez, c'est, de la part du président Aydalot, la prise de conscience qu'il y a – quand il s'agit de décider de la vie d'un homme – une sorte d'impossibilité. On dit : « Les assises... » Il faut avoir vécu cela. Qu'est-ce que c'est qu'une peine de mort ? Abandonnons les abstractions. Ce sont douze hommes qui en voient un treizième à dix mètres d'eux ; quelquefois, à une distance telle qu'ils ne peuvent même pas saisir son regard. Il y a un dossier que le président seul a lu, et, au fond, on demande à d'autres hommes de dire que cet homme ne doit pas vivre. Ils ne le connaissent pas, et c'est cela qui est saisissant : c'est que toute la machine judiciaire est faite de telle façon qu'on demande à des hommes d'en condamner un autre sans qu'ils puissent le connaître réellement. Le psychiatre est là pour fournir des explications, pour servir d'alibi, peu importe, ce n'est pas sérieusement la connaissance de la personnalité. Donc on donne, à cet instant, à des hommes et à des femmes la plus lourde responsabilité qui soit : on leur donne un pouvoir sur la vie de l'autre, alors que, finalement, on ne leur donne pas les éléments qui permettraient de décider. On ne pourrait d'ailleurs pas y parvenir tant l'être humain est complexe. Donc, vous vous heurtez à une sorte d'impossibilité. Et là apparaît la fonction, non plus de la peine de mort, mais du jury en tant que moyen de maintenir la peine de mort. Parce que tout le cérémonial judiciaire est organisé de telle façon qu'il y a cette espèce de distanciation, qu'on ne voit pas l'homme, qu'on ne voit que l'acte. L'acte faisant horreur, on pense que les jurés, dans un sursaut d'horreur, se débarrasseront de son auteur. Mais on met en œuvre tous les moyens pour que, précisément, on oublie l'homme qui est là. Et c'est là où des hommes de justice ne peuvent pas ne pas dire : « Cela ne va pas, ce n'est pas possible. Celui qui doit assumer cette décision doit la refuser. »

JEAN-LOUIS SERVAN-SCHREIBER : Il y a quelque chose de caractéristique du système français : c'est qu'en principe c'est un jugement définitif, alors que, dans beaucoup de pays étrangers, on peut faire appel. En France, on ne fait pas appel de la peine de mort. On demande un jugement en cassation, mais on ne peut pas faire appel.

ROBERT BADINTER : Oui, c'est une des bizarreries mais ce n'est pas propre à la peine de mort, c'est toute notre justice criminelle qui, je dirai, marche à l'envers. Monsieur Servan-Schreiber, si je vous dérobe votre imperméable, j'aurai droit à un tribunal correctionnel, à la cour d'appel, puis au contrôle par la Cour de cassation. Mais si vous tuez père et mère, à cet instant-là vous serez jugé une seule fois. C'est-à-dire que là où il y a le plus de risques d'erreurs, où l'enjeu est le plus grave, on ne vous donne qu'une seule chance au départ. C'est d'ailleurs pour cela que la Cour de cassation casse beaucoup plus souvent dans le cas des condamnations à mort que dans les autres affaires. De toute façon, en matière criminelle, il est tout à fait temps d'établir un double degré de juridiction parce que la marge d'erreur est possible et les conséquences sont si graves qu'on ne peut pas ne pas donner, dans les cas les plus graves, ce que l'on donne dans les cas les plus légers. C'est encore plus vrai dans le cas de la peine de mort, bien entendu.

JEAN-LOUIS SERVAN-SCHREIBER : Un des arguments avancés en faveur de son maintien par certains, c'est : si on supprime la peine de mort, c'est un peu la pierre angulaire du système judiciaire français qui est touchée et tout notre système judiciaire devient un peu faussé s'il n'y a plus de châtiment suprême. Faut-il, à cette occasion, réformer complètement la justice ou peut-on le faire sans rien changer ?

ROBERT BADINTER : On n'a pas prêté assez d'attention – et ce n'est pas un hasard – au fait que le comité sur la violence que préside M. Peyrefitte s'est prononcé pour l'abolition. Pourquoi ? Nous évoquons des instances morales : Amnesty, l'Église catholique ; d'une certaine manière, on s'attend à ce qu'elles soient contre la peine de mort. Mais, dans le cas du comité sur la violence, c'était un comité composé de personnalités qui avaient été choisies pour leurs compétences, leur indépendance et leur réflexion sur le problème de la violence et du crime, et leur mission était de fournir au gouvernement les moyens de lutter contre la violence. Or, dans les recommandations, il prône l'aboli-

tion de la peine de mort. C'est-à-dire que non seulement, à cet instant, il vient dire : « La peine de mort
est inutile », mais il va plus loin, il dit : « Il faut abolir
la peine de mort. » Et ceci se situe dans la recherche
des moyens de lutter contre la criminalité sanglante.
Qu'est-ce que cela veut dire ? Simplement que ces
femmes et ces hommes ont considéré que l'existence
de la peine de mort dans notre système judiciaire blo-
quait les progrès de ce système judiciaire.

Je vous disais tout à l'heure que nous sommes dans
une justice d'actes. Et, en effet, la peine de mort, c'est
simplement la prise en considération d'un acte horrible
en oubliant tout ce qu'il y a de complexe et d'insai-
sissable, et, finalement, d'irresponsable dans tout être
humain. C'est l'affirmation ultime de la justice d'actes.
Si vous vous tournez vers l'homme, les choses changent. À ce moment-là se pose le problème dans des
termes différents : pourquoi a-t-il fait cela ? Et que
faire de lui ? Cela ne veut pas dire l'éliminer, cela veut
dire s'interroger et prendre les mesures convenables
pour qu'il puisse changer, sur un très long temps.

Alors, lorsque le comité sur la violence vient dire :
« Abolissez », cela veut dire – dans le cadre d'une
politique nouvelle qui s'attache à lutter contre les
causes de la criminalité – que vous ne pouvez pas
conserver ce symbole, il faut le faire disparaître.

Je dirais aussi que le changement des méthodes
pénitentiaires, la prise de conscience que pose le problème de la prison passent aussi par l'abolition.

JEAN-LOUIS SERVAN-SCHREIBER : Vous avez cité la
position du comité sur la violence qui était composé
de non-spécialistes, de sociologues...

ROBERT BADINTER : De magistrats, de criminologues, et de M. Peyrefitte.

JEAN-LOUIS SERVAN-SCHREIBER : De M. Peyrefitte. C'était avant qu'il soit ministre.

ROBERT BADINTER : Immédiatement avant.

JEAN-LOUIS SERVAN-SCHREIBER : Il y a un autre comité qui s'est prononcé, plus récemment encore : c'est le comité de réforme du Code pénal, et lui s'est prononcé pour le maintien de la peine de mort dans un certain nombre de circonstances exceptionnelles. On rentre dans le débat presque détaillé de ce qui est en cause en ce moment. Au fond, très peu de gens, même dans la partie la plus favorable à la peine de mort, se prononcent ouvertement pour la peine de mort. Ceux qui veulent la maintenir disent : « Il ne faut la maintenir que dans des cas très, très rares, des crimes odieux. » Est-ce que ce n'est pas une voie pour avancer d'un pas de plus vers l'abolition ?

ROBERT BADINTER : Cela n'a pas de sens. Quand on dit : « Je suis contre la peine de mort, mais je suis pour la peine de mort quand il s'agit de crimes odieux », on dit une absurdité ou pire.

JEAN-LOUIS SERVAN-SCHREIBER : C'est ce qui est appliqué en ce moment.

ROBERT BADINTER : C'est simplement l'évidence : personne ne rêve de l'utilisation de la peine de mort pour les infractions mineures. On ne va pas penser à utiliser la guillotine pour le vol d'un lapin ni pour les délits financiers.

JEAN-LOUIS SERVAN-SCHREIBER : Cela a été le cas au XIXe siècle.

ROBERT BADINTER : Oui, cela a été le cas au XIXe siècle et je vous signale que, lorsque, en Angleterre, on a décidé, pour la première fois, qu'on ne condamnerait plus à mort pour les atteintes à la propriété, un chœur de vieux magistrats s'est levé pour dire : « C'est la plus fatale innovation qu'aura jamais connue la justice anglaise. » C'est toujours la même réaction.

Mais, quand on dit : « Je la conserve pour les crimes odieux », cela veut dire : « Il faut la garder. » Dire : « ne la garder que lorsqu'il y a mort d'enfant ou de vieille femme », c'est une absurdité, parce que toutes les morts sont affreuses et toutes les victimes sont pitoyables. Et la mère de quarante ans tuée a autant de prix, pour ceux qui l'aiment, que la vieille femme. Et l'homme qui est enchaîné et abattu a autant de valeur humaine que l'enfant et il est également sans défense. Cela mobilise plus notre sensibilité, mais on ne peut pas peser comme ça la valeur des vies humaines.

Non, les choses sont plus simples. Ou bien on croit à la peine de mort et, dans ce cas-là, on la conserve. Ou bien l'on n'y croit pas et, dans ce cas-là, il faut l'abolir. C'est aussi clair que cela. Le reste, ce sont des faux-fuyants et ce sont des accommodements pour ne pas déplaire à l'opinion publique.

JEAN-LOUIS SERVAN-SCHREIBER : À cet égard, il y a un homme qui a pris une position intéressante : c'est Jacques Chirac, parce que lui, dont la clientèle électorale est massivement en faveur de la peine de mort, n'a pas encore dit qu'il était contre – c'est le secret de sa conscience – mais il a dit, en tout cas, que, si on abolissait, il fallait tout abolir et qu'il n'était pas question, que c'était une absurdité, de maintenir des petits morceaux : ou on la gardait telle qu'elle était ou on la supprimait. Je pense que, sur ce plan, vous serez d'accord avec lui.

ROBERT BADINTER : Là, M. Chirac exprime simplement l'évidence. Pour le reste, je serai très content, bien que n'étant pas un partisan de M. Chirac, d'applaudir M. Chirac s'il monte à la tribune de l'Assemblée pour expliquer que, dans la France de 1978, la guillotine n'a pas sa place ailleurs qu'au musée Carnavalet.

JEAN-LOUIS SERVAN-SCHREIBER : Comment expliquez-vous cette bizarrerie politique actuelle qui fait que le gouvernement, qui est composé, comme nous l'avons vu, de gens qui sont tous officiellement contre, n'a pas pris l'initiative de proposer l'abolition de la peine de mort ? Il va peut-être laisser faire, à la rentrée, des parlementaires qui le souhaitent. Et il se retranche, en quelque sorte – c'est ce qu'a fait M. Peyrefitte –, pour dire que ce n'est pas si simple devant l'opinion publique qui serait majoritairement favorable. C'est un des seuls cas, d'ailleurs, dans l'histoire politique française, où l'on utilise un argument de ce genre, sinon on n'aurait jamais voté les impôts.

Je crois qu'il y a des précédents. En Angleterre, il me semble que l'abolition a été votée dans une atmosphère qui était plutôt favorable à la peine de mort. On l'a votée quand même.

ROBERT BADINTER : Absolument. Les sondages étaient moins favorables encore que ceux que vous avez évoqués. Et à trois reprises, d'ailleurs, lorsque les sondages faits au lendemain de crimes sanglants étaient en faveur du rétablissement, des partisans de la peine de mort ont demandé aux Communes de la rétablir et à trois reprises cela a été rejeté. Et, d'ailleurs, on a vu les trois chefs des trois partis – chacun votait selon sa conscience – voter tous pour le maintien de la situation, c'est-à-dire pour la confirmation de l'abolition.

Vous évoquez là une question que – je dirais – il faudrait leur poser. Moi, je regarde cela du dehors. Je me dis : c'est tout à fait extraordinaire. En effet, le président de la République se déclare, d'après ce que l'on rapporte en privé, contre la peine de mort ; le Premier ministre est un universitaire, il nous le rappelle en toutes circonstances, et les universitaires sont massivement contre la peine de mort, le garde des Sceaux est un écrivain distingué qui a, en effet, écrit à l'encontre de la peine de mort ; je suis persuadé qu'il existe au Parlement une majorité numérique contre la peine de mort ; si vous prenez toutes les voix de gauche, et la plupart ne feront pas défaut, j'en suis convaincu...

JEAN-LOUIS SERVAN-SCHREIBER : Ça ennuierait le gouvernement que ce soit voté surtout par la gauche ?

ROBERT BADINTER : Vous vous rendez compte de ce que cela veut dire ? Qu'on en est réduit à une espèce d'approximation politicienne de qui aura le bénéfice moral de cela. Cela n'a pas de sens, c'est, encore une fois, un des derniers problèmes moraux de ce temps et c'est pour cela qu'à mon sens il suscite tant de passions. Il n'est pas lié à la croissance économique, c'est un problème moral pur. Se dire : « Non, nous ne voulons pas que ce soit l'opposition qui ait le privilège d'avoir fait passer la France dans le groupe de ceux qui en Europe ont aboli la peine de mort, nous voulons être ceux qui ont réussi cette innovation historique », par rapport à l'importance morale du problème ce sont des attitudes dérisoires. Je n'y crois pas. Je crois simplement que c'est un autre problème, que cela se résume en un mot qui s'appelle le courage. Je crois qu'il faut affronter de face une opinion publique qui, encore une fois, est passionnément angoissée. Lutter contre la peine de mort, ce n'est pas une position populaire, j'en sais quelque chose. Demander à des hommes politiques d'être délibérément impopulaires pour une simple raison morale, c'est poser une grande question et je pensais qu'à la rentrée nous aurions peut-être, enfin, la réponse, mais je suis sceptique, je ne crois pas qu'il y aura le débat attendu.

JEAN-LOUIS SERVAN-SCHREIBER : Ce sera ma dernière question : est-ce que vous pensez quand même que vous serez l'un des derniers grands avocats d'assises à avoir été amenés à devoir sauver des têtes ?

ROBERT BADINTER : Monsieur Servan-Schreiber, je le dis toujours, il n'y a pas de grands et de petits avocats. Cela ne se mesure pas à la taille.

JEAN-LOUIS SERVAN-SCHREIBER : Il y en a de plus ou moins connus.

ROBERT BADINTER : Il y a des avocats qui sont impliqués dans des affaires qui passionnent l'opinion publique, c'est une question de circonstances. Pour le reste, ce sont tous des avocats. Je crois, pour ma part, qu'en effet, si Dieu me prête vie et que je raconte, dans quinze ou vingt ans, à mes étudiants une exécution et que je leur explique que, devant moi, des avocats généraux ont demandé la peine de mort, et que j'ai même vu des jurés la prononcer, ils me regarderont comme une sorte de survivant d'un autre âge. Sûrement. Je serai, à leurs yeux, encore plus vieux que je ne le serai.

JEAN-LOUIS SERVAN-SCHREIBER : Donc, cela veut dire que, bien que vous n'y croyiez pas pour tout de suite, c'est pour bientôt ?

ROBERT BADINTER : C'est inévitable et je dirai que je crois que c'est pour demain.

JEAN-LOUIS SERVAN-SCHREIBER : Je vous remercie, Robert Badinter.

Émission *Questionnaire* (FR3),
11 septembre 1978

Un pas en avant, deux pas en arrière

*Au printemps 1979, Alain Peyrefitte, garde
des Sceaux, face à l'intérêt croissant de l'opinion publique, décida de susciter un débat
d'orientation à l'Assemblée nationale sur la
question de l'abolition. Les mesures qu'il proposait : limitation des cas où la peine de mort
serait encourue et création d'une période de
sûreté de vingt-cinq ans contredisaient la
recommandation d'abolition formulée par le
Comité d'études sur la violence qu'il avait
présidé. J'exprimai ma déception dans les
colonnes du* Nouvel Observateur.

Le débat d'« orientation » *(sic)* sur la peine de mort
aura été, pour certains députés de la majorité, la nuit
des dupes. Il a eu au moins le mérite de mettre les
choses au point. Alain Peyrefitte, et avec lui le gouvernement, et au-delà d'eux le président de la République ont signifié clairement leur choix : celui du
maintien en France de la peine de mort pour les années
à venir.

Qu'on ne nous parle plus désormais d'inclinations
ou de sentiments personnels en faveur de l'abolition.
Les propos d'Alain Peyrefitte sont sans équivoque. Et

le langage du ministre est radicalement contraire aux convictions de l'écrivain.

En effet, supprimer la peine de mort dans les cas où personne ne songerait en justice à la requérir ou à l'évoquer, ce n'est pas faire un pas vers l'abolition. Mais la toilette d'un Code pénal bien vieux, bien lourd et bien fatigué.

Suspendre l'application de la peine de mort pour cinq ans aurait pu être un pas décisif. À cette démarche prudente les abolitionnistes ne s'opposeraient pas, assurés qu'ils sont qu'à l'issue de la période probatoire l'évolution de la criminalité sanglante serait demeurée indifférente à l'abolition, en France comme dans les autres pays d'Europe où la peine de mort a disparu. Ce n'est pas cependant cette suspension probatoire que le garde des Sceaux a proposée. Mais un troc pénal où la peine de mort ne serait suspendue que pour certains cas – et contre l'instauration en France d'une peine de remplacement de vingt à vingt-cinq ans. Évoquant cette mesure, le garde des Sceaux en a précisé l'inspiration : « Il ne s'agirait pas d'aller vers moins de répression, comme beaucoup le craignent, mais vers plus de répression, comme certains déjà le soupçonnent. » En bref, il conviendrait, devant le refus croissant des jurés de prononcer la peine de mort, de substituer à un châtiment tombé en désuétude une autre peine jugée plus efficace. Ce serait ainsi l'esprit de répression, non celui d'humanité, qui présiderait à l'abolition. Paradoxe révélateur et dont le moins qu'on puisse dire est qu'il ne s'inscrit pas dans la ligne des grands abolitionnistes, de Victor Hugo à Camus, de Gambetta à Briand.

Ce troc pénal ne déboucherait même pas sur l'abolition. Car la peine de mort subsisterait encore, soit pour des crimes atroces, soit pour des crimes commis contre certains fonctionnaires de police ou de prison. Ainsi demeurerait dans notre droit une zone protégée, un noyau indestructible où se loverait encore la peine de mort.

Aucune approche du problème ne me paraît aussi contradictoire que celle-là. Car, si l'on croit aux vertus dissuasives de la peine de mort, alors il faut demander qu'on la conserve, telle qu'elle est, en toutes ses dispositions, et se garder d'y toucher, aussi peu que ce soit. Et, par ailleurs, il faut refuser toute discrimination arbitraire – et à la limite odieuse – entre les victimes éventuelles. La vie du policier ou du gardien de prison est hautement respectable. Mais pas plus que celle du chauffeur de taxi ou du caissier de banque. La mort d'un enfant ou d'un vieillard est infiniment cruelle. Mais pas plus que celle d'une jeune femme ou d'un homme dans la force de l'âge sur lesquels repose le sort d'une famille. Il ne peut y avoir en vérité des victimes privilégiées. Elles sont toutes également pitoyables.

Au regard de ces évidences, les propositions du garde des Sceaux sont révélatrices. Ne libérer de la peine de mort que les domaines de notre droit qu'elle a déjà désertés. Substituer à une peine de mort, que les jurés refusent, de nouveaux châtiments pour favoriser la répression. Et enfin conserver la peine de mort là où la sensibilité populaire ou les groupes de pression les plus vigoureux la requièrent afin de ne pas heurter l'opinion publique. Telle serait la marche vers l'abolition selon Alain Peyrefitte. Longue marche, en vérité, mais significative : un pas en avant, deux pas en arrière ! N'est-ce pas là le rythme traditionnel de la démarche politicienne ?

Le Nouvel Observateur,
2 juillet 1979

« Le débat sur la peine de mort »

En septembre 1979, le débat sur l'abolition qui nous opposait, Alain Peyrefitte et moi, reprit dans les colonnes du Monde. *Critiques et répliques se succédaient. Elles témoignent de l'intensité croissante de la question de l'abolition alors que nous approchions de l'élection présidentielle de 1981.*

QU'AUCUNE SENTENCE NE SOIT IRRÉVERSIBLE
par Robert Badinter

On sait maintenant quels sont, en France, les partisans les plus acharnés de la peine de mort. M. Peyrefitte l'a révélé au *Monde* : « Les véritables adversaires de l'abolition, ce sont ses partisans frénétiques... »

Frénétiques, en vérité, les abolitionnistes ? Les a-t-on jamais vus descendre dans la rue, organiser des meetings de masse, se coucher sur les marches des palais de justice où l'on requiert la peine de mort ? A-t-on jamais vu les évêques fulminer en chaire contre les partisans de la peine de mort, le président de la Ligue des droits de l'homme ou le secrétaire général d'Amnesty International conduire des défilés de la République à la Bastille, ou les membres de l'Asso-

ciation française contre la peine de mort faire le siège
de l'Assemblée quand M. Peyrefitte y discourt ? Si
l'on doit parler de frénésie dans ce domaine, c'est du
côté de quelques partisans de la peine capitale qu'il
faut, hélas ! la constater. J'ai à cet égard des souvenirs
très précis de palais de justice entourés d'une foule
secouée par une haine à proprement parler frénétique,
non seulement contre l'assassin, mais contre ceux qui
osaient s'élever à cet instant contre la peine de mort.
Il est vrai que M. Peyrefitte ignore ces choses, lui qui
ne connaît de la vie judiciaire que les audiences solen-
nelles de la rentrée, à la manière dont un général d'état-
major ne connaîtrait de la réalité militaire que la revue
du 14 Juillet...

À le lire, on a le sentiment qu'il existerait une sorte
de négociation à propos de la peine de mort, que seule
bloquerait l'intransigeance des abolitionnistes, refusant
la peine de remplacement. De la même façon, les
patrons de choc prennent toujours le public à témoin
que ce sont les représentants des travailleurs qui interdisent tout progrès social par leurs « positions irréa-
listes » ou leurs « réactions de blocage », pour
reprendre les termes de M. Peyrefitte. Ainsi rejette-t-on
sur l'autre partie la responsabilité du refus que, secrètement, l'on a décidé de lui opposer. Cette vieille
astuce politique est malvenue dans le débat sur l'abolition. Et cela pour deux raisons.

La première est que les abolitionnistes ne constituent pas, en France, une force politique ni même un
groupe de pression. Les abolitionnistes viennent des
horizons religieux, philosophiques, sociaux les plus
divers. Ils n'ont en commun qu'une conviction morale.
Cette conviction commune ne suffit pas à les constituer

en une force organisée, avec laquelle le gouvernement aurait à compter.

La seconde est que l'abolition ne saurait résulter d'une négociation, d'un accord entre forces opposées, comme l'augmentation du SMIC. L'abolition est une démarche morale – rien d'autre. Sa nature même exclut tout marchandage, tout troc. L'idée même d'une négociation à propos d'un principe moral est absurde, pour ne pas dire inconvenante.

En vérité, les choses sont simples. L'abolition de la peine de mort, comme toute modification de la loi pénale, ne dépend en France que du Parlement. Elle ne relève pas du gouvernement, même si l'agitation du ministre de la Justice à ce sujet pourrait laisser croire le contraire.

Dès lors, si le Parlement est composé en majorité d'abolitionnistes, différer la venue devant l'Assemblée nationale des projets de loi sur l'abolition, c'est tout simplement s'opposer à l'exercice normal de la souveraineté du peuple dont, dans un domaine législatif, le Parlement est le seul délégataire. S'opposer à la volonté de la commission des lois appelant l'Assemblée nationale à se prononcer sur l'abolition, c'est tenir en mépris l'institution parlementaire et les règles de la démocratie.

Or, contrairement à ce qu'affirme M. Peyrefitte, il existe une majorité parlementaire en faveur de l'abolition.

D'abord toute la gauche française sera présente, unanime, à ce rendez-vous de notre histoire. Ensuite, parmi les deux cent quatre-vingts députés de la majorité, comment ne s'en trouverait-il pas cinquante au moins pour vouloir en finir avec la guillotine ? Le

Premier ministre et Mme Veil ne se sont-ils pas publiquement prononcés en faveur de l'abolition ? Il ne peut y avoir un divorce radical à propos d'un choix essentiel de société entre une majorité politique et ses leaders.

Et croit-on que les parlementaires de la majorité accepteraient d'apparaître, par un vote massif rejetant l'abolition, aux yeux de l'opinion française, mais aussi européenne, comme une majorité de « coupeurs de têtes » ? La majorité actuelle, qui offre partout le spectacle de ses divisions, ne se retrouverait unie qu'au pied de la guillotine ? Allons donc ! Il demeure que l'abolition serait, dans ces conditions, une victoire de la gauche. Et cela, M. Peyrefitte ne le souhaite pas. D'où le caractère apparemment contradictoire de sa démarche : « J'accepte le débat d'idées. Mais je refuse le débat au fond. Je me déclare pour l'abolition. Mais je conserve la peine de mort. »

Car c'est bien de maintenir la peine de mort qu'il s'agit. Que nous propose, en effet, M. Peyrefitte ? D'abord une révision du Code pénal. Elle éliminerait du texte toutes les dispositions édictant la peine de mort dans les cas où cette peine n'est jamais prononcée, ni même envisagée. Les incendiaires, les pirates, les auteurs de vol à main armée ne seraient ainsi plus menacés de mort dans la loi – comme dans la réalité. Il est singulier de considérer que cette simple toilette du Code, cette mise en harmonie du droit et du fait, constituerait un premier pas vers l'abolition. Bien au contraire, en vérité. Car le caractère archaïque des textes énonçant la peine de mort témoigne de ce que le châtiment relève d'un temps et d'une justice également révolus. En procédant à un rajeunissement du Code et en conservant dans certains cas la peine de mort, on l'inscrit dans le présent, on la consacre à nouveau.

Au-delà des propositions supprimées parce que archaïques, le projet Peyrefitte évoque deux groupes d'infractions. Dans le premier, la peine de mort subsisterait dans les textes, mais son application serait suspendue pendant cinq ans et, à sa place, serait instaurée – pour toujours – une peine de remplacement. Par contre, la peine de mort demeurerait en vigueur pour d'autres crimes particuliers.

À considérer ainsi le projet ministériel dans sa totalité, les choses sont claires : on abolit la peine de mort là où elle a disparu depuis des décennies. On suspend la peine de mort là où les jurés actuels ne la prononcent plus. Et on conserve la peine de mort là où elle est susceptible d'être encore prononcée, ou lorsque son maintien est exigé par des groupes de pression dont l'influence est très forte sur l'administration judiciaire : policiers et gardiens de prison. La belle abolition !

Sans doute, M. Peyrefitte évoque dans son projet une sorte de dynamique de l'abolition. Après cinq ans, la peine de mort serait définitivement supprimée pour les crimes pour lesquels elle aurait été simplement suspendue. Et pour les crimes les plus graves, pour lesquels la peine de mort aurait été maintenue, elle serait à son tour suspendue pour une période probatoire de cinq ans, à l'issue de laquelle elle pourrait être définitivement supprimée. Ainsi, la responsabilité de l'abolition serait laissée aux successeurs de M. Peyrefitte et de M. Giscard d'Estaing. Aux élections présidentielles de 1981, on pourrait dire aux abolitionnistes que l'on a mis en œuvre le processus qui conduit à l'abolition. Et aux partisans de la peine de mort que rien n'est acquis, qu'il ne s'agit que de mesures temporaires, bref que la peine de mort est toujours là. Cette démarche politique est admirable, qui prétend satisfaire deux positions morales radicalement opposées.

La vérité est ailleurs, dans les faits. La peine de mort en France est condamnée à mort. Pour deux raisons d'inspirations contraires, mais dont l'effet se cumule. La première est que les Français ne croient plus à l'efficacité de la peine de mort. On évoque toujours à cet égard des sondages qui, curieusement, fleurissent le plus souvent au moment opportun – pour les partisans de la peine de mort. Mais ces sondages sont sans valeur au regard des choix effectifs de cette expression du peuple français que constituent les jurys d'assises. Quand M. Peyrefitte déclare que le refus de la peine de mort serait le fait en majorité des classes privilégiées, et surtout des intellectuels bourgeois parisiens, il ignore tous les jurés populaires qui, dans toute la France, ne cessent de refuser la peine de mort. Les chiffres des dernières années sont à cet égard hautement significatifs. Depuis 1977, la peine de mort a été prononcée huit fois. Dans deux cas, le pourvoi en cassation a été rejeté et les condamnés exécutés. Dans cinq autres cas, la chambre criminelle a cassé les condamnations. Et cinq fois, les jurys ont refusé de condamner à nouveau à mort. Je suis convaincu pour ma part que, si la justice française connaissait, en matière criminelle, le double degré de juridiction, c'est-à-dire si tout accusé d'un crime avait le droit d'être jugé deux fois, comme tout voleur ou tout escroc, il n'y aurait plus de condamnés à mort en France autrement qu'à titre provisoire, comme celui qui se trouve malheureusement dans les prisons françaises à l'heure actuelle.

À ce mouvement constant et profond de la sensibilité populaire rejetant la guillotine s'ajoute paradoxalement, pour rendre inévitable l'abolition, la nécessité d'assurer la répression. C'est un aspect des choses que le public ignore mais que les initiés connaissent bien. La France est le seul pays d'Europe occidentale à conserver la peine de mort. Or la grande criminalité est internationale et le sera de plus en plus. Pour lutter contre elle, l'entraide et la coopération internationales sont nécessaires. Elles se traduisent, notamment, par les conventions d'extradition. Mais la plupart des conventions conclues avec les pays d'Europe occidentale sont anciennes et ne satisfont plus aux exigences actuelles de la lutte contre le crime. À cause de la peine de mort, la France ne peut conclure aucune convention nouvelle d'extradition avec les pays abolitionnistes, notamment européens. Ces pays se refusent, en effet, souvent à livrer à la France des criminels susceptibles d'encourir la peine de mort, considérée par eux comme un châtiment barbare et attentatoire aux principes fondamentaux de la justice. Ainsi, par un paradoxe remarquable, la guillotine, loin de menacer certains criminels français dangereux, les protège en fait dès l'instant où ils ont pu gagner l'étranger. Et je gage qu'il ne s'écoulera pas longtemps avant que la question de l'uniformisation des législations pénales européennes ne soit évoquée à Strasbourg, et avec elle la nécessaire abolition de la peine de mort en France.

Demeure alors le problème de la peine de remplacement, au vote de laquelle M. Peyrefitte s'obstine à vouloir conditionner l'abolition de la peine de mort. Il faut le dire avec force : les deux questions ne sont pas liées.

Par sa nature même, la peine de mort n'a pas et ne saurait avoir de substitut. Le problème que pose non l'abolition, déjà acquise virtuellement dans les faits, mais le vieillissement de notre droit pénal est celui d'une meilleure adaptation de nos lois aux armes multiples et nouvelles de la violence criminelle.

Or, s'agissant des crimes les plus graves, que propose M. Peyrefitte ? D'instituer, à l'occasion de l'abolition, une peine de réclusion criminelle nouvelle dite de sûreté, dont la plus grande partie, vingt-cinq années, ne serait susceptible d'aucune mesure de grâce ou de libération conditionnelle. À ce sujet, une remarque préalable s'impose. En novembre 1978, M. Peyrefitte a fait voter par le Parlement une loi instaurant, dans le cas de condamnation à perpétuité, une telle peine de sûreté incompressible pouvant aller jusqu'à dix-huit années de réclusion. Pourquoi, ce jour-là, si M. Peyrefitte estimait nécessaire à la sécurité des Français une peine incompressible de vingt-cinq années, ne l'a-t-il pas proposée au Parlement ? La situation n'était en rien différente de celle d'aujourd'hui. En novembre 1978, une peine de sûreté de dix-huit ans s'avérait suffisante à M. Peyrefitte. Huit mois plus tard, une peine de vingt-cinq ans lui paraît indispensable. Ces sept années de rigueur, cette inflation répressive, que rien ne justifie en raison, ce serait le prix démagogique à payer pour une abolition incertaine. Les abolitionnistes ne sauraient se rallier à une telle démarche.

En réalité, l'abolition de la peine de mort n'entraînera aucun vide répressif. Les crimes les plus graves seront, comme ils le sont aujourd'hui en fait, passibles de la réclusion criminelle à perpétuité. Par là, il faut entendre que le criminel peut rester détenu aussi long-temps que le requièrent les exigences de la sanction et du traitement pénitentiaire. Mais le condamné sait que par son comportement il peut influer sur l'heure de sa libération. Il ne faut surtout pas tuer l'espérance dans le cœur d'un homme, car l'espérance est le levain du changement. Or la peine de sûreté de quarante années, dont vingt-cinq ans seraient irréductibles, méconnaît psychologiquement cette exigence. À trente ans, par exemple, s'entendre condamner à vingt-cinq années de réclusion assurée sans perspective aucune de pouvoir améliorer son sort, même au prix des plus grands efforts, c'est voir se dresser devant soi un écrasant mur lisse contre lequel se brise toute espérance et meurt toute volonté de changement.

Sans doute existe-t-il des criminels porteurs d'une violence et d'une dangerosité exceptionnelles. Ceux-là ne sauraient être remis en liberté qu'après de très longues années de détention, avec une prudence et des garanties extrêmes. Mais il est aussi des hommes qui, auteurs de crimes atroces, prennent ensuite conscience de l'horreur de leurs actes. La volonté naît alors en eux de devenir autres. La peine de remplacement qu'on nous propose me paraît dans leur cas porter en elle plus de ferments de désespoir et de révolte que de sûreté pour les Français. Et que dire des cas où le verdict, soumis à tous les hasards de la cour d'assises, apparaîtrait, une fois la passion répressive retombée, d'une rigueur excessive au regard des faits ? Nul cependant n'y pour-rait rien changer. Et pour un quart de siècle !

Il faut, en justice, se garder de toute présomption absolue d'infaillibilité des juges. Qu'aucune peine, jamais, ne soit irréversible est une leçon que l'histoire de la peine de mort nous enseigne. À l'heure où elle s'achève enfin, n'ouvrons pas un nouveau chapitre des grandes injustices auxquelles la justice elle-même s'interdirait, par avance, de remédier.

Le Monde,
21 août 1979

CONTRE LE « TOUT OU RIEN »
par Alain Peyrefitte

Le brillant article de Mᵉ Badinter, qui me fait l'honneur de me prendre tout du long à partie dans *Le Monde* du 21 août, contient, malgré le grand talent de son auteur, trop d'inexactitudes pour que l'on ne ressente pas le devoir d'en relever au moins quelques-unes.

1. Mᵉ Badinter confirme que « différer la venue devant l'Assemblée nationale des projets de loi sur l'abolition, c'est s'opposer à l'exercice normal de la souveraineté du peuple dont, dans un domaine législatif, le Parlement est le seul délégataire. S'opposer à la volonté de la commission des lois appelant l'Assemblée nationale à se prononcer sur l'abolition, c'est tenir en mépris l'institution parlementaire et les règles de la démocratie ».

Mᵉ Badinter, qui semble plus expert en droit pénal qu'en droit constitutionnel, confond un projet de loi et une proposition de loi. Un *projet* ne peut être déposé que par le gouvernement. Une *proposition* (c'est-à-dire d'origine parlementaire) ne peut venir à l'ordre du jour, fût-elle approuvée par la commission compétente (dont le rôle est seulement consultatif), que si elle est inscrite à un ordre du jour complémentaire par le double accord du gouvernement (pour qu'un tel ordre du jour soit ouvert) et de la conférence des présidents (pour que cette proposition de loi y soit inscrite).

Le gouvernement a donné son consentement. La conférence des présidents a refusé le sien. Cette conférence vote démocratiquement. Elle est souveraine et indépendante du gouvernement (elle le montre assez souvent en s'opposant à lui). C'est alors que le gouvernement, s'inclinant devant cette décision, a organisé de son propre chef, conformément à la Constitution, un débat d'orientation, qui a été fort instructif, bien que Mᵉ Badinter affecte de l'ignorer.

Il est clair que l'« institution parlementaire » et les « règles de la démocratie » ont été rigoureusement respectées.

2. Mᵉ Badinter ne recule pas devant la contradiction de ses arguments de plaidoirie. Après avoir affirmé que les abolitionnistes « ne constituent pas une force politique », il ne craint pas de politiser son propos en opposant la majorité aux groupes socialiste et communiste. Il fait appel à la « conviction morale » de nombreux membres de la majorité pour qu'ils échappent à une discipline de groupe. En revanche, il compte sur la discipline des deux groupes d'opposition pour que tous leurs membres, indépendamment de leur « conviction morale », émettent un vote « unanime ». Or nous savons que plus d'un député d'opposition a proclamé sa conviction que seule la peine de mort peut dissuader certaines catégories de criminels. À commencer par le président du groupe socialiste lui-même, M. Defferre, qui, dans un retentissant article du *Provençal* du 8 juin

1971, a réclamé la peine de mort pour les trafiquants de drogue et exprimé sa défiance à l'égard de la prison à cause des réductions de peine.

3. Me Badinter semble croire que le Parlement n'est composé que de l'Assemblée nationale. Il arrive que certains se montrent bi- ou monocaméristes selon que le Sénat partage ou non leurs vues. À supposer qu'il existe une majorité à l'Assemblée pour voter purement et simplement l'abolition, ce qui reste à démontrer, il est douteux qu'il en existerait une au Sénat.

Or, pour un tel problème de société, il est exclu que le gouvernement passe outre à la volonté clairement exprimée à la fois par la majorité des Français et par une des deux chambres du Parlement.

4. C'est justement pour surmonter des oppositions jusque-là inconciliables que le gouvernement souhaite engager une dynamique de l'abolition. Me Badinter nous accuse d'« accepter le débat d'idées pour refuser le débat au fond ». Au contraire, nous avons souhaité le débat d'idées pour que le débat au fond ne tourne pas court, comme il a tourné court depuis deux siècles.

Dès 1764, les adeptes français des « Lumières » – à commencer par Voltaire et les encyclopédistes – s'enthousiasmèrent pour le traité *Des délits et des peines* de Beccaria. À la suite du criminaliste italien, ils affirmèrent que la peine de mort n'était pas dissuasive et réclamèrent sa suppression. Les sociétés de pensée répandirent ces idées. Me Robespierre, deux cents ans avant Me Badinter, s'en faisait l'apôtre à Arras, devant le Club philosophique des Rosati. En 1789, les abolitionnistes se croyaient majoritaires. Pourtant, la Constituante, si séduite qu'elle fût par Robespierre, Condorcet,

Le Peletier de Saint-Fargeau et tant d'autres, repoussa finalement l'abolition.

Après cet échec, l'affaire fut retardée d'un demi-siècle. Victor Hugo et Lamartine plaidèrent l'abolition avec un talent inégalé. Mais, pas plus qu'en 1791, nul ne songea à ménager des transitions, ni à prévoir une peine de remplacement. À nouveau, devant l'Assemblée nationale de 1848, les abolitionnistes dominent intellectuellement le débat. À nouveau, ils échouent. À nouveau, plus d'un demi-siècle va être perdu.

En 1908, même processus. Jean Jaurès, Aristide Briand entraînent l'émotion, non les votes. Encore plus d'un demi-siècle perdu.

Allons-nous recommencer le même scénario en 1979 ? Allons-nous continuer à dédaigner les leçons de deux siècles de vie parlementaire ? Allons-nous nous obstiner dans ce paradoxe français qui veut que nos abolitionnistes, depuis 1764, soient à la fois les plus bruyants d'Europe et les moins entendus ? Allons-nous encore refuser d'observer que *tous* les pays qui nous ont précédés dans cette voie se sont acheminés vers l'abolition de droit à travers des expériences de fait, des étapes, la recherche d'un assentiment populaire ?

Échouer une quatrième fois en 1979, ce serait renvoyer le débat aux calendes grecques. Comme disait Céline, « l'Histoire ne repasse pas les plats ». Ou, du moins, elle prend beaucoup de temps avant de les réchauffer.

Mais souvent l'abolitionniste, pour reprendre la propre expression de Me Badinter, « ignore ces choses, lui qui ne connaît » de l'histoire de France – et de l'Histoire tout court – que quelques clichés idéologiques,

« à la manière dont un général d'état-major ne connaîtrait de la réalité militaire que la revue du 14 Juillet ».

Ne restons pas aveugles devant la constatation que
la politique du « tout ou rien » collectionne les revers.
Refuser une *dynamique* de l'abolition, c'est ne laisser
le choix qu'entre le saut dans l'inconnu ou la *statique*,
c'est-à-dire préférer la statique. Voudrait-on nous faire
croire qu'afin de pouvoir toujours continuer à reven-
diquer l'abolition, on ne souhaite pas progresser vers
elle ?

5. Me Badinter considère que la peine de mort est
la plus grande honte de ce temps.

Certes, elle pose un problème philosophiquement
important, que je m'attache à résoudre, ce qu'aucun
de mes prédécesseurs n'a pu, voulu ou su faire en deux
siècles et sous dix-sept régimes.

Mais il ne faut rien exagérer. Il existe d'autres
drames. Depuis six ans, on a exécuté en France trois
condamnés (qui avaient commis des crimes horribles).
Pendant cette même période, quatre-vingt-dix mille
Français ont trouvé la mort sur nos routes ; et les
Khmers rouges ont tué un, deux ou trois millions de
leurs compatriotes – nul ne sait au juste. Même si l'on
a entendu fort peu protester contre ces massacres
d'innocents, faut-il les trouver négligeables ?

6. Me Badinter juge non seulement inopérant, mais
dangereux d'abolir la peine de mort dans les centaines
de cas où elle est encourue mais n'est plus prononcée.
Il oublie quelques données essentielles.

D'abord, il n'est jamais bon que le droit ne soit plus
en accord avec le fait. On en vient alors à mépriser la
loi. Vouloir la maintenir dans son archaïsme, c'est préconiser la politique du pire.

Ensuite, est-il inutile de se prémunir contre la tentation d'un retour en arrière ? Est-il inutile de supprimer la peine de mort pour des motifs politiques ? Consolider des progrès humanitaires tout récents, c'est dresser un garde-fou contre le retour offensif de pulsions barbares, dont plusieurs peuples ont donné encore tout récemment d'effrayants exemples.

De surcroît, pareille toilette du Code pénal faciliterait des extraditions rendues difficiles – au grand dam de notre image de marque – par l'existence de ces cas théoriques. En effet, le gouvernement ne peut actuellement prendre à l'égard des pays étrangers l'engagement que la peine capitale ne sera pas appliquée dans de tels cas (ce qui limiterait la souveraineté soit des jurys d'assises, soit de la grâce présidentielle), alors que chacun sait qu'elle n'a pas été appliquée depuis longtemps et ne le sera pas.

Enfin, l'abolition de ces centaines de cas (jointe à la suspension de la plus grande partie des autres, et à un rendez-vous pris à cinq ans pour la suspension, voire l'abolition, des derniers) marquerait d'une façon décisive une orientation. Le public s'accoutumerait à l'idée qu'il faudra vivre sans la peine de mort et trouver ailleurs la sécurité.

7. Me Badinter est hostile à la peine de remplacement (vingt-cinq ans de détention) que je suggère en châtiment des crimes pour lesquels la peine de mort serait suspendue. Pour montrer l'inutilité d'une nouvelle peine de substitution, il s'appuie sur l'actuelle période de sûreté (pouvant aller jusqu'à un maximum de dix-huit ans) que j'ai fait voter au Parlement à l'automne dernier : à l'entendre, la peine incompressi-

ble existerait, elle serait suffisante, le problème serait donc déjà réglé.

Or Me Badinter et ses amis étaient à l'époque farouchement hostiles à l'institution de cette même peine de sûreté. Un an après, ils ont fini par comprendre qu'elle marquait un premier pas vers l'abolition, en offrant un moyen pratique de débloquer la situation. Mais le Parlement l'a votée comme substitut à la réclusion criminelle à perpétuité, non comme substitut à la peine de mort.

Celle-ci n'est aujourd'hui requise et prononcée que pour des crimes particulièrement atroces, commis par des criminels extrêmement dangereux. La recherche criminologique montre que, pour des individus de ce type, les récidives sont fréquentes après dix-huit, voire vingt ans de réclusion : elles ne cessent, pour les grands fauves, qu'à partir de vingt-cinq ou trente ans. C'est pourquoi, successivement, le comité d'études sur la violence et la commission de révision du Code pénal ont préconisé de tels internements de longue durée, pour remplacer la peine capitale.

Non que nous soyons insensibles à l'accablement d'un homme qui voit devant lui le « mur lisse » d'une longue réclusion. Mais nous sommes encore plus sensibles au supplice de ces filles à peine pubères violées et assassinées par trois des récents guillotinés, qui avaient déjà été condamnés pour des crimes identiques, ou à cette petite fille étranglée par son propre père, qui avait tué sa femme de longues années plus tôt, puis sa maîtresse. Nous n'avons pas le droit, nous autres responsables, de rester indifférents aux récidives – et aux victimes de ces récidives – dont on aimerait que Me Badinter parle plus souvent.

8. Mᵉ Badinter voudrait ménager deux éventualités : le rachat du criminel et la révélation d'une erreur judiciaire.

Éviter que la peine soit irréversible à jamais, voilà bien la noble ambition des abolitionnistes. Mais, précisément, la peine de substitution ne serait pas irréversible. Pourquoi la grâce présidentielle, que la Constitution veut sans limites, ne pourrait-elle, dans certains cas, tirer les conséquences d'une évolution incontestable du criminel vers le repentir et la conversion, si les signes s'en confirmaient durablement ? Et une procédure de révision viendrait à tout moment réparer une hypothétique erreur judiciaire.

Bref, un examen approfondi du dossier conduit les observateurs sérieux et objectifs à se convaincre que la dynamique de l'abolition peut seule faire évoluer l'esprit public. Entre le *rien* et le *tout*, une solution constructive et réfléchie est possible. Mais l'excessive passion de quelques abolitionnistes à œillères fournit aux adversaires de l'abolition leurs meilleurs arguments.

LA RÉPONSE DE Mᵉ BADINTER

M. Peyrefitte a des bontés de style à mon égard. Retournons-lui ses compliments littéraires et revenons au sujet lui-même.

1. Il eût suffi que M. Chinaud se ralliât aux vœux de la commission des lois pour que l'Assemblée soit saisie de la proposition de loi sur l'abolition de la peine de mort. Or M. Chinaud s'y est opposé. À qui fera-t-on croire que le représentant de l'UDF à la conférence

des présidents ait agi dans ce domaine à l'encontre de la volonté du président de la République et de son gouvernement ? L'évidence est là : le gouvernement ne veut pas du débat sur l'abolition.

2. M. Peyrefitte table sur la défaillance de certains parlementaires de gauche pour que l'abolition soit refusée par l'Assemblée nationale. Les abolitionnistes comptent sur nombre de voix de la majorité pour qu'elle soit acceptée. Quel paradoxe politique ! Le scrutin seul peut trancher. Alors pourquoi s'y dérober avec tant de constance ?

3. Le respect dont M. Peyrefitte fait preuve à l'égard du Sénat quand il le croit hostile à l'abolition est suffisamment rare, émanant, pour la Cinquième République, d'un membre du gouvernement, pour qu'on s'en émerveille. Pour ma part, j'ignore si le Sénat est favorable ou non à l'abolition. La seule voie démocratique pour le savoir serait de lui poser la question. Tout simplement.

4. Les hommes changent. Les nations aussi. La France de 1979 ne ressemble pas plus à celle de 1908 que M. Peyrefitte à Aristide Briand. Oublions donc les votes passés. Refusons les leçons de Céline, dont l'autorité me paraît d'ailleurs limitée quand il s'agit du sens de l'Histoire, et finissons-en avec la vieille guillotine, qui n'a plus sa place qu'au musée de Cluny.

5. Je n'ai jamais considéré ni écrit que la peine de mort en France serait « la plus grande honte de ce temps ». Pareil propos serait à la fois absurde et scandaleux au regard des souffrances et des injustices majeures du siècle.

En vérité, ma démarche est celle de tous les abolitionnistes, et notamment de tous les membres de la

Ligue des droits de l'homme et d'Amnesty International. La lutte contre la peine de mort n'est qu'un des aspects du combat plus étendu que l'on doit mener partout et en toutes circonstances pour le respect des droits de l'homme et contre la violence excessive de l'État.

6. M. Peyrefitte reprend à mon égard l'accusation classique portée contre les abolitionnistes : « Vous ne pensez qu'aux assassins, pas assez aux victimes. »

Je laisse de côté ce que le propos a d'insultant et de démagogique. Je rappelle seulement que j'ai, le premier, quelques années avant l'un des prédécesseurs de M. Peyrefitte à la Chancellerie, dénoncé l'état d'abandon où notre société laissait les victimes du crime, et demandé que soit instauré un fonds de garantie assurant l'indemnisation de ces victimes, ce qui a été fait partiellement en 1977.

Mais l'essentiel n'est pas dans la réparation, toujours insuffisante quand il s'agit des victimes. L'essentiel est dans la prévention du crime. Si je combats la peine irréversible de très longue durée dite « peine de sûreté », c'est précisément parce qu'elle me paraît aussi dangereuse pour la société qu'inhumaine pour le condamné.

Ordonner qu'un homme de vingt-cinq ou trente ans soit assuré, quelle que soit sa conduite ou la transformation de sa personnalité, de demeurer pendant vingt-cinq années détenu à Clairvaux ou ailleurs, sans perspective aucune d'amélioration de son sort, c'est à coup sûr le vouer au désespoir. Or il ne faut jamais priver un homme d'espérance. Car elle est le levain du changement. Tous les criminels sont différents. Et tous changent. Telle est l'évidence que méconnaît la peine de sûreté. Pour prendre des exemples, on ne peut traiter de la même façon Violette Nozière et un grand fauve social. Tous deux seraient pourtant condamnés à la même peine. Et le législateur aurait lié les mains de la justice à l'égard de la première, quel que soit son comportement ultérieur, par la nature irréductible de la peine prononcée. C'est ce caractère abstrait de la peine de sûreté que je dénonce parce qu'il méconnaît la réalité humaine.

7. Reste le tempérament évoqué par M. Peyrefitte : celui de la grâce présidentielle. Ce n'est pas, selon moi, au président de la République, chef de l'exécutif, qu'il devrait appartenir de limiter, par des décisions souveraines et non motivées, la portée de verdicts trop sévères. Il faut réduire l'intervention du pouvoir exécutif sur le cours de la justice, non le renforcer. L'avant-projet de réforme du Code pénal prévoit l'instauration d'un tribunal de l'exécution des peines, composé de magistrats. C'est à une telle juridiction qu'il conviendrait de donner pouvoir de prendre, au vu de l'évolution du condamné, et dans le respect des droits de la défense, toutes mesures de grâce ou de libération conditionnelle. Le droit de grâce est lié à la monarchie de droit divin. Son exercice solitaire et mystérieux est une survivance des temps révolus, comme la peine de mort. Il conviendrait que la disparition de la peine de mort entraînât un dépérissement du droit de grâce présidentielle, non son renforcement.

8. En définitive, M. Peyrefitte paraît considérer que les Français sont si attachés à la peine de mort qu'ils ne peuvent en être désintoxiqués que par paliers : il les voit comme des drogués de la guillotine. Telle n'est pas l'idée que je me fais de nos concitoyens. Mais si

c'est celle de M. Peyrefitte, et s'il est réellement animé d'une volonté d'abolition, alors qu'il demande simplement au Parlement de suspendre dans tous les cas la peine de mort en France pendant une période de cinq ans. L'abolition serait alors acquise, en fait sinon en droit. Tout le reste, en ce domaine, n'est que politique... ou littérature.

Le Monde,
19 septembre 1979

Un mort de moins...

> *En mars 1980, devant la cour d'assises de Tou-
> louse, je défendis Norbert Garceau, condamné
> à mort par la cour d'assises de Béziers, arrêt
> cassé par la Cour de cassation. L'affaire se
> déroula dans un climat de tension extrême.
> Norbert Garceau, récidiviste, avait déjà été
> condamné à vingt ans de réclusion criminelle
> pour des faits identiques. Après trois jours de
> débats passionnés, le jury écarta la peine de
> mort. C'était la cinquième fois depuis l'affaire
> Patrick Henry que je défendais après cassation
> un accusé déjà condamné à mort et dont le jury
> épargnait la tête. Ce fut aussi la dernière. Un
> an plus tard, François Mitterrand était élu pré-
> sident de la République. L'heure de l'abolition
> était venue.*

LE NOUVEL OBSERVATEUR : Maintenant que vous
venez de sauver la tête de Norbert Garceau, pouvez-vous me dire ce que vous pensez de l'homme Garceau ?

ROBERT BADINTER : À vrai dire, je le connais peu.
Il m'a demandé de le défendre en décembre. Je n'ai
pu le voir que deux fois. Pour moi, Garceau, c'est le
crime à l'état brut : un M. Tout-le-Monde, qui n'a pas

été « fabriqué » socialement pour le crime, qui n'a pas eu d'enfance malheureuse. Et dans ce M. Tout-le-Monde, il y a le crime qui dort et qui explose, deux fois. Or le mécanisme du passage à l'acte nous échappe – quand il ne nous laisse pas indifférents. C'est pourtant cela qu'il faudrait creuser. Il faudra bien forer des galeries pour approcher la vérité de l'acte criminel, comme on a fait pour ce qu'on appelait jadis l'hystérie, qui passait, il y a cent ans, pour une maladie honteuse ou une simulation...

LE NOUVEL OBSERVATEUR : Vingt ans de réclusion, ce n'est pas déjà une explication ?

ROBERT BADINTER : Pas dans son cas. Pour Garceau, ce furent vingt ans de perdus. Cet ouvrier modèle a vingt-huit ans au moment de son entrée en détention, et il devient un détenu modèle. Il n'a pas d'histoire. On ne s'interroge pas à son sujet. Vous savez, on ne fait pas de psychanalyse en centrale...

LE NOUVEL OBSERVATEUR : Vous n'avez pas l'air d'aimer Garceau. Peut-on défendre quelqu'un qu'on n'aime pas ?

ROBERT BADINTER : Défendre, ce n'est pas aimer : c'est aimer défendre. J'ai défendu des hommes pour lesquels je n'avais ni estime ni sympathie, et je l'ai fait avec passion. Pourquoi ? Peut-être parce que je ressens profondément l'accusation dans ce qu'elle a d'excessif, donc d'injuste. Je crois que ce sentiment est un des ressorts essentiels de la défense.

LE NOUVEL OBSERVATEUR : Garceau s'est conduit d'une façon très calme. Le lui aviez-vous recommandé ?

ROBERT BADINTER : En aucun cas. À un homme qui risque sa tête je dis toujours : « Allez-y ! Criez ce que vous avez à dire ! »

Le Nouvel Observateur : Dans le jury, vous avez récusé toutes les personnes âgées.

Robert Badinter : C'est la première fois que j'épuise mon quota de récusation. J'ai écarté des femmes qui pouvaient s'identifier professionnellement avec la victime, des secrétaires, et aussi d'autres parce qu'elles habitaient à proximité de la victime, ainsi qu'une femme qui avait un visage d'Érinye... Question d'intuition... On peut se tromper : dans l'affaire Patrick Henry, j'avais récusé une maîtresse d'école, me disant que, face à un rapt d'enfant devant une école... En fait, je l'ai appris par la suite, c'était une militante fervente des droits de l'homme et une abolitionniste convaincue !

Le Nouvel Observateur : Vous êtes contre la peine de mort mais vous ne croyez pas non plus aux solutions de remplacement qui ont été avancées.

Robert Badinter : La réclusion perpétuelle ? Impossible. Tuer l'espoir, c'est faire exploser les prisons. La peine fixe, dite « peine de sûreté », non susceptible de réduction ? Je suis contre. L'être humain change. Un crime peut révolter l'opinion publique et son auteur ne présenter par la suite aucune « dangerosité » réelle...

Le Nouvel Observateur : Oui, mais l'opinion a peur du laxisme des juges, dans l'application des peines. Certains voudraient renforcer le poids de l'administration pénitentiaire.

Robert Badinter : Autant dire qu'on confierait l'application des décisions de justice au pouvoir exécutif, c'est-à-dire, dans les habitudes françaises, au régime de l'arbitraire et du secret ! Non, non ! Mais je verrais assez bien un « tribunal de l'exécution ». Une peine est prononcée : on connaît donc la durée maximale. Partant de là, il faut organiser des rendez-vous périodiques, adaptés à cette durée : pour les très longues peines, ce pourrait être tous les cinq ou dix ans. Ce tribunal entendrait l'administration pénitentiaire, bien sûr, mais aussi les enquêteurs sociaux, le psychiatre, et le condamné, assisté de son avocat. Le procureur pourrait être là, pourquoi pas ? Il ne s'agirait pas d'un nouveau procès mais d'un examen contradictoire en commun de ce qu'il serait possible de faire.

LE NOUVEL OBSERVATEUR : Une partie du public a applaudi votre plaidoirie. Cela vous a choqué ou fait plaisir ?

ROBERT BADINTER : Choqué. C'était indécent à l'égard de la famille de la victime, obscène même. Je fais un tel effort pour « casser le spectacle », sortir du langage de bois, du rituel judiciaire, parvenir à me faire entendre, malgré ce rituel, faire prendre conscience au jury de sa responsabilité ! Et voilà le spectacle réintroduit !

LE NOUVEL OBSERVATEUR : Le frère de la victime vous a agressé verbalement, et le père physiquement. Qu'avez-vous ressenti ?

ROBERT BADINTER : Ce n'est pas la première fois que cela m'arrive. Je trouve qu'il s'agit de réactions normales de la part d'une famille qui a subi l'angoisse et la souffrance. Cela dit, c'est un phénomène relativement récent. Naguère, personne ne s'en serait pris à un avocat parce qu'il défendait Landru ou Weidmann !

LE NOUVEL OBSERVATEUR : C'est sans doute lié à l'insécurité grandissante, ou du moins à ce qu'on fait croire à l'opinion publique, peut-être pour que le pays veuille conserver la peine de mort.

ROBERT BADINTER : La peine de mort ne sert à rien. Tous les criminologues sont d'accord là-dessus. Peine de mort ou pas, on n'empêchera pas la criminalité de croître. Je suis très pessimiste. Cette société est vouée au crime. Il faudrait informer les Français – et pas seulement les Français, c'est vrai pour tous les pays – de l'évolution de la criminalité juvénile, celle des treize-quatorze ans. Projetez ces courbes sur l'avenir, vous aboutissez à une inflation quasi mathématique de la criminalité générale, compte tenu de l'inévitable récidive, la prison étant une véritable école de la délinquance. Aucun homme politique n'a le courage de le dire car cela met trop profondément en cause les adultes. Ce fléau social, la délinquance, sera la réalité quotidienne de demain. Nous sommes dans une société criminogène : prenez l'exemple des excès de la « légitime défense ». On trouve normal de tuer quelqu'un pour défendre des biens matériels, n'est-ce pas inouï ? À l'égard du criminel, il n'y a que deux attitudes possibles : l'assimiler ou l'éliminer. L'éliminer, c'était la solution du Second Empire, quand on a inventé le bagne, la guillotine sèche ou humide. Mais ce n'est plus possible. Il faut donc l'assimiler, c'est-à-dire l'intégrer, apprendre à vivre avec ces condamnés qui, de toute façon, reviendront un jour parmi nous.

LE NOUVEL OBSERVATEUR : Alors, pensez-vous que la peine de mort finira par être abolie ?

ROBERT BADINTER : Oui, je le pense. Elle le sera certainement si la gauche revient au pouvoir – encore que je n'entende pas beaucoup de grands politiques à gauche se préoccuper de cette question. Même en dehors de cette hypothèse, la peine de mort sera abolie, non pas pour des raisons morales ou idéologiques, mais pour des raisons techniques, parce qu'elle est un frein à la répression de la criminalité internationale. Nous sommes les seuls en Europe à conserver cette disposition, et cet isolement empêche que se réalise cet espace judiciaire européen dont on parle et que l'internationalisation de la délinquance appelle logiquement. Je suis donc sûr qu'un jour le verrou sautera – et ce jour-là, croyez-moi, je serai heureux, même si cette décision n'est pas prise pour de nobles raisons. Ne plus sentir la mort qui rôde dans le prétoire, ne plus éprouver cette perception abominable, presque physique, quel soulagement !

Propos recueillis par Anne Gaillard
Le Nouvel Observateur,
17 mars 1980

Plus de justice qui tue

Aussitôt après son élection, le nouveau président de la République François Mitterrand gracia Philippe Maurice, condamné à mort en octobre 1980 dont la Cour de cassation avait rejeté le pourvoi. Cette décision était conforme à la position prise publiquement pendant la campagne par François Mitterrand. L'abolition devait attendre l'élection d'une nouvelle Assemblée nationale en juin 1981.

L'EXPRESS : Quelle est la signification de la grâce de Philippe Maurice ?

ROBERT BADINTER : François Mitterrand, candidat, s'était prononcé publiquement contre toute exécution capitale. Devenu président de la République, il était normal qu'il se conformât à cette prise de position.

L'EXPRESS : Au-delà de la décision concernant Philippe Maurice, que va-t-il se passer pour les sept autres condamnés à mort ?

ROBERT BADINTER : Contrairement à ce qu'on pense, il n'y a pas actuellement, dans les prisons françaises, de condamnés à mort en attente d'exécution. Pour certains de ces criminels, les décisions ont été cassées : ils seront donc rejugés. Les autres sont en cours de pourvoi devant la Cour de cassation. Aucune grâce présidentielle ne peut, bien entendu, intervenir avant la décision de la Cour, c'est-à-dire pas avant plusieurs mois.

L'EXPRESS : Mais si la Cour de cassation rejetait leur pourvoi ?

ROBERT BADINTER : Le président utiliserait le droit de grâce de la même façon.

L'EXPRESS : La situation va être paradoxale : d'un côté une législation prévoyant la peine de mort, des jurys qui la prononcent, et un président de la République qui, systématiquement, gracie les condamnés.

ROBERT BADINTER : C'est une situation qui existe déjà dans un pays très proche, la Belgique, où l'on prononce depuis cent ans des peines de mort qui ne sont jamais exécutées. Mais ce n'est pas la solution pour la France, qui, je le rappelle, continue d'être le seul pays de la Communauté européenne où l'on applique encore la peine de mort.

L'EXPRESS : Va-t-on vers l'abolition ?

ROBERT BADINTER : Je pense que, à l'automne, le gouvernement devrait saisir le Parlement d'un projet de loi tendant à l'abrogation de la peine capitale.

L'EXPRESS : Et pourquoi pas un référendum ?

ROBERT BADINTER : La Constitution française ne le permet pas. Il faudrait la modifier par un premier référendum pour pouvoir procéder au second.

L'EXPRESS : Un tiers des Français seulement sont abolitionnistes. L'abrogation pure et simple n'irait-elle pas, finalement, à l'encontre du sentiment de la plus grande majorité ?

ROBERT BADINTER : Il est vrai que, sur ce point, les Français ont une sensibilité exacerbée, qui n'est due, à mon avis, qu'à une mauvaise information. Le précédent ministre de la Justice s'est toujours dérobé devant le débat sur la peine de mort. Pourtant, si une commission s'était réunie – à froid – pour entendre publiquement partisans et adversaires de l'abolition et pour prendre connaissance des travaux effectués par de multiples organismes internationaux, les Français auraient constaté deux faits : le premier, c'est qu'il n'y a aucune corrélation entre l'évolution de la « criminalité sanglante » et la présence ou l'absence de la peine de mort. La seconde évidence, c'est que, si on assiste à un accroissement considérable de la petite et de la moyenne délinquance, la grande criminalité, elle, n'a pas augmenté.

L'EXPRESS : Mais si on s'achemine vers la suppression de la sanction suprême, quelles sont les solutions de remplacement ?

ROBERT BADINTER : On ne remplace pas un supplice par un autre. Cela dit, il faut voir la réalité du problème sans céder aux fantasmes. Sur les 40 300 détenus qui peuplent nos prisons, la peine de mort ne touche qu'un nombre infime de cas. Alors, penser que la sécurité des Français est assurée par la guillotine est un leurre. Quant à ces quelques condamnés à mort, ils représentent chacun un cas différent. Pour moi, ce qui est essentiel, c'est qu'un « tribunal de l'exécution des peines » suive l'évolution de chaque condamné dans le cadre d'une réclusion à perpétuité. Ceux dont on estime qu'ils représentent toujours un danger pour la société ne doivent pas être remis en liberté. Ceux qui donneraient des gages de réadaptation sérieux pourraient, après de longues années, être libérés. Il faut prendre en considération les possibilités de changement d'un homme.

L'Express : Et que faites-vous des victimes ?

Robert Badinter : Il est certain que notre justice doit être constamment préoccupée de la lutte contre le crime. Mais je n'accepte pas une justice qui tue.

L'Express : Pour avoir le sentiment que « justice est faite », les Français n'ont-ils pas besoin de la loi du talion ?

Robert Badinter : Mais comment se comportent les Italiens, les Anglais, les Allemands, qui font face à des situations terroristes très graves sans utiliser la peine de mort ? Sont-ils livrés à un déséquilibre névrotique ? Il n'est pas pensable que les Français aient besoin que la guillotine fonctionne pour libérer leurs angoisses. Il faut sortir de cette infantilisation judiciaire où seuls jouent les réflexes primaires.

L'Express,
29 mai-4 juin 1981

Discours pour l'abolition de la peine de mort
à l'Assemblée nationale

Nommé ministre de la Justice le 23 juin 1981,
je présentai au Parlement le projet de loi sur
l'abolition en septembre 1981.

LE PRÉSIDENT : La parole est à M. le garde des Sceaux, ministre de la Justice.

LE GARDE DES SCEAUX : Monsieur le président, mesdames, messieurs les députés, j'ai l'honneur, au nom du gouvernement de la République, de demander à l'Assemblée nationale l'abolition de la peine de mort en France.

En cet instant, dont chacun d'entre vous mesure la portée qu'il revêt pour notre justice et pour nous, je veux d'abord remercier la commission des lois parce qu'elle a compris l'esprit du projet qui lui était présenté et, plus particulièrement, son rapporteur, M. Raymond Forni, non seulement parce qu'il est un homme de cœur et de talent, mais parce qu'il a lutté dans les années écoulées pour l'abolition. Au-delà de sa personne et comme lui, je tiens à remercier tous ceux, quelle que soit leur appartenance politique, qui, au cours des années passées, notamment au sein des commissions des lois précédentes, ont également œuvré pour que l'abolition soit décidée, avant même que n'intervienne le changement politique majeur que nous connaissons.

Cette communion d'esprit, cette communauté de pensée à travers les clivages politiques montrent bien que le débat qui est ouvert aujourd'hui devant vous est d'abord un débat de conscience et que le choix de chacun d'entre vous l'engagera personnellement.

Raymond Forni a eu raison de souligner qu'une longue marche s'achève aujourd'hui. Près de deux siècles se sont écoulés depuis que, dans la première assemblée parlementaire qu'ait connue la France, Le Peletier de Saint-Fargeau demandait l'abolition de la peine capitale. C'était en 1791.

Je regarde la marche de la France.

La France est grande, non seulement par sa puissance, mais, au-delà de sa puissance, par l'éclat des idées, des causes, de la générosité qui l'ont emporté aux moments privilégiés de son histoire.

La France est grande parce qu'elle a été la première en Europe à abolir la torture malgré les esprits précautionneux qui, dans le pays, s'exclamaient à l'époque que, sans la torture, la justice française serait désarmée, que, sans la torture, les bons sujets seraient livrés aux scélérats.

La France a été parmi les premiers pays du monde à abolir l'esclavage, ce crime qui déshonore encore l'humanité.

Il se trouve que la France aura été, en dépit de tant d'efforts courageux, l'un des derniers pays, presque le dernier – et je baisse la voix pour le dire – en Europe occidentale, dont elle a été si souvent le pôle, à abolir la peine de mort.

Pourquoi ce retard ? Voilà la première question qui se pose à nous.

Ce n'est pas la faute du génie national. C'est de France, c'est de cette enceinte, souvent, que se sont levées les plus grandes voix, celles qui ont résonné le plus haut et le plus loin dans la conscience humaine, celles qui ont soutenu, avec le plus d'éloquence, la cause de l'abolition. Vous avez, fort justement, monsieur Forni, rappelé Hugo, j'y ajouterai, parmi les écrivains, Camus. Comment, dans cette enceinte, ne pas penser aussi à Gambetta, à Clemenceau et surtout au grand Jaurès ? Tous se sont levés. Tous ont soutenu la cause de l'abolition. Alors pourquoi le silence a-t-il persisté et pourquoi n'avons-nous pas aboli ?

Je ne pense pas non plus que ce soit à cause du tempérament national. Les Français ne sont certes pas plus répressifs ou moins humains que les autres peuples. Je le sais par expérience. Juges et jurés français savent être aussi généreux que les autres. La réponse n'est donc pas là. Il faut la chercher ailleurs.

Pour ma part, j'y vois une explication qui est d'ordre politique. Pourquoi ?

L'abolition, je l'ai dit, regroupe, depuis deux siècles, des femmes et des hommes de toutes les classes politiques et, bien au-delà, de toutes les couches de la nation.

Mais si l'on considère l'histoire de notre pays, on remarquera que l'abolition, en tant que telle, a toujours été une des grandes causes de la gauche française. Quand je dis gauche, comprenez-moi, j'entends forces de changement, forces de progrès, parfois forces de révolution, celles qui, en tout cas, font avancer l'Histoire. *[Applaudissements sur les bancs des socialistes,*

*sur de nombreux bancs des communistes et sur
quelques bancs de l'Union pour la démocratie française.]*

Examinez simplement ce qui est la vérité. Regardez-la.

J'ai rappelé 1791, la première Constituante, la grande
Constituante. Certes, elle n'a pas aboli, mais elle a posé
la question, audace prodigieuse en Europe à cette époque. Elle a réduit le champ de la peine de mort plus que
partout ailleurs en Europe.

La première assemblée républicaine que la France
ait connue, la grande Convention, le 4 brumaire an IV
de la République, a proclamé que la peine de mort était
abolie en France à dater de l'instant où la paix générale
serait rétablie.

ALBERT BROCHARD : On sait ce que cela a coûté en
Vendée !

PLUSIEURS DÉPUTÉS SOCIALISTES : Silence, les
chouans !

LE GARDE DES SCEAUX : La paix fut rétablie mais
avec elle Bonaparte était là. Et la peine de mort s'inscrivit dans le Code pénal qui est encore le nôtre, plus
pour longtemps, il est vrai.

Mais suivons les élans.

La révolution de 1830 a engendré, en 1832, la géné-
ralisation des circonstances atténuantes ; le nombre des
condamnations à mort diminue aussitôt de moitié.

La révolution de 1848 entraîna l'abolition de la
peine de mort en matière politique, que la France ne
remettra plus en cause jusqu'à la guerre de 1939.

Il faudra attendre ensuite qu'une majorité de gauche
soit établie au centre de la vie politique française, dans
les années qui suivent 1900, pour que soit à nouveau

soumise aux représentants du peuple la question de l'abolition. C'est alors qu'ici même s'affrontèrent, dans un débat dont l'histoire de l'éloquence conserve pieusement le souvenir vivant, et Barrès et Jaurès.

Jaurès – que je salue en votre nom à tous – a été, de tous les orateurs de la gauche, celui qui a mené le plus haut, le plus loin, le plus noblement l'éloquence du cœur et l'éloquence de la raison, celui qui a servi, comme personne, le socialisme, la liberté et l'abolition. *[Applaudissements sur les bancs des socialistes et sur plusieurs bancs des communistes.]*

Jaurès... *[Interruptions sur les bancs de l'Union de la démocratie française et du Rassemblement pour la République.]*

Il y a des noms qui gênent encore certains d'entre vous ? *[Applaudissements sur les bancs des socialistes et des communistes.]*

MICHEL NOIR : Provocateur !

JEAN BROCARD : Vous n'êtes pas à la cour, mais à l'Assemblée !

LE PRÉSIDENT : Messieurs de l'opposition, je vous en prie.

Jaurès appartient, au même titre que d'autres hommes politiques, à l'histoire de notre pays. *[Applaudissements sur les mêmes bancs.]*

ROGER CORRÈZE : Mais pas Badinter !

ROBERT WAGNER : Il vous manque des manches, monsieur le garde des Sceaux !

LE PRÉSIDENT : Veuillez continuer, monsieur le garde des Sceaux.

LE GARDE DES SCEAUX : Messieurs, j'ai salué Barrès en dépit de l'éloignement de nos conceptions sur ce point ; je n'ai pas besoin d'insister.

Mais je dois rappeler, puisque, à l'évidence, sa parole n'est pas éteinte en vous, la phrase que prononça Jaurès : « La peine de mort est contraire à ce que l'humanité depuis deux mille ans a pensé de plus haut et rêve de plus noble. Elle est contraire à la fois à l'esprit du christianisme et à l'esprit de la Révolution. »

En 1908, Briand, à son tour, entreprit de demander à la Chambre l'abolition. Curieusement, il ne le fit pas en usant de son éloquence. Il s'efforça de convaincre en représentant à la Chambre une donnée très simple, que l'expérience récente – de l'école positiviste – venait de mettre en lumière.

Il fit observer en effet que, par l'effet des convictions diverses des présidents de la République, qui se sont succédé à cette époque de grande stabilité sociale et économique, la pratique de la peine de mort avait singulièrement évolué pendant deux fois dix ans : 1888-1897, les présidents faisaient exécuter ; 1898-1907, les présidents – Loubet, Fallières – abhorraient la peine de mort et, par conséquent, accordaient systématiquement la grâce. Les données étaient claires : dans la première période, où l'on pratique l'exécution : 3 066 homicides ; dans la seconde période, où la douceur des hommes fait qu'ils y répugnent et que la peine de mort disparaît de la pratique répressive : 1 068 homicides, près de la moitié.

Telle est la raison pour laquelle Briand, au-delà même des principes, vint demander à la Chambre d'abolir la peine de mort qui, la France venait ainsi de le mesurer, n'était pas dissuasive.

Il se trouva qu'une partie de la presse entreprit aussitôt une campagne très violente contre les abolitionnistes. Il se trouva qu'une partie de la Chambre n'eut point le courage d'aller vers les sommets que lui montrait Briand. C'est ainsi que la peine de mort demeura en 1908 dans notre droit et dans notre pratique.

Depuis lors – soixante-quinze ans –, jamais une assemblée parlementaire n'a été saisie d'une demande de suppression de la peine de mort.

Je suis convaincu – cela vous fera plaisir – d'avoir certes moins d'éloquence que Briand, mais je suis sûr que vous, vous aurez plus de courage et c'est cela qui compte.

ALBERT BROCHARD : Si c'est cela le courage !

ROBERT AUMONT : Cette interruption est malvenue !

ROGER CORRÈZE : Il y a eu aussi des gouvernements de gauche pendant tout ce temps !

LE GARDE DES SCEAUX : On peut s'interroger : pourquoi n'y a-t-il rien eu en 1936 ? Une raison est que le temps de la gauche fut compté. L'autre raison, plus simple, est que la guerre pesait déjà sur les esprits. Or, les temps de guerre ne sont pas propices à poser la question de l'abolition. La guerre et l'abolition ne cheminent pas ensemble.

Vint la Libération. Je suis convaincu, pour ma part, que, si le gouvernement de la Libération n'a pas posé la question de l'abolition, c'est parce que les temps troublés, les crimes de la guerre, les épreuves terribles de l'Occupation faisaient que les sensibilités n'étaient pas à cet égard prêtes. Il fallait que reviennent non seulement la paix des armes mais aussi la paix des cœurs.

Cette analyse vaut aussi pour les temps de la décolonisation.

C'est seulement après ces épreuves historiques qu'en vérité pouvait être soumise à votre assemblée la grande question de l'abolition.

Je n'irai pas plus loin dans l'interrogation – M. Forni l'a fait –, mais pourquoi, au cours de la dernière législature, les gouvernements n'ont-ils pas voulu que votre assemblée soit saisie de l'abolition alors que la commission des lois et tant d'entre vous, avec courage, réclamaient ce débat ? Certains membres du gouvernement – et non des moindres – s'étaient déclarés, à titre personnel, partisans de l'abolition, mais on avait le sentiment, à entendre ceux qui avaient la responsabilité de la proposer, que, dans ce domaine, il était, là encore, urgent d'attendre.

Attendre, après deux cents ans !

Attendre, comme si la peine de mort ou la guillotine était un fruit qu'on devrait laisser mûrir avant de le cueillir !

Attendre ? Nous savons bien en vérité que la cause était la crainte de l'opinion publique. D'ailleurs, certains vous diront, mesdames, messieurs les députés, qu'en votant l'abolition vous méconnaîtriez les règles de la démocratie parce que vous ignoreriez l'opinion publique. Il n'en est rien.

Nul plus que vous, à l'instant du vote sur l'abolition, ne respectera la loi fondamentale de la démocratie.

Je me réfère non pas seulement à cette conception selon laquelle le Parlement est, suivant l'image employée par un grand Anglais, un phare qui ouvre la voie dans l'ombre pour le pays, mais simplement à la loi fondamentale de la démocratie qui est la volonté du suffrage universel et, pour les élus, le respect du suffrage universel.

Or, à deux reprises, la question a été directement – j'y insiste – posée devant l'opinion publique.

Le président de la République a fait connaître à tous non seulement son sentiment personnel, son aversion pour la peine de mort, mais aussi, très clairement, sa volonté de demander au gouvernement de saisir le Parlement d'une demande d'abolition, s'il était élu. Le pays lui a répondu : oui.

Il y a eu ensuite des élections législatives. Au cours de la campagne électorale, il n'est pas un des partis de gauche qui n'ait fait figurer publiquement dans son programme...

ALBERT BROCHARD : Quel programme ?

LE GARDE DES SCEAUX : ... l'abolition de la peine de mort. Le pays a élu une majorité de gauche ; ce faisant, en connaissance de cause, il savait qu'il approuvait un programme législatif dans lequel se trouvait inscrite, au premier rang des obligations morales, l'abolition de la peine de mort.

Lorsque vous la voterez, c'est ce pacte solennel, celui qui lie l'élu au pays, celui qui fait que son premier devoir d'élu est le respect de l'engagement pris avec ceux qui l'ont choisi, cette démarche de respect du suffrage universel et de la démocratie qui sera la vôtre.

D'autres vous diront que l'abolition, parce qu'elle pose question à toute conscience humaine, ne devrait être décidée que par la voie de référendum. Si l'alternative existait, la question mériterait sans doute examen. Mais, vous le savez aussi bien que moi et Raymond Forni l'a rappelé, cette voie est constitutionnellement fermée.

Je rappelle à l'Assemblée – mais en vérité ai-je besoin de le faire ? – que le général de Gaulle, fondateur de la Cinquième République, n'a pas voulu que les questions de société ou, si l'on préfère, les questions de morale soient tranchées par la procédure référendaire.

Je n'ai pas besoin non plus de vous rappeler, mesdames, messieurs les députés, que la sanction pénale de l'avortement aussi bien que de la peine de mort se trouvent inscrites dans les lois pénales qui, aux termes de la Constitution, relèvent de votre seul pouvoir.

Par conséquent, prétendre s'en rapporter à un référendum, ne vouloir répondre que par un référendum, c'est méconnaître délibérément à la fois l'esprit et la lettre de la Constitution, et c'est, par une fausse habileté, refuser de se prononcer publiquement par peur de l'opinion publique. *[Applaudissements sur les bancs des socialistes et sur quelques bancs des communistes.]*

Rien n'a été fait pendant les années écoulées pour éclairer cette opinion publique. Au contraire ! On a refusé l'expérience des pays abolitionnistes ; on ne s'est jamais interrogé sur le fait essentiel que les grandes démocraties occidentales, nos proches, nos sœurs, nos voisines, pouvaient vivre sans la peine de mort. On a négligé les études conduites par toutes les grandes organisations internationales, tels le Conseil de l'Europe, le Parlement européen, les Nations unies elles-mêmes dans le cadre du comité d'études contre le crime. On a occulté leurs constantes conclusions. Il n'a jamais, jamais été établi une corrélation quelconque entre la présence ou l'absence de la peine de mort dans une législation pénale et la courbe de la criminalité sanglante. On a, par contre, au lieu de révéler et de souligner ces évidences, entretenu l'angoisse, stimulé la peur, favorisé la confusion. On a bloqué le phare sur l'accroissement indiscutable, douloureux, et auquel il faudra faire face, mais qui est lié à des conjonctures économiques et sociales, de la petite et moyenne délinquance, celle qui, de toute façon, n'a jamais relevé de la peine de mort. Mais tous les esprits loyaux s'accordent sur le fait qu'en France la criminalité sanglante n'a jamais varié – et même, compte tenu du nombre d'habitants, tend plutôt à stagner ; on s'est tu. En un mot, s'agissant de l'opinion, parce qu'on pensait aux suffrages, on a attisé l'angoisse collective et on a refusé à l'opinion publique les défenses de la raison. *[Applaudissements sur les bancs des socialistes et sur quelques bancs des communistes.]*

En vérité, la question de la peine de mort est simple pour qui veut l'analyser avec lucidité. Elle ne se pose pas en termes de dissuasion, ni même de technique répressive, mais en termes de choix politique et de choix moral.

Je l'ai déjà dit, mais je le répète volontiers au regard du grand silence antérieur : le seul résultat auquel ont conduit toutes les recherches menées par les criminologues est la constatation de l'absence de lien entre la peine de mort et l'évolution de la criminalité sanglante. Je rappelle encore à cet égard les travaux du Conseil de l'Europe de 1962 ; le livre blanc anglais, prudente recherche menée à travers tous les pays abolitionnistes avant que les Anglais ne se décident à abolir la peine de mort et ne refusent depuis lors, deux fois, de la rétablir ; le livre blanc canadien, qui a procédé selon la même méthode ; les travaux conduits par le comité pour la prévention du crime créé par l'ONU, dont les derniers textes ont été élaborés l'année dernière à

Caracas ; enfin, les travaux conduits par le Parlement européen, auxquels j'associe notre amie Mme Roudy, et qui ont abouti à ce vote essentiel par lequel cette assemblée, au nom de l'Europe qu'elle représente, de l'Europe occidentale bien sûr, s'est prononcée à une écrasante majorité pour que la peine de mort disparaisse de l'Europe. Tous, tous se rejoignent sur la conclusion que j'évoquais.

Il n'est pas difficile d'ailleurs, pour qui veut s'interroger loyalement, de comprendre pourquoi il n'y a pas entre la peine de mort et l'évolution de la criminalité sanglante ce rapport dissuasif que l'on s'est si souvent appliqué à chercher sans trouver sa source ailleurs, et j'y reviendrai dans un instant. Si vous y réfléchissez simplement, les crimes les plus terribles, ceux qui saisissent le plus la sensibilité publique – et on la comprend –, ceux qu'on appelle les crimes atroces sont commis le plus souvent par des hommes emportés par une pulsion de violence et de mort qui abolit jusqu'aux défenses de la raison. À cet instant de folie, cet instant de passion meurtrière, l'évocation de la peine, qu'elle soit de mort ou qu'elle soit perpétuelle, ne trouve pas sa place chez l'homme qui tue.

Qu'on ne me dise pas que, ceux-là, on ne les condamne pas à mort. Il suffirait de reprendre les annales des dernières années pour se convaincre du contraire. Olivier, exécuté, dont l'autopsie a révélé que son cerveau présentait des anomalies frontales. Et Carrein, et Rousseau, et Garceau.

Quant aux autres, les criminels dits de sang-froid, ceux qui pèsent les risques, ceux qui méditent le profit et la peine, ceux-là, jamais vous ne les retrouverez dans des situations où ils risquent l'échafaud. Truands raisonnables, profiteurs du crime, criminels organisés, proxénètes, trafiquants, maffiosi, jamais vous ne les trouverez dans ces situations-là. Jamais ! *[Applaudissements sur les bancs des socialistes et des communistes.]*

Ceux qui interrogent les annales judiciaires, car c'est là où s'inscrit dans sa réalité la peine de mort, savent que dans les trente dernières années vous n'y trouvez pas le nom d'un « grand » gangster, si l'on peut utiliser cet adjectif en parlant de ce type d'hommes. Pas un seul « ennemi public » n'y a jamais figuré.

JEAN BROCARD : Et Mesrine ?

HYACINTHE SANTONI : Et Buffet ? et Bontems ?

LE GARDE DES SCEAUX : Ce sont les autres, ceux que j'évoquais précédemment, qui peuplent ces annales.

En fait, ceux qui croient à la valeur dissuasive de la peine de mort méconnaissent la vérité humaine. La passion criminelle n'est pas plus arrêtée par la peur de la mort que d'autres passions ne le sont, qui, celles-là, sont nobles.

Et si la peur de la mort arrêtait les hommes, vous n'auriez ni grands soldats ni champions automobiles. Nous les admirons, mais ils n'hésitent pas devant la mort. D'autres, emportés par d'autres passions, n'hésitent pas non plus. C'est seulement pour la peine de mort qu'on invente l'idée que la peur de la mort retient l'homme dans ses passions extrêmes. Ce n'est pas exact.

Et, puisqu'on vient de prononcer le nom de deux condamnés à mort qui ont été exécutés, je vous dirai pourquoi, plus qu'aucun autre, je puis affirmer qu'il n'y a pas dans la peine de mort de valeur dissuasive : sachez bien que, dans la foule qui, autour du palais de justice de Troyes, criait au passage de Buffet et de

Bontems : « À mort Buffet ! À mort Bontems ! », se trouvait un jeune homme qui s'appelait Patrick Henry. Croyez-moi, à ma stupéfaction, quand je l'ai appris, j'ai compris ce que pouvait signifier la valeur dissuasive de la peine de mort ! *[Applaudissements sur les bancs des socialistes et des communistes.]*

PIERRE MICAUX : Allez l'expliquer à Troyes !

LE GARDE DES SCEAUX : Et pour vous qui êtes des politiques, conscients de vos responsabilités, croyez-vous que les hommes d'État, nos amis, qui dirigent le sort et qui ont la responsabilité de grandes démocraties occidentales, si exigeante que soit en eux la passion des valeurs morales qui sont celles des pays de liberté, croyez-vous que ces hommes responsables auraient voté l'abolition ou n'auraient pas rétabli la peine capitale s'ils avaient pensé que celle-ci pouvait être de quelque utilité par sa valeur dissuasive contre la criminalité sanglante ? Ce serait leur faire injure que de le penser.

ALBERT BROCHARD : Et en Californie ?

Reagan est sans doute un rigolo !

LE GARDE DES SCEAUX : Nous lui transmettrons le propos. Je suis sûr qu'il appréciera l'épithète !

Il suffit, en tout cas, de vous interroger très concrètement et de prendre la mesure de ce qu'aurait signifié exactement l'abolition si elle avait été votée en France en 1974, quand le précédent président de la République confessait volontiers, mais généralement en privé, son aversion personnelle pour la peine de mort.

L'abolition votée en 1974, pour le septennat qui s'est achevé en 1981, qu'aurait-elle signifié pour la sûreté et la sécurité des Français ? Simplement ceci : trois condamnés à mort, qui se seraient ajoutés aux trois cent trente-trois condamnés à perpétuité qui se trouvent actuellement dans nos établissements pénitentiaires. Trois de plus.

Lesquels ? Je vous les rappelle. Christian Ranucci : je n'aurais garde d'insister, il y a trop d'interrogations qui se lèvent à son sujet, et ces seules interrogations suffisent, pour toute conscience éprise de justice, à condamner la peine de mort. Jérôme Carrein : débile, ivrogne, qui a commis un crime atroce, mais qui avait pris par la main devant tout le village la petite fille qu'il allait tuer quelques instants plus tard, montrant par là même qu'il ignorait la force qui allait l'emporter. *[Murmures sur plusieurs bancs du Rassemblement pour la République et de l'Union pour la démocratie française.]* Enfin, Djandoubi, qui était unijambiste et qui, quelle que soit l'horreur – et le terme n'est pas trop fort – de ses crimes, présentait tous les signes du déséquilibré, et qu'on a porté sur l'échafaud après lui avoir enlevé sa prothèse.

Loin de moi l'idée d'en appeler à une pitié posthume : ce n'est ni le lieu ni le moment, mais ayez simplement présent à votre esprit que l'on s'interroge encore à propos de l'innocence du premier, que le deuxième était un débile et le troisième un invalide.

Peut-on prétendre que si ces trois hommes se trouvaient dans les prisons françaises, la sécurité de nos concitoyens se trouverait de quelque façon compromise ?

ALBERT BROCHARD : Ce n'est pas croyable ! Nous ne sommes pas au prétoire !

LE GARDE DES SCEAUX : C'est cela la vérité et la mesure exacte de la peine de mort. C'est simplement cela. *[Applaudissements prolongés sur les bancs des socialistes et des communistes.]*

JEAN BROCARD : Je quitte les assises.

LE PRÉSIDENT : C'est votre droit !

ALBERT BROCHARD : Vous êtes garde des Sceaux et non avocat !

LE GARDE DES SCEAUX : Et cette réalité...

ROGER CORRÈZE : Votre réalité !

LE GARDE DES SCEAUX : ... semble faire fuir.

La question ne se pose pas, et nous le savons tous, en termes de dissuasion ou de technique répressive, mais en termes politiques et surtout de choix moral.

Que la peine de mort ait une signification politique, il suffirait de regarder la carte du monde pour le constater. Je regrette qu'on ne puisse pas présenter une telle carte à l'Assemblée comme cela fut fait au Parlement européen. On y verrait les pays abolitionnistes et les autres, les pays de liberté et les autres.

CHARLES MIOSSEC : Quel amalgame !

LE GARDE DES SCEAUX : Les choses sont claires. Dans la majorité écrasante des démocraties occidentales, en Europe particulièrement, dans tous les pays où la liberté est inscrite dans les institutions et respectée dans la pratique, la peine de mort a disparu.

CLAUDE MARCUS : Pas aux États-Unis.

LE GARDE DES SCEAUX : J'ai dit en Europe occidentale, mais il est significatif que vous ajoutiez les États-Unis. Le calque est presque complet. Dans les pays de liberté, la loi commune est l'abolition, c'est la peine de mort qui est l'exception.

ROGER CORRÈZE : Pas dans les pays socialistes.

LE GARDE DES SCEAUX : Je ne vous le fais pas dire. Partout, dans le monde, et sans aucune exception, où triomphent la dictature et le mépris des droits de l'homme, partout vous y trouvez inscrite, en caractères sanglants, la peine de mort. *[Applaudissements sur les bancs des socialistes.]*

Roger Corrèze : Les communistes en ont pris acte !

Gérard Chasseguet : Les communistes ont apprécié.

Le garde des Sceaux : Voici la première évidence : dans les pays de liberté, l'abolition est presque partout la règle ; dans les pays où règne la dictature, la peine de mort est partout pratiquée.

Ce partage du monde ne résulte pas d'une simple coïncidence, mais exprime une corrélation. La vraie signification politique de la peine de mort, c'est bien qu'elle procède de l'idée que l'État a le droit de disposer du citoyen jusqu'à lui retirer la vie. C'est par là que la peine de mort s'inscrit dans les systèmes totalitaires.

C'est par là même que vous retrouvez dans la réalité judiciaire, et jusque dans celle qu'évoquait Raymond Forni, la vraie signification de la peine de mort. Dans la réalité judiciaire, qu'est-ce que la peine de mort ? Ce sont douze hommes et femmes, quelques jours d'audience, l'impossibilité d'aller jusqu'au fond des choses et le droit, ou le devoir, terrible, de trancher, en quelques quarts d'heure, parfois quelques minutes, le problème si difficile de la culpabilité, et, au-delà, de décider de la vie ou de la mort d'un autre être. Douze personnes, dans une démocratie, qui ont le droit de dire : celui-là doit vivre, celui-là doit mourir ! Je le dis : cette conception de la justice ne peut être celle des pays de liberté, précisément pour ce qu'elle comporte de signification totalitaire.

Quant au droit de grâce, il convient, comme Raymond Forni l'a rappelé, de s'interroger à son sujet. Lorsque le roi représentait Dieu sur la terre, qu'il était oint par la volonté divine, le droit de grâce avait un fondement légitime. Dans une civilisation, dans une société dont les institutions sont imprégnées par la foi religieuse, on comprend aisément que le représentant de Dieu ait pu disposer du droit de vie ou de mort. Mais dans une république, dans une démocratie, quels que soient ses mérites, quelle que soit sa conscience, aucun homme, aucun pouvoir ne saurait disposer d'un tel droit sur quiconque en temps de paix.

JEAN FALALA : Sauf les assassins !

LE GARDE DES SCEAUX : Je sais qu'aujourd'hui, et c'est là un problème majeur, certains voient dans la peine de mort une sorte de recours ultime, une forme de défense extrême de la démocratie contre la menace grave que constitue le terrorisme. La guillotine, pensent-ils, protégerait éventuellement la démocratie au lieu de la déshonorer.

Cet argument procède d'une méconnaissance complète de la réalité. En effet l'Histoire montre que s'il est un type de crime qui n'a jamais reculé devant la menace de mort, c'est le crime politique. Et, plus spécifiquement, s'il est un type de femme ou d'homme que la menace de la mort ne saurait faire reculer, c'est bien le terroriste. D'abord, parce qu'il l'affronte au cours de l'action violente ; ensuite, parce que, au fond de lui, il éprouve la trouble fascination de la violence et de la mort, celle qu'on donne, mais aussi celle qu'on reçoit. Le terrorisme, qui, pour moi, est un crime majeur contre la démocratie, et qui, s'il devait se lever dans ce pays, serait réprimé et poursuivi avec toute la fermeté requise, a pour cri de ralliement, quelle que soit l'idéologie qui l'anime, le terrible cri des fascistes de la guerre d'Espagne : « ¡ *Viva la muerte !* », « Vive la mort ! ». Alors, croire qu'on l'arrêtera avec la mort, c'est illusion !

Allons plus loin. Si, dans les démocraties voisines, pourtant en proie au terrorisme, on se refuse à rétablir la peine de mort, c'est, bien sûr, par exigence morale, mais aussi par raison politique. Vous savez en effet qu'aux yeux de certains et surtout des jeunes l'exécution du terroriste le transcende, le dépouille de ce qu'a été la réalité criminelle de ses actions, en fait une sorte de héros qui aurait été jusqu'au bout de sa course, qui, s'étant engagé au service d'une cause, si odieuse soit-elle, l'aurait servie jusqu'à la mort. Dès lors apparaît le risque considérable, que précisément les hommes d'État des démocraties amies ont pesé, de voir se lever dans l'ombre, pour un terroriste exécuté, vingt jeunes gens égarés. Ainsi, loin de le combattre, la peine de mort nourrirait le terrorisme. *[Applaudissements sur les bancs des socialistes et sur quelques bancs des communistes.]*

À cette considération de fait il faut ajouter une donnée morale : utiliser contre les terroristes la peine de mort, c'est, pour une démocratie, faire siennes les valeurs de ces derniers. Quand, après l'avoir enlevé, après lui avoir extorqué des correspondances terribles, les terroristes, au terme d'une parodie dégradante de justice, exécutent celui qu'ils ont enlevé, non seulement ils commettent un crime odieux, mais ils tendent à la démocratie le piège le plus insidieux, celui d'une violence meurtrière qui, en forçant cette démocratie à recourir à la peine de mort, pourrait leur permettre de lui donner, par une sorte d'inversion des valeurs, le visage sanglant qui est le leur.

Cette tentation, il faut la refuser, sans jamais, pour autant, composer avec cette forme ultime de la violence, intolérable dans une démocratie, qu'est le terrorisme.

Ainsi lorsqu'on a dépouillé le problème de son aspect passionnel et qu'on veut aller jusqu'au bout de la lucidité, on constate que le choix entre le maintien et l'abolition de la peine de mort, c'est, en définitive, pour une société et pour chacun d'entre nous, un choix moral.

Je ne ferai pas usage de l'argument d'autorité, car ce serait malvenu au Parlement, et trop facile dans ce débat. Mais on ne peut pas ne pas relever que, dans les dernières années, se sont prononcés hautement contre la peine de mort l'Église catholique de France, le Conseil de l'Église réformée et le rabbinat. Comment ne pas souligner que toutes les grandes associations qui militent de par le monde pour la défense des libertés et des droits de l'homme – Amnesty International, la Fédération internationale des droits de l'homme, la Ligue des droits de l'homme – ont fait campagne pour que vienne l'abolition de la peine de mort ?

Albert Brochard : Sauf les familles des victimes.
[Murmures prolongés sur les bancs des socialistes.]

Le garde des Sceaux : Cette conjonction de tant de consciences religieuses ou laïques, hommes de Dieu et hommes de libertés, à une époque où l'on parle sans cesse de crise des valeurs morales, est significative.

Pierre-Charles Krieg : Et 33 % des Français !

Le garde des Sceaux : Pour les partisans de la

peine de mort, dont les abolitionnistes et moi-même avons toujours respecté le choix en notant à regret que la réciproque n'a pas toujours été vraie, la haine répondant souvent à ce qui n'était que l'expression d'une conviction profonde, celle que je respecterai toujours chez les hommes de liberté, pour les partisans de la peine de mort, disais-je, la mort du coupable est une exigence de justice. Pour eux, il est des crimes trop atroces pour que leurs auteurs puissent les expier autrement qu'au prix de leur vie.

La mort et la souffrance des victimes, ce terrible malheur, exigeraient comme contrepartie nécessaire, impérative, une autre mort et une autre souffrance. À défaut, déclarait un ministre de la Justice récent, l'angoisse et la passion suscitées dans la société par le crime ne seraient pas apaisées. Cela s'appelle, je crois, un sacrifice expiatoire. Et justice, pour les partisans de la peine de mort, ne serait pas faite si à la mort de la victime ne répondait pas, en écho, la mort du coupable.

Soyons clairs. Cela signifie simplement que la loi du talion demeurerait, à travers les millénaires, la loi nécessaire, unique de la justice humaine.

Du malheur et de la souffrance des victimes, j'ai, beaucoup plus que ceux qui s'en réclament, souvent mesuré dans ma vie l'étendue. Que le crime soit le point de rencontre, le lieu géométrique du malheur humain, je le sais mieux que personne. Malheur de la victime elle-même et, au-delà, malheur de ses parents et de ses proches. Malheur aussi des parents du criminel. Malheur enfin, bien souvent, de l'assassin. Oui, le crime est malheur, et il n'y a pas un homme, pas une femme de cœur, de raison, de responsabilité, qui ne souhaite d'abord le combattre.

Mais ressentir, au plus profond de soi-même, le malheur et la douleur des victimes, mais lutter de toutes les manières pour que la violence et le crime reculent dans notre société, cette sensibilité et ce combat ne sauraient impliquer la nécessaire mise à mort du coupable. Que les parents et les proches de la victime souhaitent cette mort, par réaction naturelle de l'être humain blessé, je le conçois. C'est une réaction humaine, naturelle. Mais tout le progrès historique de la justice a été de dépasser la vengeance privée. Et comment la dépasser, sinon d'abord en refusant la loi du talion ?

La vérité est que, au plus profond des motivations de l'attachement à la peine de mort, on trouve, inavouée le plus souvent, la tentation de l'élimination. Ce qui paraît insupportable à beaucoup, c'est moins la vie du criminel emprisonné que la peur qu'il récidive un jour. Et ils pensent que la seule garantie, à cet égard, est que le criminel soit mis à mort par précaution.

Ainsi, dans cette conception, la justice tuerait moins par vengeance que par prudence. Au-delà de la justice d'expiation, apparaît donc la justice d'élimination, derrière la balance, la guillotine. L'assassin doit mourir tout simplement parce que, ainsi, il ne récidivera pas. Et tout paraît si simple, et tout paraît si juste !

Mais quand on accepte ou quand on prône la justice d'élimination, au nom de la justice, il faut bien savoir dans quelle voie on s'engage. Pour être acceptable, même pour ses partisans, la justice qui tue le criminel doit tuer en connaissance de cause. Notre justice, et c'est son honneur, ne tue pas les déments. Mais elle ne sait pas les identifier à coup sûr, et c'est à l'expertise psychiatrique, la plus aléatoire, la plus incertaine de toutes, que, dans la réalité judiciaire, on va s'en remet-

tre. Que le verdict psychiatrique soit favorable à
l'assassin, et il sera épargné. La société acceptera
d'assumer le risque qu'il représente sans que quiconque s'en indigne. Mais que le verdict psychiatrique lui
soit défavorable, et il sera exécuté. Quand on accepte
la justice d'élimination, il faut que les responsables
politiques mesurent dans quelle logique de l'Histoire
on s'inscrit.

Je ne parle pas de sociétés où l'on élimine aussi
bien les criminels que les déments, les opposants politiques que ceux dont on pense qu'ils seraient de nature
à « polluer » le corps social. Non, je m'en tiens à la
justice des pays qui vivent en démocratie.

Enfoui, terré, au cœur même de la justice d'élimination, veille le racisme secret. Si, en 1972, la Cour
suprême des États-Unis a penché vers l'abolition, c'est
essentiellement parce qu'elle avait constaté que 60 %
des condamnés à mort étaient des Noirs, alors qu'ils
ne représentaient que 12 % de la population. Et pour
un homme de justice, quel vertige ! Je baisse la voix
et je me tourne vers vous tous pour rappeler qu'en
France même, sur trente-six condamnations à mort
définitives prononcées depuis 1945, on compte neuf
étrangers, soit 25 %, alors qu'ils ne représentent que
8 % de la population ; parmi eux, cinq Maghrébins,
alors qu'ils ne représentent que 2 % de la population.
Depuis 1965, parmi les neuf condamnés à mort exécutés, on compte quatre étrangers, dont trois Maghrébins. Leurs crimes étaient-ils plus odieux que les autres
ou bien paraissaient-ils plus graves parce que leurs
auteurs, à cet instant, faisaient plus horreur ? C'est une
interrogation, ce n'est qu'une interrogation, mais elle
est si pressante et si lancinante que seule l'abolition

peut mettre fin à une question qui nous interpelle avec tant de cruauté.

Il s'agit bien, en définitive, dans l'abolition, d'un choix fondamental, d'une certaine conception de l'homme et de la justice. Ceux qui veulent une justice qui tue, ceux-là sont animés par une double conviction : qu'il existe des hommes totalement coupables, c'est-à-dire des hommes totalement responsables de leurs actes, et qu'il peut y avoir une justice sûre de son infaillibilité au point de dire que celui-là peut vivre et que celui-là doit mourir.

À cet âge de ma vie, l'une et l'autre affirmation me paraissent également erronées. Si terribles, si odieux que soient leurs actes, il n'est point d'hommes sur cette terre dont la culpabilité soit totale et dont il faille pour toujours désespérer totalement. Si prudente que soit la justice, si mesurés et angoissés que soient les femmes et les hommes qui jugent, la justice demeure humaine, donc faillible.

Et je ne parle pas seulement de l'erreur judiciaire absolue, quand, après une exécution, il se révèle, comme cela peut encore arriver, que le condamné à mort était innocent et qu'une société entière – c'est-à-dire nous tous –, au nom de laquelle le verdict a été rendu, devient ainsi collectivement coupable puisque sa justice rend possible l'injustice suprême. Je parle aussi de l'incertitude et de la contradiction des décisions rendues qui font que les mêmes accusés, condamnés à mort une première fois, dont la condamnation est cassée pour vice de forme, sont de nouveau jugés et, bien qu'il s'agisse des mêmes faits, échappent, cette fois-ci, à la mort, comme si, en justice, la vie d'un homme se jouait au hasard d'une erreur de plume d'un greffier. Ou bien tels condamnés, pour des crimes moindres, seront exécutés, alors que d'autres, plus coupables, sauveront leur tête à la faveur de la passion de l'audience, du climat ou de l'emportement de tel ou tel.

Cette sorte de loterie judiciaire, quelle que soit la peine qu'on éprouve à prononcer ce mot quand il y va de la vie d'une femme ou d'un homme, est intolérable. Le plus haut magistrat de France, M. Aydalot, au terme d'une longue carrière tout entière consacrée à la justice et, pour l'essentiel de son activité, au parquet, disait qu'à la mesure de son hasardeuse application la peine de mort lui était devenue, à lui magistrat, insupportable. Parce qu'aucun homme n'est totalement responsable, parce qu'aucune justice ne peut être absolument infaillible, la peine de mort est moralement inacceptable. Pour ceux d'entre nous qui croient en Dieu, lui seul a le pouvoir de choisir l'heure de notre mort. Pour tous les abolitionnistes, il est impossible de reconnaître à la justice des hommes ce pouvoir de mort parce qu'ils savent qu'elle est faillible.

Le choix qui s'offre à vos consciences est donc clair : ou notre société refuse une justice qui tue et accepte d'assumer, au nom de ses valeurs fondamentales – celles qui l'ont faite grande et respectée entre toutes –, la vie de ceux qui font horreur, déments ou criminels ou les deux à la fois, et c'est le choix de l'abolition ; ou cette société croit, en dépit de l'expérience des siècles, faire disparaître le crime avec le criminel, et c'est l'élimination.

Cette justice d'élimination, cette justice d'angoisse et de mort, décidée avec sa marge de hasard, nous la refusons. Nous la refusons parce qu'elle est pour nous l'anti-justice, parce qu'elle est la passion et la peur triomphant de la raison et de l'humanité.

J'en ai fini avec l'essentiel, avec l'esprit et l'inspiration de cette grande loi. Raymond Forni, tout à l'heure, en a dégagé les lignes directrices. Elles sont simples et précises.

Parce que l'abolition est un choix moral, il faut se prononcer en toute clarté. Le gouvernement vous demande donc de voter l'abolition de la peine de mort sans l'assortir d'aucune restriction ni d'aucune réserve. Sans doute, des amendements seront déposés tendant à limiter le champ de l'abolition et à en exclure diverses catégories de crimes. Je comprends l'inspiration de ces amendements, mais le gouvernement vous demandera de les rejeter.

D'abord parce que la formule « abolir hors les crimes odieux » ne recouvre en réalité qu'une déclaration en faveur de la peine de mort. Dans la réalité judiciaire, personne n'encourt la peine de mort hors des crimes odieux. Mieux vaut donc, dans ce cas-là, éviter les commodités de style et se déclarer partisan de la peine de mort. *[Applaudissements sur les bancs des socialistes.]*

Quant aux propositions d'exclusion de l'abolition au regard de la qualité des victimes, notamment au regard de leur faiblesse particulière ou des risques plus grands qu'elles encourent, le gouvernement vous demandera également de les refuser, en dépit de la générosité qui les inspire.

Ces exclusions méconnaissent une évidence : toutes, je dis bien toutes, les victimes sont pitoyables et toutes appellent la compassion. Sans doute, en chacun de nous, la mort de l'enfant ou du vieillard suscite plus aisément l'émotion que la mort d'une femme de trente ans ou d'un homme mûr chargé de responsabilités, mais, dans la réalité humaine, elle n'en est pas moins douloureuse, et toute discrimination à cet égard serait porteuse d'injustice !

S'agissant des policiers ou du personnel pénitentiaire, dont les organisations représentatives requièrent le maintien de la peine de mort à l'encontre de ceux qui attenteraient à la vie de leurs membres, le gouvernement comprend parfaitement les préoccupations qui les animent, mais il demandera que ces amendements soient rejetés.

La sécurité des personnels de police et du personnel pénitentiaire doit être assurée. Toutes les mesures nécessaires pour assurer leur protection doivent être prises. Mais, dans la France de la fin du XXe siècle, on ne confie pas à la guillotine le soin d'assurer la sécurité des policiers et des surveillants. Et quant à la sanction du crime qui les atteindrait, si légitime qu'elle soit, cette peine ne peut être, dans nos lois, plus grave que celle qui frapperait les auteurs de crimes commis à l'encontre d'autres victimes. Soyons clairs : il ne peut exister dans la justice française de privilège pénal au profit de quelque profession ou corps que ce soit. Je suis sûr que les personnels de police et les personnels pénitentiaires le comprendront. Qu'ils sachent que nous nous montrerons attentifs à leur sécurité sans jamais pour autant en faire un corps à part dans la République.

Dans le même dessein de clarté, le projet n'offre aucune disposition concernant une quelconque peine de remplacement.

Pour des raisons morales d'abord : la peine de mort est un supplice, et l'on ne remplace pas un supplice par un autre.

Pour des raisons de politique et de clarté législative aussi : par peine de remplacement, l'on vise communément une période de sûreté, c'est-à-dire un délai inscrit dans la loi pendant lequel le condamné n'est pas susceptible de bénéficier d'une mesure de libération conditionnelle ou d'une quelconque suspension de peine. Une telle peine existe déjà dans notre droit et sa durée peut atteindre dix-huit années.

Si je demande à l'Assemblée de ne pas ouvrir, à cet égard, un débat tendant à modifier cette mesure de sûreté, c'est parce que, dans un délai de deux ans – délai relativement court au regard du processus d'édification de la loi pénale –, le gouvernement aura l'honneur de lui soumettre le projet d'un nouveau Code pénal, un Code pénal adapté à la société française de la fin du XXᵉ siècle et, je l'espère, de l'horizon du XXIᵉ siècle. À cette occasion, il conviendra que soit défini, établi, pesé par vous ce que doit être le système des peines pour la société française d'aujourd'hui et de demain. C'est pourquoi je vous demande de ne pas mêler au débat de principe sur l'abolition une discussion sur la peine de remplacement, ou plutôt sur la mesure de sûreté, parce que cette discussion serait à la fois inopportune et inutile.

Inopportune parce que, pour être harmonieux, le système des peines doit être pensé et défini en son entier, et non à la faveur d'un débat qui, par son objet même, se révèle nécessairement passionné et aboutirait à des solutions partielles.

Discussion inutile parce que la mesure de sûreté

existante frappera à l'évidence tous ceux qui vont être condamnés à la peine de réclusion criminelle à perpétuité dans les deux ou trois années au plus qui s'écouleront avant que vous n'ayez, mesdames, messieurs les députés, défini notre système de peines et que, par conséquent, la question de leur libération ne saurait en aucune façon se poser. Les législateurs que vous êtes savent bien que la définition inscrite dans le nouveau Code s'appliquera à eux, soit par l'effet immédiat de la loi pénale plus douce, soit – si elle est plus sévère – parce qu'on ne saurait faire de discrimination et que le régime de libération conditionnelle sera en fait le même pour tous les condamnés à perpétuité. Par conséquent, n'ouvrez pas maintenant cette discussion.

Pour les mêmes raisons de clarté et de simplicité, nous n'avons pas inséré dans le projet les dispositions relatives au temps de guerre, le gouvernement sait bien que, quand le mépris de la vie, la violence mortelle deviennent la loi commune, quand certaines valeurs essentielles du temps de paix sont remplacées par d'autres qui expriment la primauté de la défense de la Patrie, alors le fondement même de l'abolition s'efface de la conscience collective pour la durée du conflit.

Il est apparu au gouvernement qu'il était malvenu, au moment où vous décidiez enfin de l'abolition dans la France en paix qui est heureusement la nôtre, de débattre du domaine éventuel de la peine de mort en temps de guerre, une guerre que rien heureusement n'annonce. Ce sera au gouvernement et au législateur du temps de l'épreuve – si elle doit survenir – qu'il appartiendra d'y pourvoir, en même temps qu'aux nombreuses dispositions particulières qu'appelle une législation de guerre. Mais arrêter les modalités d'une législation de guerre à cet instant où nous abolissons la peine de mort n'aurait point de sens. Ce serait hors de propos au moment où, après cent quatre-vingt-dix ans de débat, vous allez enfin prononcer et décider de l'abolition.

J'en ai terminé.

Les propos que j'ai tenus, les raisons que j'ai avancées, votre cœur, votre conscience vous les avaient déjà dictés aussi bien qu'à moi. Je tenais simplement, à ce moment essentiel de notre histoire judiciaire, à les rappeler, au nom du gouvernement.

Je sais que dans nos lois, tout dépend de votre volonté et de votre conscience. Je sais que beaucoup d'entre vous, dans la majorité comme dans l'opposition, ont lutté pour l'abolition. Je sais que le Parlement aurait pu aisément, de sa seule initiative, libérer nos lois de la peine de mort. Vous avez accepté que ce soit sur un projet du gouvernement que soit soumise à vos votes l'abolition, associant ainsi le gouvernement et moi-même à cette grande mesure. Laissez-moi vous en remercier.

Demain, grâce à vous, la justice française ne sera plus une justice qui tue. Demain, grâce à vous, il n'y aura plus, pour notre honte commune, d'exécutions furtives, à l'aube, sous le dais noir, dans les prisons françaises. Demain, les pages sanglantes de notre justice seront tournées.

À cet instant plus qu'à aucun autre, j'ai le sentiment d'assumer mon ministère, au sens ancien, au sens noble, le plus noble qui soit, c'est-à-dire au sens de « service ». Demain, vous voterez l'abolition de la peine de mort. Législateurs français, de tout mon cœur, je vous en remercie. *[Applaudissements sur les bancs*

*des socialistes et des communistes et sur quelques
bancs du Rassemblement pour la République et de
l'Union pour la démocratie française. Les députés
socialistes et quelques députés communistes se lèvent
et applaudissent longuement.]*

Journal officiel,
débats parlementaires, Assemblée nationale,
1re séance du 17 septembre 1981

Discours pour la ratification du protocole n° 6 à la Convention européenne des droits de l'homme

En 1985, l'opinion publique demeurait en majorité hostile à l'abolition. Bien que je fusse convaincu qu'il serait politiquement très difficile, dans le contexte européen, de revenir en arrière, l'adoption en 1983 par le Conseil de l'Europe du 6ᵉ protocole annexé à la Convention européenne de sauvegarde des droits de l'homme et des libertés fondamentales interdisant le recours à la peine de mort dans les pays signataires survint à point nommé pour consolider l'abolition. Les traités internationaux ayant valeur supérieure à la loi interne, il devenait impossible au Parlement français de rétablir la peine de mort. Le président Mitterrand, auquel je m'ouvris de cette question, pressa aussitôt le gouvernement de procéder à la signature et de soumettre au vote du Parlement la ratification du 6ᵉ protocole. Ce qui fut fait au printemps 1985. Dans mon discours à l'Assemblée nationale, à cette occasion, je soulignai le lien indissociable entre droits de l'homme et abolition de la peine de mort.

Du 6ᵉ protocole additionnel à la Convention européenne des droits de l'homme, vous savez l'essentiel. Le rapporteur de la commission des Affaires étrangères et mon collègue, M. le ministre des Relations extérieures, vous ont présenté son contenu et son inspiration, et vous ont rappelé en termes excellents qu'il s'inscrivait dans la politique constante de la France au service des droits de l'homme.

J'ajouterai simplement à leurs propos quelques considérations sur la portée du texte au regard de notre législation interne et sa signification au regard des droits de l'homme...

I. Le domaine d'application du 6ᵉ protocole ne contrarie pas les dispositions de notre droit. Le protocole affirme en son article 1ᵉʳ l'abolition de la peine de mort. Il réserve en son article 2 la possibilité pour l'État membre du Conseil de l'Europe qui aura ratifié le protocole de maintenir ou d'instituer dans sa législation la peine de mort pour des actes commis en temps de guerre ou de danger imminent de guerre.

Dans ce cas, heureusement tout à fait théorique à l'heure actuelle, il appartiendrait au Parlement et au gouvernement de prendre toutes les dispositions législatives nécessaires à l'état de guerre. Le protocole ne leur interdirait pas de rétablir la peine de mort pendant les hostilités et pour certaines infractions définies.

S'agissant du danger imminent de guerre, cette référence tient compte de la nécessité où peut se trouver un État menacé d'un conflit imminent d'arrêter les mesures législatives indispensables sans attendre que la guerre ait déjà éclaté. On retrouve dans ce cas la situation exceptionnelle déjà évoquée. Ainsi les réserves inscrites au protocole ne suscitent aucune difficulté au regard de notre droit positif.

II. Certains juristes s'étaient interrogés sur la conformité des dispositions du protocole à la Constitution, et notamment à l'article 16 de celle-ci.

Vous savez que le président de la République a interrogé le Conseil constitutionnel sur le fondement de l'article 54 de la Constitution. Sa réponse est sans équivoque. Par sa décision du 22 mai 1985 le Conseil constitutionnel a déclaré : « Cet engagement international n'est pas incompatible avec le devoir pour l'État d'assurer le respect des institutions, la continuité de la vie de la nation et la garantie des droits et des libertés des citoyens [...], dès lors [...] le protocole n° 6 ne porte pas atteinte aux conditions essentielles de souveraineté nationale. »

Il ne m'appartient pas, comme garde des Sceaux, de commenter cette décision dont chacun mesure l'importance au regard de l'abolition elle-même. Le droit est dit. Le protocole n° 6 dont la ratification vous est demandée n'est pas contraire à la Constitution – nous n'y reviendrons pas. Cependant, s'agissant de la peine de mort, cette ratification du 6ᵉ protocole revêt une portée morale certaine.

Cette valeur, elle découle d'abord de la nature même du texte dans lequel le protocole s'insère. La Convention européenne de sauvegarde des droits de l'homme marque en effet un moment essentiel dans l'histoire européenne et dans l'histoire des droits de l'homme. La dernière guerre mondiale a représenté en Europe, au-delà d'un conflit de puissances, un affrontement idéologique décisif entre des États qui se réclamaient des droits de l'homme et des États dont les systèmes politiques érigeaient en valeurs suprêmes le racisme, la dictature et la violence mortelle. La victoire de 1945 a consacré le triomphe des droits de l'homme comme le système de valeurs sur lequel se fondent les démocraties. Dès lors celles-ci ne peuvent manquer aux droits de l'homme sans se renier. Bien mieux, les démocraties européennes doivent toujours les développer et les mieux garantir pour s'affirmer telles qu'en elles-mêmes elles sont : des États de droit – ou plus précisément les États des droits de l'homme.

Suivant de quelques années la déclaration universelle de 1948 des Nations unies, la Convention européenne de sauvegarde des droits de l'homme revêt à cet égard une importance particulière. Elle exprime d'abord cette exigence que l'Europe, où furent conçus les droits de l'homme, demeure leur foyer privilégié. Et aussi, en instaurant pour la première fois un système de protection supranationale des droits de l'homme, par la commission de la Cour européenne des droits de l'homme, la Convention a fait passer les droits de l'homme de l'ordre éthique à l'ordre juridique. Elle a opéré par là une véritable révolution dans l'Europe des libertés, dont les droits de l'homme constituent dorénavant le socle.

Au texte original de la Convention le protocole dont la ratification est sollicitée ajoute la prohibition de la peine de mort. En son article 1er, il déclare : « La peine de mort est abolie. » Et il ajoute : « Nul ne peut être condamné à une telle peine ni exécuté. »

Cette proclamation, cette interdiction ne sont point, je le rappelle, le fruit d'une émotion soudaine, saisissant une Assemblée dans un moment exceptionnel, comme la nuit du 4 août 1789. Le protocole est issu de longs travaux préparatoires, commencés depuis 1957 et poursuivis plus particulièrement depuis 1978. Lors de leur onzième conférence, à Copenhague en juin 1978, les ministres européens de la Justice ont par la résolution n° 4 recommandé au Comité des ministres de « transmettre les questions concernant la peine de mort aux instances compétentes du Conseil des ministres ». Les délégués des ministres ont consulté ensuite le Comité européen pour les problèmes criminels et le Comité directeur pour les droits de l'homme. L'Assemblée parlementaire en avril 1980 recommandait au Comité des ministres de modifier l'article 2 de la Convention européenne des droits de l'homme dans un sens favorable à l'abolition.

Et c'est lors de la douzième conférence à Luxembourg, en mai 1980, que les ministres européens de la Justice ont par la résolution n° 4 recommandé au Comité des ministres du Conseil de l'Europe d'« étudier la possibilité d'élaborer de nouvelles normes européennes concernant l'abolition de la peine de mort ». Je rappelle que M. Alain Peyrefitte représentait la France à cette conférence des ministres européens de la Justice. Et aucune réserve ou opposition de notre pays au vote de cette résolution ne figure au procès-verbal de cette réunion.

Cette résolution n° 4 a engendré les travaux ultérieurs qui ont abouti à l'élaboration en 1982 du texte du présent projet de protocole. Ouvert à la signature en avril 1983, ce protocole a été signé par quinze pays, dont la France. Et ratifié à ce jour par cinq pays, il est entré en vigueur le 1er mars dernier.

Ce n'est donc point le résultat d'une improvisation

que nous vous demandons d'approuver. Mais au contraire le produit d'une longue réflexion, d'une prise de conscience progressive par les Européens que la peine de mort est incompatible avec le respect des droits de l'homme.

Au premier abord, la proposition peut étonner au regard de l'Histoire. Les démocraties européennes n'ont-elles pas très longtemps pratiqué la peine de mort, jusqu'à ce qu'elle ait disparu de nos jours de l'Europe occidentale ? Et en quoi la peine de mort, châtiment pénal prononcé par décision de justice, peut-elle méconnaître les droits de l'homme si toutes les garanties légales d'un juste procès ont été données à l'accusé, dans un État de droit ?

Cette réaction-là, presque naturelle, méconnaît pourtant l'essentiel – qu'une réflexion sur la notion et le contenu des droits de l'homme fait apparaître.

Au cœur en effet des droits de l'homme s'inscrit cette évidence : dans une démocratie, l'homme, le respect de la personne humaine sont la source et la fin de toute l'organisation de la société. Même le crime odieux que commet l'assassin ne nous autorise pas à imiter son exemple et à méconnaître délibérément à notre tour le premier principe des droits de l'homme : le respect absolu de la personne humaine, et en premier lieu de sa vie, dont nul dans une démocratie ne peut être privé par la loi.

Aux origines d'ailleurs de la réflexion sur les droits de l'homme, les premiers penseurs, John Locke en particulier, mais aussi Beccaria, s'interrogeant sur la peine de mort avaient déjà ouvert la voie à cette prise de conscience. Tel était déjà le message qu'adressait aux hommes de liberté le législateur révolutionnaire proclamant la suppression de la peine de mort dès la paix rétablie. La guerre et la guillotine engloutirent le message. Mais il n'était point oublié par tous ceux, penseurs, écrivains, orateurs, qui luttaient pour l'abolition et la prise de conscience que le respect des droits de l'homme implique de l'État le respect absolu de la personne humaine. Cette reconnaissance-là s'est forgée lentement dans l'Europe de l'après-guerre recrue d'épreuves et de souffrances.

Il suffit d'ailleurs de regarder la carte des pays abolitionnistes pour voir qu'en Europe, et presque partout dans le monde à l'exception de certains États des États-Unis, cette carte coïncide avec celle des démocraties. Cette coïncidence ou plutôt cette corrélation s'explique aisément. La dictature exprime un rapport de domination absolue de l'État sur le citoyen. Elle implique donc la reconnaissance du droit de vie et de mort du maître de l'État sur ses sujets.

La démocratie au contraire est fondée sur le principe que l'État repose sur la souveraineté du peuple. Et que le pouvoir qui est délégué par le peuple s'arrête au niveau des droits fondamentaux de chaque citoyen dont la souveraineté est issue.

Or, de ces droits fondamentaux, irréductibles, de l'homme dans une démocratie, le premier, celui sans lequel aucun autre n'est effectif, est le droit au respect de l'intégrité de la personne humaine.

C'est ce droit qui fonde l'interdiction dans nos sociétés du recours à la torture sous quelque forme que ce soit. Dans un moment, d'ailleurs, vous consacrerez à nouveau cette interdiction de la torture, comme contraire aux droits de l'homme, en ratifiant le pacte des Nations unies. Et votre vote, j'en suis sûr, sera unanime.

Mais en quoi la peine de mort diffère-t-elle en sa substance de la torture, pratiquée pendant des siècles comme un supplice précédant la peine de mort – ou substituée à celle-ci ? L'une et l'autre sont atteintes à la personne, au corps, à l'intégrité physique de l'homme. Seulement, la peine de mort comporte une atteinte plus grave, irrémédiable, puisqu'il ne s'agit plus seulement d'infliger une souffrance ou une mutilation au condamné. Mais bien de mettre un terme à sa vie même.

Certains pays aujourd'hui encore pratiquent comme peines légales la torture et la mutilation. Aucun d'entre eux ne saurait prétendre à être reconnu comme terre des droits de l'homme. Dans nos démocraties il n'est pas une voix qui oserait s'élever pour demander le rétablissement de la torture, si fort est en nous le refus que le corps du coupable puisse répondre de son crime par le supplice, si profonde est la conscience qu'un État qui supplicie les hommes même criminels ne peut se réclamer du respect des droits de l'homme. Alors pourquoi chez certains cette singulière dissociation qui leur fait refuser justement la torture, la mutilation physique – expression première de la loi du talion –, et admettre la peine de mort – ce supplice ultime dont la seule référence morale demeure en définitive cette même loi du talion ?

Si j'évoque ce parallèle, c'est parce que le double refus de la torture et de la peine de mort, au nom des droits de l'homme et de la conscience universelle, vous est aujourd'hui demandé.

En matière des droits de l'homme, il ne peut y avoir de progrès sélectif – et l'on ne respecte vraiment les droits de l'homme qu'à la condition de les respecter tous. Puisque ces ratifications vous sont ensemble proposées et que nous sommes dans l'année Hugo, permettez-moi de vous rappeler le propos qu'il tenait en 1849 dans ce même Palais-Bourbon : « Le XVIIIe siècle a vu l'abolition de la torture. Le XIXe siècle verra certainement l'abolition de la peine de mort. » Le poète n'était en avance que d'un siècle. Nous avons rempli la promesse. Et avons été fidèles, même avec retard, au rendez-vous pris par la liberté avec la conscience humaine.

Journal officiel,
débats parlementaires, Assemblée nationale,
2e séance du 21 juin 1985

Dix ans après

De 1986 à 1995, devenu président du Conseil constitutionnel, je m'abstins de toute intervention publique au sujet de la peine de mort. Je donnai seulement cette brève interview à La Croix *pour le dixième anniversaire de l'abolition, en 1991, pour marquer son irréversibilité.*

LA CROIX : Ce 9 octobre marque le dixième anniversaire de l'abrogation de la peine de mort en France. Peut-on dire qu'une page est définitivement tournée ?

ROBERT BADINTER : J'en suis convaincu, sauf à imaginer des changements radicaux en France et en Europe. Rétablir la peine de mort, ce serait en effet tourner le dos à l'Europe et abandonner certaines de nos valeurs. Certes, si un régime de dictature s'instaurait, quel que soit son masque, il la rétablirait. Mais je ne conçois rien de tel et, pour autant qu'on puisse prévoir, la peine de mort a disparu de la France et de l'Europe.

LA CROIX : Donc, pour vous, ceux qui de temps en temps relancent le débat tombent dans la démagogie ?

ROBERT BADINTER : Ce qui m'importe, c'est le mouvement général en Europe et dans le monde. Là est aujourd'hui l'essentiel et l'on peut dire que la peine de mort, sauf aux États-Unis, n'a pas cessé de perdre du terrain. C'est particulièrement vrai en Europe. En voulez-vous quelques exemples ?

À chaque fois qu'en Angleterre la question du rétablissement de la peine de mort a été discutée devant la Chambre des communes, une majorité s'y est opposée. Et le 17 décembre 1990, le nombre des voix était supérieur à celui du précédent débat de 1988. De même dans l'Est européen : la Tchécoslovaquie, la Hongrie, la Roumanie, à mesure qu'elles se débarrassaient du totalitarisme, sont passées dans le camp de l'abolitionnisme.

En Turquie, le Parlement vient de réduire considérablement le champ d'application de la peine de mort. Bref, c'est un fait, la peine de mort n'appartient plus à l'arsenal répressif européen. À de rares exceptions près : la Bulgarie, l'URSS (mais de quel État s'agit-il aujourd'hui ?), dont les exécutions ont d'ailleurs fortement diminué, et la Pologne.

La Croix : Pourquoi cette exception de la Pologne ?

Robert Badinter : Elle est liée à la question très débattue de l'avortement. Certains politiques polonais voudraient lier les deux questions (disparition de la peine de mort et interdiction de l'avortement). D'autres souhaiteraient qu'elles soient dissociées. On en est là. Mais je suis convaincu que nos amis polonais ne voudront pas à cet égard rester en marge de l'Europe.

La Croix : Et pour la France ?

Robert Badinter : Si elle voulait revenir en arrière, il lui faudrait dénoncer la Convention européenne qu'elle a ratifiée avec quatorze autres pays. En effet, avec la signature de 1983 et la ratification en 1986 dans le cadre du Conseil de l'Europe du sixième protocole annexe, l'abolition de la peine de mort en temps de paix est devenue partie intégrante de la Convention européenne des droits de l'homme.

Pour la France, dénoncer une telle Convention, se placer hors de l'Europe des droits de l'homme, me paraît inconcevable.

La Croix : Vous considérez que la France, dans ce domaine, n'a fait que s'inscrire dans un mouvement général, qu'elle n'a pas joué un rôle abolitionniste moteur. Mais 1981 n'a-t-il pas été une année charnière ?

Robert Badinter : L'abolition en France a permis l'élaboration et la mise en vigueur du sixième protocole. Le fait que la France conservait la peine de mort interdisait en effet à l'Europe judiciaire de progresser, et l'abolition de 1981 a donc à cet égard exercé une influence favorable. Mais c'est Christian Broda, grand humaniste et grand Européen, ministre de la Justice d'Autriche, qui a joué un rôle essentiel dans l'élaboration du protocole.

Le mouvement ne s'est d'ailleurs pas arrêté là, puisque, à l'initiative de l'Allemagne (où l'abolition de la peine de mort est constitutionnelle), le 15 décembre 1989, l'assemblée générale des Nations unies adoptait le « deuxième protocole facultatif » au pacte sur les droits civils et politiques de 1966. Moment essentiel puisqu'il vise à l'abolition mondiale de la peine de mort.

Certes, le principe abolitionniste avait déjà été admis par les Nations unies, et l'on avait limité le nombre des cas où la peine de mort pouvait être prononcée ou exécutée, en l'interdisant par exemple pour les mineurs ou les femmes enceintes. Plus large, le nouveau protocole, épilogue d'une longue discussion de dix ans, marque une évolution décisive.

LA CROIX : Et pourtant, si l'on examine l'exemple des États-Unis, un retour en arrière est toujours possible.

ROBERT BADINTER : C'est vrai, depuis 1975 le courant s'est inversé dans ce pays. Mais la criminalité sanglante en Amérique est d'une intensité sans rapport avec celle que nous connaissons. Et il ne faut pas oublier que l'Amérique est une société porteuse d'armes. Cela implique un rapport à la mort très différent de celui que connaît l'Europe. Le durcissement auquel on assiste n'a d'ailleurs apporté aucune réponse à la montée de la criminalité sanglante.

LA CROIX : Quand vous parlez d'une évolution globale du monde, l'attitude des États-Unis freine donc cette évolution ?

ROBERT BADINTER : Absolument. C'est là où se situe aujourd'hui le principal combat pour l'abolition. C'est dire que la lutte n'est pas terminée.

Le pape et la peine de mort ?

*En février 1999, le pape Jean-Paul II obtenait
du gouverneur de l'État du Missouri la grâce
d'un condamné à mort. Cette intervention du
pape s'avérait d'autant plus heureuse qu'elle
apportait une forme de démenti à la frilosité
à l'égard de l'abolition dont faisait preuve le
nouveau catéchisme, en contraste avec le mili-
tantisme ardent de l'Église catholique dans la
lutte contre la peine de mort.*

LA CROIX : Le gouverneur du Missouri a répondu à
la demande de clémence de Jean-Paul II en graciant,
vendredi dernier, un condamné à mort. Comment inter-
prétez-vous cette décision ?

ROBERT BADINTER : Je n'y vois qu'un geste politique. Le Missouri est un État dans lequel la peine de
mort est fréquemment prononcée et pratiquée. Le gouverneur du Missouri a sans doute voulu faire preuve
d'une mansuétude exceptionnelle au regard de ses électeurs catholiques puisque le pape avait demandé, sur
le territoire de son État, la grâce de Darrel Mease. Je
rappelle qu'à l'heure actuelle les États-Unis ont franchi
le cap de la cinq centième exécution depuis 1976 et
que 3 517 condamnés attendent dans les couloirs de la

mort. C'est une situation que critiquent unanimement tous les partisans de l'abolition. Les États-Unis sont à présent, avec la Chine, l'État où l'on condamne le plus à mort.

LA CROIX : Cette grâce n'est-elle pas une victoire pour Jean-Paul II ?

ROBERT BADINTER : Il faut féliciter le pape pour son action. Sa parole a sans doute sauvé là une vie humaine. Je salue aussi la fermeté de ses propos. Au-delà du cas individuel, il a rappelé les principes : la peine de mort est un châtiment cruel et dégradant. Il faut respecter la vie et la dignité humaine en tout être humain.

Les limites cependant de son action aux États-Unis sont saisissantes. En 1992, 1996 et 1998 il avait demandé la grâce de condamnés aux gouverneurs de Virginie et du Texas. Toujours en vain. De même, au moment où le gouverneur du Missouri se rendait à sa demande, on annonçait la prochaine exécution en Oklahoma d'un condamné à mort pour trois meurtres commis en 1985, quand il avait seize ans et était drogué. Voilà qui illustre la nécessité de l'abolition universelle que les Nations unies posent en principe.

LA CROIX : Le catéchisme de l'Église catholique n'exclut pas la peine de mort au titre de la légitime défense de la société mais estime que, dans la pratique, elle n'est plus justifiable. Que pensez-vous de cette position ?

ROBERT BADINTER : J'avoue ne pas comprendre cette position ambiguë. Que signifie ici la référence à la légitime défense ? Toute société doit assurer la défense de ses membres. Mais en quoi cette défense légitime contre le crime justifie le maintien de la peine

de mort, alors qu'il existe d'autres moyens de punir
les criminels comme on le voit dans les États abolitionnistes ? Ceux-ci, je le rappelle, sont aujourd'hui
majoritaires dans le monde. La question de la peine de
mort est un problème d'ordre moral. Et la réponse est
aussi d'ordre moral. Je rappelle les propos du pape :
« cruelle et inutile ». Il est satisfaisant que Jean-Paul
II corrige ainsi les ultimes réserves que le catéchisme
de l'Église comporte encore à l'égard d'une totale abolition. Et je suis heureux que l'Église de France témoigne à cet égard d'une position morale conforme aux
propos du pape plus qu'aux réticences du catéchisme.

Recueilli par Bernard Gorce
La Croix,
1er février 1999

L'Amérique et la peine de mort

La peine de mort supprimée en France, la lutte pour l'abolition universelle se poursuivait. Après la chute du mur de Berlin et l'effondrement des régimes communistes, la peine de mort était mise au ban de l'Europe. Seuls parmi les démocraties occidentales les États-Unis y recouraient encore. La lutte pour l'abolition s'inscrivait prioritairement dès lors sur le sol américain.

La salle était carrelée, lisse, aseptisée, parfaitement étanche. Un laboratoire plutôt qu'une cellule. Un homme était assis, jeune, enchaîné sur un siège. Le long de la paroi, une large ouverture vitrée permettait de tout observer. À midi douze, des boulettes de cyanure tombèrent dans la cuvette remplie d'un mélange d'acide sulfurique et d'eau placé sous le siège. Aussitôt, le gaz empoisonné commença à se répandre dans la pièce. L'homme se mit à tousser, puis il suffoqua. Après quelques minutes, sa tête s'affaissa. Il toussa à nouveau, plus fort, il redressa la tête une dernière fois, puis s'effondra. À midi trente, les médecins qui surveillaient les instruments de contrôle déclarèrent que le condamné Walter LaGrands était cliniquement mort.

Il avait trente-sept ans. Il était né à Augsbourg, en Allemagne, comme son frère Karl. Leur mère avait épousé un soldat américain en garnison en Allemagne, puis était partie pour les États-Unis avec ses deux garçons. En 1982, au cours d'une tentative de vol à main armée dans une banque en Arizona, les frères LaGrands avaient tué un employé, blessé un autre. Ils étaient alors âgés de vingt et dix-huit ans. Tous deux furent condamnés à la peine capitale. Ils passèrent seize ans dans les couloirs de la mort. Après que leur ultime recours eut été rejeté, Karl, à sa demande, fut exécuté par une injection létale. Walter refusa. C'était de sa part une sorte de défi ultime. Puisque la justice américaine avait décidé qu'il devait mourir, qu'elle le tue, lui, citoyen allemand, dans une chambre à gaz. Peut-être Walter pensait-il que le gouverneur de l'Arizona, Jane Hall, reculerait devant la symbolique. Il se trompait. Le 3 mars, Walter fut mené à la chambre à gaz.

Son sort ne suscita aucun intérêt particulier aux États-Unis. Depuis 1976, plus de 500 condamnés à mort ont été exécutés ; 3 517 attendent dans le couloir de la mort. Mais les frères LaGrands avaient conservé leur nationalité allemande. La peine de mort a été abolie dès la naissance de la RFA. Elle est indissolublement liée, dans la conscience collective, au nazisme. La chambre à gaz demeure le symbole même des crimes contre l'humanité commis par le régime hitlérien dont la mémoire hante encore la conscience allemande. Qu'un Allemand fût exécuté dans une chambre à gaz par les autorités américaines fut donc ressenti en Allemagne comme une sorte d'outrage. Les juristes relevèrent que les États-Unis avaient, dans cette affaire, violé les dispositions de la Convention de Vienne, qui assure aux ressortissants étrangers poursuivis dans un État l'assistance de leurs autorités nationales. Or, le consulat allemand n'avait été informé du sort des frères LaGrands que dix ans après leur arrestation. Le gouverneur de l'Arizona, saisi du recours des autorités de la RFA, s'était borné à répondre que les condamnés avaient bénéficié de tous les droits reconnus aux citoyens américains. La Cour internationale de justice de La Haye, saisie *in extremis* du cas de Walter LaGrands, adressa, quelques heures avant l'exécution, une requête exceptionnelle au gouvernement des États-Unis, en lui demandant d'user « de tous les moyens à sa disposition » pour prévenir l'exécution imminente. Sa démarche fut ignorée. Qu'importent les engagements internationaux et l'autorité de la Cour internationale de justice quand il s'agit de la peine de mort, aujourd'hui, aux États-Unis !

L'affaire LaGrands n'est en vérité qu'une illustration saisissante d'un état de choses général. C'est en réalité tout le système judiciaire américain qui se révèle comme une véritable machine à produire des condamnés à mort.

Au départ de toute affaire, il y a un ou plusieurs crimes qui, pour la plupart, relèvent de la compétence des autorités de l'État où ils ont été commis. Selon les règles de la procédure américaine, fondamentalement accusatoire, il appartient à la police locale de conduire l'enquête et de réunir les charges. Toute personne, dès lors qu'elle est soupçonnée, peut aussitôt faire appel à l'assistance d'un avocat. Ainsi le principe de l'égalité des chances entre accusation et défense paraît être respecté.

Mais, dans les faits, le procureur a à sa disposition les puissants services d'une police organisée pour rechercher les preuves, recueillir les témoignages, analyser les indices. Du côté de la personne poursuivie, ses moyens de défense seront à la mesure de ses moyens pécuniaires. Or l'immense majorité de ceux qui encourent la peine de mort sont des exclus ou des marginaux, drogués, psychopathes, illettrés, appartenant aux communautés les plus pauvres, Noirs, Portoricains, Mexicains, etc. À ceux-là la loi assure le concours d'un avocat d'office rémunéré par l'État. Or toute affaire où la peine de mort est encourue nécessite plusieurs semaines de préparation et de participation à l'audience. Les indemnités versées aux avocats d'office, particulièrement dans le sud des États-Unis, sont dérisoires. Ainsi l'État de l'Alabama limite à 2 000 dollars le montant des honoraires versés pour la défense d'un accusé passible de la peine capitale. Au Mississippi, un avocat commis d'office dans une telle affaire est payé moins de 12 dollars l'heure. Rappelons-nous les millions de dollars versés par O. J. Simpson aux avocats qui obtinrent son acquittement...

Du côté de l'accusation, en revanche, aux moyens puissants de la police s'ajoute une forte motivation des autorités pour obtenir la peine capitale. Il ne faut pas oublier que le procureur local, le chef de la police sont élus et renouvelables. Quel meilleur argument de campagne électorale que d'exciper des condamnations à mort obtenues, comme on inscrivait sur le fuselage des avions de chasse le nombre d'appareils ennemis abattus ?

Cette inégalité considérable entre accusation et défense est encore aggravée par la sélection des jurés.

Dans les affaires où la peine capitale est encourue, tous les jurés doivent être, selon la loi américaine, « qualifiés pour juger du bien-fondé d'une condamnation à mort ». Dans la pratique, cette exigence aboutit à éliminer du jury tous les abolitionnistes de principe qui refusent, par conviction religieuse ou morale, la peine de mort en toutes circonstances.

Restent les voies de recours. Mais à ce niveau aussi le système judiciaire américain s'est efforcé tout au long des dernières décennies de limiter les moyens des condamnés. Aux États-Unis, les cours d'appel des divers États exercent plus un contrôle de légalité qu'elles ne rejugent l'affaire. Or il est très difficile, dans la pratique, de faire reconnaître par les autorités judiciaires qu'une erreur de droit a été commise. À cet égard aussi, l'incompétence ou l'indifférence d'avocats commis d'office et sous-payés constitue un handicap de plus pour le condamné.

Quant aux autres recours portés devant les juridictions fédérales, notamment pour les violations des droits constitutionnels du condamné, ils rencontrent les mêmes obstacles. La Cour suprême des États-Unis a considéré que le réexamen judiciaire par une juridiction fédérale ne pouvait être justifié que « s'il était apparu de manière *véritablement convaincante*, après le procès, que l'accusé était en fait innocent ». L'exigence est difficile à satisfaire, d'autant plus que la Cour a précisé que « le seuil à partir duquel ce droit peut être exercé est forcément très élevé ». Restent les recours devant le Comité des grâces des États et le gouverneur. Les considérations politiques sont très présentes dans ces instances. Ainsi, dans le cas du Texas, une seule condamnation à mort a été commuée par les autorités alors qu'il a été procédé à plus de 150 exécutions.

Les résultats de pareilles procédures sont accablants. Depuis 1972, plus de 75 condamnés à mort pour des crimes qu'ils n'avaient pas commis ont été libérés, parfois à quelques jours de l'exécution. Tel fut très récemment encore le cas pour Antony Porter. Condamné à mort en 1983 pour un double meurtre, il n'a dû *in extremis* son salut qu'à la contre-enquête menée par un professeur de journalisme, ses étudiants et un avocat, qui ont réussi à identifier et à confondre le vrai coupable. Mais combien d'innocents ont été exécutés ? Selon une étude faite récemment à l'université de Chicago, sur 450 exécutions intervenues, l'innocence de 1 condamné sur 7 avait été établie après leur mort. Pour éviter de telles aberrations, le Congrès américain avait favorisé la mise en place, en 1988, de comités pour la défense de condamnés à mort. En 1995, le Congrès a supprimé la subvention annuelle de 20 millions de dollars allouée à ces organisations. La plupart ont dû fermer leur porte. Pourtant, pendant la période où ces comités ont fonctionné, 40 % des condamnations à mort réexaminées par les tribunaux ont été infirmées.

De son côté, le président Clinton a signé une loi dont le but est d'accélérer les exécutions. Les condamnés ne peuvent désormais présenter qu'une seule requête devant les juridictions fédérales contre la condamnation prononcée contre eux. Et la requête doit être introduite dans un délai d'un an après le terme de la procédure judiciaire dans l'État où la peine de mort a été prononcée. Ainsi se trouvent réduites encore les possibilités, pour un condamné, de réunir les preuves nécessaires pour établir une « erreur judiciaire fondamentale ».

Les résultats de cette politique sont là : au 1er juillet 1998, 5 822 condamnations à mort avaient été prononcées aux États-Unis depuis 1972. La plus ancienne démocratie, la première puissance du monde, celle qui revendique avec orgueil sa primauté militaire, économique, technologique et culturelle, s'inscrit ainsi dans le peloton de tête des États qui pratiquent la peine de mort, aux côtés de la Chine et de l'Iran. La société américaine paraît emportée par un vertige de violence et de mort. Elle ne se libère pas pour autant du crime. Simplement elle ajoute la mort à la mort et la chambre à gaz à la chaise électrique.

Le Nouvel Observateur,
8 mars 1999

Bush le boucher

Durant l'été 2000, le gouverneur de l'État du Texas, George W. Bush, faisait exécuter Gary Graham, mineur de dix-sept ans au moment du crime, qui avait passé dix-neuf ans dans le quartier des condamnés à mort. Devant pareil outrage à la loi internationale et à l'humanité, j'écrivis cet article à l'encontre de celui qui était déjà candidat à la présidence des États-Unis.

Il y a la loi et les hommes. Il y a les textes qui permettent de condamner à mort, et les juges qui prononcent la sentence. Et quand tout est dit, il y a un homme que l'on entrave et que l'on pique comme un chien. C'est cela, la réalité de la peine de mort.

Le gouverneur du Texas, George W. Bush, fils d'un ancien président des États-Unis et qui espère le devenir à son tour, dit qu'il ne fait qu'appliquer la loi du Texas. Il ajoute : « Et si cela doit me coûter politiquement, cela me coûtera politiquement ! » Ainsi parle le pharisien politique. Il ne lui suffit pas d'aller à la chasse aux voix. Il lui faut encore prendre la posture du champion de la loi !

Eh bien, puisque ceux qui ont fait mettre à mort

Gary Graham déclarent agir au nom de la loi et de la justice, je les invoquerai, à mon tour, mais contre eux.

Non ! Les autorités du Texas n'ont pas appliqué la loi. Parce qu'il existe une convention internationale qui interdit de condamner à mort ceux qui ont commis un crime alors qu'ils étaient mineurs. Sans doute, les États-Unis, en ratifiant cette convention, se sont réservé le droit de faire exécuter les mineurs criminels. Et ils en usent largement. Mais de telles réserves sont inopérantes s'agissant d'un pacte international garantissant les droits de l'homme.

Non ! Gary Graham n'a pas été condamné au terme d'un juste procès, parce que la justice du Texas ne lui a accordé que le concours dérisoire d'un avocat incompétent et qui n'a fait valoir aucun des moyens qui auraient permis de le sauver. Comme si au Texas, pour des accusés sans ressources, de surcroît noirs, un tel avocat d'office suffisait à assurer un simulacre de défense.

Non ! La justice du Texas n'a pas respecté le principe que nul ne subisse une peine inhumaine, inutile et dégradante quand, pendant dix-neuf ans, Gary Graham a été détenu dans des quartiers de haute sécurité et des cellules de condamné à mort. Dix-sept ans d'une vie misérable d'enfant et d'adolescent du ghetto noir, puis dix-neuf ans en prison en attendant l'exécution, voilà ce qu'aura été toute l'existence de Graham.

Les chiffres sont là, terribles : 134 condamnés à mort ont été exécutés au Texas depuis que M. Bush en est devenu le gouverneur en janvier 1995. Dans 40 affaires, la condamnation repose sur un seul témoignage. Dans un tiers des cas, les accusés ont été défendus par des avocats qui ont fait l'objet de sanctions, de suspensions, ou même d'exclusion du barreau pour faute grave.

On ignore encore si M. Bush deviendra le prochain président des États-Unis, et l'homme le plus puissant du monde. Mais à ce stade de son histoire, sinon de l'Histoire, le gouverneur Bush a déjà mérité un surnom : *Bush the butcher*, « Bush le boucher ».

Le Nouvel Observateur,
29 juin-5 juillet 2000

L'Amérique des bourreaux

*Pendant la campagne présidentielle de 2000
aux États-Unis, la question de la peine de
mort fut soulevée par les médias. Les deux
candidats se prononcèrent pour son maintien,
le démocrate Al Gore précisant « à la condition qu'elle ne frappe point des innocents ».*

Certains Américains s'impatientent de voir des
Européens, notamment des Français, prendre parti pour
l'abolition de la peine de mort aux États-Unis. Ils y
voient une ingérence inadmissible dans les affaires
intérieures des États-Unis, ou l'expression d'un
anti-américanisme inavoué. Pareilles réactions me
paraissent erronées. La lutte des ONG et des militants
des droits de l'homme contre la torture, contre les
détentions arbitraires, contre les exécutions sans jugement a toujours été internationale. Il en va de même
pour le combat contre la peine de mort. L'abolition a
pour vocation d'être universelle. C'est le but ultime
assigné à ses militants.

Or les États-Unis se trouvent aujourd'hui dans la
même situation que la France avant 1981, lorsqu'elle
était le seul État dans l'Europe occidentale à pratiquer
encore la peine de mort. À l'époque, tous nos amis

européens, au sein de la Communauté européenne, au Conseil de l'Europe, nous adjuraient, en termes parfois très vifs, de remiser la guillotine au musée des supplices. Comment la France, disaient-ils, qui se veut patrie des droits de l'homme, peut-elle encore recourir à la peine de mort, ce châtiment cruel et archaïque ?

Il en va de même aujourd'hui pour les États-Unis, la première des républiques modernes et qui se veut exemplaire. Que nos amis américains mesurent à cet égard le tort causé à leur grand pays par une pratique barbare qui place les États-Unis dans le même groupe d'États homicides que la Chine, l'Iran, la République démocratique du Congo et l'Arabie Saoudite, qui n'ont rien de commun avec la démocratie américaine. Qu'ils s'interrogent aussi sur le fait que la quasi-totalité des démocraties dans le monde ont aboli la peine de mort.

Or, dans le monde tel qu'il est, la marche vers l'abolition universelle ne peut progresser que si l'abolition l'emporte aux États-Unis. Ils sont en effet la superpuissance et le modèle culturel dominants. D'où l'importance que revêt, pour tous les abolitionnistes, le combat contre la peine de mort aux États-Unis.

Comment ne pas s'angoisser à cet égard devant la situation actuelle ? 3 700 prisonniers sont détenus aux États-Unis dans les couloirs de la mort. En 1999, près de 100 condamnés ont été mis à mort. Depuis le début de l'année, 69 personnes ont été exécutées. S'agissant en particulier du Texas, depuis que George W. Bush est gouverneur de cet État, en cinq ans près de 150 condamnés ont été exécutés. C'est plus que toutes les exécutions pratiquées pour crime de droit commun en France, de la Seconde Guerre mondiale à l'abolition.

Comme toujours et partout, les poisons que charrie

la peine de mort et qui affligent la justice sont à l'œuvre aux États-Unis. D'abord, l'inégalité sociale. Ce sont les éléments les plus défavorisés de la société, les enfants des ghettos noirs ou hispaniques, qui fournissent la quasi-totalité des condamnés à mort. La plupart de ces accusés ne sont pas capables d'assumer le coût d'une défense sérieuse. Ils ne bénéficient que de l'assistance d'avocats commis d'office, mal payés et souvent inexpérimentés. Le résultat s'inscrit dans les chiffres : selon une étude récente conduite à l'université de Columbia, sur les 5 760 jugements de condamnation à mort prononcés de 1977 à 1995, 4 578 ont dû être annulés, la procédure étant marquée de violations de la loi, de manquements graves des avocats à leurs devoirs ou, pis encore, de la dissimulation de preuves ou de témoins favorables à l'accusé. Ces terribles dérives entraînent des erreurs judiciaires nombreuses : 87 condamnés à mort ont été libérés après que leur innocence eut été reconnue.

Ensuite, le racisme : alors que les Afro-Américains représentent 12 % de la population des États-Unis, ils constituent 34 % des condamnés exécutés. Au Texas, 34 % des condamnés à mort étaient accusés du meurtre d'une femme blanche. En revanche, 0,4 % des condamnations à mort ont été prononcées pour le meurtre d'un homme noir.

Enfin, l'inhumanité : les États-Unis détiennent le record d'exécution de condamnés qui étaient mineurs au moment des faits, en méconnaissance des conventions internationales qui interdisent ces exécutions. Et que dire du cas des débiles mentaux exécutés, notamment au Texas !

Tous ces faits s'inscrivent dans les rapports des ONG comme dans les études réalisées par des universités ou des instituts de recherche. Ils sont dénoncés par les abolitionnistes américains, dont il faut saluer le dévouement et le courage militant. Il incombe aux abolitionnistes européens, et notamment français, de les aider dans leur difficile combat.

Le Nouvel Observateur,
24 octobre-1er novembre 2000

Mort en place publique

*En juin 2001, l'exécution de Timothy McVeigh,
auteur d'un attentat meurtrier par explosif, fut
retransmise en direct à la télévision. C'était le
retour aux grands rituels publics du supplice,
servis par la technologie moderne.*

L'exécution de Timothy McVeigh dans la prison
fédérale de Haute-Terre, Indiana, a suscité une mobi-
lisation inouïe des médias américains. Mille quatre
cents journalistes ont été parqués dans un « village »
aménagé, sorte de camp médiatique de la mort. Huit
chaînes de télévision nationales ont assuré la couver-
ture de l'événement. Dix journalistes tirés au sort
avaient obtenu le privilège de voir injecter le poison à
McVeigh, entravé comme un chien qui doit mourir.
Du côté des parents des victimes, la télévision avait
été mise à contribution pour que ceux qui le voulaient
puissent contempler, en circuit fermé et en direct,
l'agonie de McVeigh. Certains s'y refusèrent. « À quoi
bon ? disait un père dont la fille avait été tuée dans
l'explosion criminelle. Il restera toujours une place
vide à la table familiale. Que McVeigh meure ou non,
cela n'y changera rien désormais. »

Pourquoi, dès lors, cette attention extraordinaire des

médias à un événement que sa répétition a banalisé ? Aux États-Unis, près de cent exécutions en 1999, guère moins en 2000, trente-trois depuis le début de l'année sont intervenues dans une indifférence quasi générale. Pour qu'une exécution revête les dimensions d'une affaire nationale, il fallait donc qu'il y eût dans l'affaire McVeigh un élément singulier, chargé d'une signification particulière.

Si la gravité du crime se mesure au nombre des victimes, celui de McVeigh suscite une réaction d'horreur : cent soixante-huit personnes sont mortes dans l'explosion de l'immeuble qu'il a dynamité. Dans la typologie criminelle, McVeigh n'appartient pas, pourtant, à l'espèce des criminels en série, les *serial killers*. Il relève d'une catégorie différente, celle des terroristes. Il s'inscrit dans la sanglante cohorte des auteurs d'attentats qui frappent à l'aveugle au nom d'une cause qu'ils considèrent comme sacrée, c'est-à-dire justifiant, comme aux temps primitifs, tous les sacrifices humains.

Il n'est rien de plus contraire à la société américaine et à son idéologie que ces crimes terroristes si communément pratiqués dans d'autres endroits du monde. Or, dans le cas de McVeigh, il se trouve que ce terroriste-là, à le regarder entre ses gardiens, s'inscrit bien, au moins en apparence, dans l'Amérique profonde. McVeigh n'appartenait pas à une minorité raciale ou ethnique. Patriote, il s'était engagé dans l'armée et avait fait la guerre du Golfe. Jusqu'à son crime il se situait aux antipodes des marginaux dont les convictions et le comportement sont autant de défis lancés à la société américaine. Le mobile même de son acte s'inscrit dans une hostilité, très répandue aux États-Unis, au pouvoir fédéral. C'est la vision à la télévision de l'assaut donné par les forces du FBI à une retraite où s'étaient barricadés les membres d'une secte religieuse qui a suscité chez lui l'obsession délirante d'un attentat qui serait à la fois une vengeance et un défi lancés à Washington. Faire sauter un immeuble fédéral et tuer des centaines d'innocents pour venger d'autres victimes, c'était pour le pouvoir fédéral et le FBI un défi sanglant. Il n'appelait d'autre réponse que la mort de son auteur. Et cette mort-là devait revêtir, dans la société américaine, les traits d'un exorcisme collectif. D'où l'extraordinaire appareil médiatique qui a entouré l'exécution.

Pourtant, dans ce cas extrême, s'inscrit aussi la vanité des arguments invoqués pour fonder la peine capitale. Dissuasive, la peine de mort ? Elle n'a pas arrêté McVeigh dans son action criminelle, pas plus qu'elle n'a jamais retenu, ailleurs, aucun terroriste dans ses sanglantes entreprises. Expiatrice, la peine de mort ? McVeigh l'a appelée de ses vœux, comme jadis Claude Buffet le faisait en demandant à être guillotiné. Bien plus que la mort qui exerçait sur lui une fascination évidente, comme chez tant de terroristes, c'était la perspective de la prison de haute sécurité comme seul horizon de vie qui était pour McVeigh insupportable. À ce châtiment-là il voulait absolument se soustraire, et l'exécution lui en a fourni le moyen.

Reste l'ultime justification, celle qui s'inscrit dans cette offrande télévisée de la mort du coupable faite aux parents des victimes. Par là, on en revient symboliquement, dans la société la plus moderne, aux temps lointains où le criminel était remis à la famille ou à la tribu de la victime pour qu'elle en dispose. Le président Bush, dans son homélie, après l'exécution de

McVeigh, a déclaré qu'il s'agissait là d'un acte de justice et non de vengeance. Singulière justice que celle qui revêt les traits de la vengeance et, dans son déferlement médiatique, ressuscite en notre temps l'éclat des supplices de jadis.

Le Nouvel Observateur,
14-20 juin 2001

Discours au 1ᵉʳ congrès mondial
contre la peine de mort

*En juin 2001 se tint à Strasbourg le premier
congrès mondial contre la peine de mort.
Je soulignai dans mon discours les progrès
réalisés dans la marche vers l'abolition universelle.*

Vingt ans après l'abolition de la peine de mort en
France, comment, dans un tel rassemblement, ne pas
mesurer l'ampleur des progrès réalisés par la grande
cause pour laquelle nous luttons ? En 1948, lorsque a
été proclamée, à Paris, la *Déclaration universelle des
droits de l'homme*, 19 pays étaient abolitionnistes. En
1981, la France devenait le 35ᵉ État à abolir la peine
de mort. Depuis lors, le 6ᵉ protocole à la Convention
européenne des droits de l'homme a été adopté à Strasbourg, en 1983, par le Conseil de l'Europe. Il interdit
aux États adhérents de recourir à la peine de mort en
temps de paix. La ratification du protocole est devenue
une condition d'admission au Conseil de l'Europe pour
tous les États candidats. Il en est de même pour l'Union
européenne. Ainsi a été consacré, en Europe, le principe
que la démocratie, fondée sur les droits de l'homme,
est incompatible avec la peine de mort. Aujourd'hui,

tous les États européens ont ratifié le 6ᵉ protocole, à l'exception de la Turquie, la Russie et la République yougoslave. Celle-ci le fera sans doute bientôt. La Turquie a renoncé à pratiquer des exécutions depuis dix-sept ans. La Russie a signé le 6ᵉ protocole mais ne l'a pas encore ratifié. Il serait souhaitable qu'une motion soit votée par le Congrès invitant la Russie à procéder sans tarder à cette ratification.

L'Europe, sous le drapeau de la Convention européenne de sauvegarde des droits de l'homme, est désormais un continent libéré de la peine de mort. Dans cette région du monde, au terme d'un siècle ravagé par la guerre et souillé par la plus atroce barbarie, la conscience européenne, dans un sursaut moral, l'a emporté sur la violence mortelle, et a proclamé solennellement le triomphe du droit inconditionnel à la vie de tout être humain, dans la cité des hommes libres. Rendons grâce à tous ceux qui ont œuvré pour que le 6ᵉ protocole de la CEDH voit le jour et soit ratifié. Grâce à eux, le vœu de Victor Hugo, grand Européen et grand abolitionniste, s'est réalisé : « L'abolition pure, simple et définitive » est devenue loi de l'Europe. Et la Charte des droits fondamentaux, qui constitue le socle moral de l'Union européenne, proclame : « Toute personne a droit à la vie. Nul ne peut être condamné à la peine de mort, ni exécuté » (art. 2).

Le mouvement qui conduit à l'abolition universelle ne s'est pas limité à notre continent. Aujourd'hui, sur les 189 États membres des Nations unies, 108 sont abolitionnistes. L'abolition est devenue majoritaire dans le monde. Les conventions et les déclarations internationales proscrivant la peine de mort se sont multipliées. Rappelons les principales : 2ᵉ protocole additionnel au Pacte des Nations unies relatif aux droits civils et politiques (1989) ; protocole à la Convention américaine des droits de l'homme pour l'abolition de la peine de mort (1990) ; résolution 1998/8 de la Commission des droits de l'homme des Nations unies.

Qui eût cru à pareil succès il y a trente ans de cela, même parmi les plus convaincus d'entre nous ? Au regard de ces avancées, la marche vers l'abolition universelle paraît irrésistible et sa victoire certaine. Et la seule question – mais essentielle – qui se pose à nous est : quand aura entièrement disparu de ce monde l'abominable peine de mort ? Et chacun, face au chemin qui reste encore à parcourir, pointe du doigt, sur la carte du monde, ces grandes taches noires qui marquent les États qui recourent encore à la peine capitale, particulièrement ceux qui commettent à eux seuls près des 9/10e des exécutions dans le monde : la Chine, l'Arabie Saoudite, l'Iran et les États-Unis.

Il faut le rappeler avec force dans toute enceinte internationale : il n'est aucun État qui pratique aujourd'hui la peine de mort avec autant d'intensité que la République populaire de Chine. Aujourd'hui, on exécute plus d'êtres humains en Chine que dans le reste du monde. Je citerai le rapport d'Amnesty International pour l'année 2000 : « D'après les informations limitées et incomplètes dont disposait Amnesty International à la fin de l'année, au moins 1 000 personnes ont été exécutées en 2000. Ces chiffres ne représentaient vraisemblablement qu'une fraction des chiffres réels car les statistiques concernant la peine de mort demeurent un secret d'État en Chine. » Depuis lors, nous savons que les autorités chinoises se sont lancées dans une nouvelle campagne, « Frappe fort », d'une intensité inouïe, de mise en œuvre de la peine de mort. Criminels de sang, trafiquants de drogue, délinquants économiques, responsables politiques accusés de corruption, c'est par centaines, depuis le début de l'année 2001, que des condamnés ont été exécutés. En avril, en une seule journée, 89 prisonniers ont été exécutés. Au « pays des neiges », dans le Tibet opprimé, pour la première fois, 4 personnes ont été condamnées à la peine capitale.

S'agissant de ces décisions, Amnesty International rappelle que « de nombreux condamnés à mort ont, semble-t-il, été reconnus coupables à partir d'éléments de preuve litigieux, d'"aveux" extorqués sous la torture par exemple ». Si les procès se déroulent souvent dans les ténèbres judiciaires, les exécutions, en revanche, sont pratiquées en public, parfois avec un déploiement spectaculaire qui rappelle les supplices pratiqués jadis. À l'heure où la République populaire de Chine ne cesse de proclamer son désir d'être considérée comme un État respectueux des droits de l'homme, qu'il s'agisse de développer ses échanges économiques ou culturels, ou d'accueillir les Jeux olympiques en 2008, il convient, en toutes circonstances, de rappeler haut et fort aux autorités chinoises que les droits de l'homme sont universels et indivisibles, et que, s'agissant du premier d'entre eux, le droit de toute personne au respect de sa vie, il ne saurait y avoir d'exception chinoise, pas plus qu'aucune autre. Seul un moratoire immédiat sur les exécutions, puis sur les condamnations à mort, précédant la nécessaire abolition, témoignera de la volonté de la Chine de mettre en harmonie sa volonté alléguée de respecter les droits de l'homme, et une pratique judiciaire, aujourd'hui plus souillée de sang qu'aucune autre dans le monde.

Les États islamistes : Iran et Arabie Saoudite, qui recourent assidûment à la peine capitale, se réfèrent volontiers, pour la justifier, à la loi coranique, à la charia. Il y a là, de la part de ces régimes, une évidente volonté de masquer, sous le voile de la religiosité, une pratique barbare. J'ai interrogé à ce sujet des autorités spirituelles de l'Islam qui ont le privilège de vivre dans des démocraties respectueuses de la liberté religieuse de chacun. Leur réponse a été sans détour : message de paix et de fraternité, le Coran – comme les livres sacrés des autres grandes religions – ne considère pas la peine de mort comme un devoir de justice. C'est par un pur dévoiement du message de ces religions que certains transforment ainsi la parole divine en décret de mort. Ils n'hésitent point, pour justifier le sang qu'ils font verser, à invoquer le nom sacré d'un Dieu qui, par essence, est porteur d'amour et de pardon. Par là, ces intégristes de la peine de mort s'avèrent sacri-lèges plus que religieux. En vérité, les États qu'ils gouvernent sont soumis à des régimes totalitaires qui imposent une idéologie officielle, politique et reli-gieuse. Or, entre dictature et peine de mort, il existe des liens indissolubles. Toutes les dictatures pratiquent la peine capitale parce qu'elle est l'expression ultime du pouvoir absolu que s'arrogent les maîtres de l'État sur leurs sujets. À la lumière blême de la dictature, la peine de mort révèle ses véritables traits : elle est tota-litaire par nature.

Au regard de cette réalité, la question de la peine de mort aux États-Unis revêt toute sa portée. Les États-Unis sont une vieille et grande démocratie et la première puissance du monde. Ils se veulent modèle culturel dominant. Et il existe aujourd'hui 12 États abolitionnistes aux États-Unis. La courbe de la criminalité sanglante y connaît d'ailleurs une évolution moins inquiétante que dans les États qui recourent le plus intensément aux exécutions capitales, le Texas, la Virginie ou la Floride notamment.

Si l'abolition est le propre de toute démocratie respectueuse des droits de l'homme, comment expliquer que les États-Unis s'inscrivent dans le premier cercle des États qui recourent à la peine de mort ? Et comment, à regarder son étrange compagnonnage avec la Chine, l'Irak, l'Iran ou l'Arabie Saoudite, ne pas s'interroger : qu'ont les États-Unis de commun avec ces États totalitaires, fanatiques et sanglants ? Rien, hormis la peine de mort. Alors, pourquoi est-elle encore présente aux États-Unis, seule grande démocratie occidentale où elle soit en usage ?

Poser cette question n'a rien d'inamical, et inviter les États-Unis à se libérer complètement de la peine de mort n'est pas s'ingérer dans leurs affaires intérieures. Je me souviens, à cet égard, de la décennie 1970, lorsque la France était le dernier État de la Communauté européenne à exécuter des condamnés. Au Conseil de l'Europe, au Parlement européen, dans les congrès des organisations humanitaires, tous nos amis européens s'étonnaient de ce que la France, patrie des droits de l'homme, ne puisse se déprendre de la guillotine. Ils nous invitaient, en termes vifs, à abolir sans tarder ce supplice cruel et dégradant. Il n'y avait, dans leur propos, que le rappel amical des obligations morales qui incombent à tout État démocratique, particulièrement lorsqu'il a choisi d'assumer un rôle éminent dans le combat pour les droits de l'homme.

Aujourd'hui, à considérer les 3 700 condamnés qui peuplent les couloirs de la mort durant des années, traitement inhumain, condamné comme tel par la CEDH, à dénombrer les exécutions pratiquées, plus de 700 depuis 1976, près d'une centaine en 1999 et guère moins en 2000, 37 depuis le début de l'année, à écouter les déclarations des principaux responsables politiques des États-Unis et à mesurer leur comportement dans leurs fonctions antérieures, on peut penser que la peine de mort est bien ancrée aux États-Unis et qu'elle demeurera là comme un obstacle insurmontable pour l'abolition universelle.

Ma conviction est tout autre. Non par une sorte d'aveuglement inspiré par ma foi abolitionniste, mais parce que, comme dans toute démocratie, la peine de mort, telle qu'elle s'inscrit dans la réalité judiciaire, s'avère incompatible avec la conception de la justice dont se réclament si hautement les États-Unis.

Rien ne peut en effet empêcher que tous les poisons que charrient les sociétés contemporaines, notamment la société américaine, se retrouvent dans la pratique judiciaire de la peine de mort. L'inégalité sociale d'abord. Qui hante les cellules de condamnés à mort, sinon les enfants des couches sociales les plus déshéritées, ceux qui peuplent les ghettos de la société américaine ? L'inégalité devant la justice ensuite. Que reste-t-il du principe du procès équitable, de l'égalité des armes entre accusation et défense dans de telles procédures ? D'un côté on trouve un procureur élu, puissamment motivé par ses engagements politiques, disposant de toutes les forces de la police et de moyens scientifiques et techniques considérables. De l'autre, un accusé, le plus souvent impécunieux, dont la défense est assurée par des avocats commis d'office, mal rompus aux difficultés techniques des audiences criminelles, mal payés, souvent peu motivés. J'ignore si O. J. Simpson est innocent ou coupable, mais je sais qu'il a été acquitté par le jury et que la *dream team* de ses avocats lui a coûté plus de trois millions de dollars. Qu'on regarde, en revanche, les résultats de l'enquête exhaustive menée par l'université de Columbia sur 5 760 condamnations à mort prononcées aux États-Unis en près de vingt années. Dans une proportion considérable de cas, le procès et la condamnation prononcée étaient entachés de violations graves des droits de la défense, d'irrégularités majeures de la procédure, ou de manquements caractérisés des avocats à leur mission de défense.

Et comment ne pas s'émouvoir et protester hautement lorsque l'on constate que, au mépris des principes inscrits dans le Pacte international sur les droits civils et politiques des Nations unies de 1966 (art. 6) et de la Convention américaine des droits de l'homme (art. 5), on exécute aux États-Unis des condamnés à mort pour des crimes commis alors qu'ils étaient mineurs, en plus grand nombre que dans tout autre pays ? Et comment ne pas s'indigner quand, dans la plus grande démocratie au monde, au mépris de la plus simple humanité, on exécute aussi des débiles mentaux ?

À l'inégalité sociale, à l'irrégularité des procès, à l'exécution des mineurs et des handicapés mentaux s'ajoute l'inévitable poison du racisme. Les précautions juridiques, les procédures de sélection des jurés ne pourront jamais interdire cette inévitable perversion de la justice. Toutes les passions raciales, tous les préjugés racistes, toutes les haines refoulées, comme libérés par l'horreur du crime jugé, trouvent dans les verdicts l'occasion privilégiée de s'exercer. À considérer les chiffres sur l'origine ethnique des condamnés à mort, l'interrogation se lève, irrésistible : ont-ils été condamnés à mort parce que leurs crimes étaient plus atroces, ou bien parce qu'ils sont noirs ou hispaniques ? Cette seule question, ce constat, commandent d'interdire la peine de mort dans toute démocratie, comme on l'a fait en Afrique du Sud.

Reste enfin l'inévitable erreur judiciaire. Depuis 1976, 86 condamnés à mort ont été innocentés après des années passées dans les couloirs de la mort, parfois immédiatement avant leur exécution. Si le gouverneur Ryan, de l'Illinois, républicain et ami du président Bush, a ordonné un moratoire sur les exécutions, c'est que des enquêtes précises avaient établi que 12 condamnés à mort étaient innocents. Combien ont été exécutés depuis 1978 dont nul, jamais, ne demandera la révision du procès ? Aujourd'hui, certains leaders politiques déclarent qu'ils sont favorables à la peine de mort, à la condition, ajoutent-ils, qu'elle ne frappe jamais des innocents. Autant prétendre résoudre la quadrature du cercle ! Sans doute, les progrès de l'expertise scientifique, le recours au test d'ADN, permettront plus souvent d'innocenter un accusé, voire de sauver un condamné. Mais tous les crimes ne laissent pas d'indices permettant la pratique du test de l'ADN. On pourra modifier les procédures, multiplier les recours, l'erreur judiciaire n'en demeurera pas moins inhérente à la justice des hommes, parce que celle-ci est, par essence, faillible. Or, l'exécution de l'innocent est le crime absolu. Parce qu'elle est commise au nom de la justice, et qu'elle est l'injustice suprême.

À ce moment où nous sommes ici rassemblés, venus de tant d'horizons différents, mais unis par une conviction commune, nous devons prendre un engagement solennel : celui de lutter ensemble, à travers les frontières et les continents, pour parvenir à l'abolition universelle de la peine de mort. Le droit au respect de la vie est le premier des droits de tout être humain. C'est ce droit, absolu et intangible qui fonde à la fois le châtiment de l'assassin et l'abolition de la peine de mort. Il n'est aucun d'entre nous qui ne ressente avec émotion le malheur et les souffrances des victimes et de leur famille. J'ai eu trop souvent l'occasion, dans ma vie, d'en mesurer, d'en ressentir, l'intensité. Mais nous savons que le châtiment du coupable ne se confond pas avec sa mise à mort et que la justice ne saurait se confondre avec la vengeance.

Comme tous les droits de l'homme, le droit au respect de sa vie est universel et indivisible. Notre combat commun contre la peine de mort ne cessera que le jour où le dernier État qui la pratique encore l'aura enfin abolie. Alors, et seulement alors, nous aurons rempli notre devoir. Alors, et seulement alors, nous aurons fait triompher la juste cause que nous soutenons. Il ne peut y avoir de justice qui tue. Voilà le commandement absolu. Il ne peut y avoir de justice qui tue sans se renier elle-même. C'est pourquoi la cause de l'abolition ne cessera de progresser jusqu'à sa totale victoire ; parce qu'elle est celle de l'humanité et de la justice.

Palais des Congrès,
Strasbourg,
21 juin 2001

Pour le vingtième anniversaire
de l'abolition de la peine de mort en France

Ce discours commémoratif de l'abolition en France a été prononcé quelques semaines après les attentats du 11 septembre 2001 aux États-Unis, qui étaient présents dans tous les esprits.

Nous sommes réunis, ce soir, ici, pour commémorer le vingtième anniversaire de l'abolition de la peine de mort en France. Je suis sensible à la présence, parmi nous, de tant de jeunes femmes et de jeunes gens qui n'ont pas connu le temps où la guillotine œuvrait encore dans nos prisons, pour notre honte commune. Le fait que ces jeunes soient là prouve que l'abolition, après vingt ans, n'a rien perdu de sa portée morale. Surtout, cette présence témoigne de ce que le combat n'est pas fini pour nous et qu'il ne s'achèvera que lorsque nous aurons atteint notre but ultime : l'abolition universelle de la peine de mort.

À cet instant, je n'entends pas revenir sur le passé, jouer les anciens combattants et rappeler les péripéties d'une lutte qui fut souvent difficile et se déroula, presque constamment, dans un climat d'incompréhension, voire d'hostilité, à l'égard des abolitionnistes. J'ai tou-

jours été surpris que la France, patrie des droits de
l'homme, premier État du continent européen à interdire
le recours à la torture en justice, ait été le dernier État
en Europe occidentale à abolir la peine de mort, comme
si elle ne pouvait se déprendre de la guillotine. Maintenant qu'une nouvelle génération est arrivée à maturité,
que l'abolition est enracinée en France, non seulement
dans les lois mais dans les esprits et les cœurs, qu'elle
est, en un mot, irréversible, le moment est propice pour
prendre la mesure des progrès accomplis et du chemin
qui reste à parcourir. Et aussi, pour rappeler ce qui ne
doit jamais être perdu de vue, le sens de notre lutte.

Ce que les abolitionnistes combattent depuis deux
siècles, c'est d'abord, comme la torture, un châtiment
cruel, inhumain, dégradant. Mais, en même temps,
nous défendons à travers l'abolition le respect du premier des droits de l'homme : le droit au respect de sa
vie qui s'impose à l'État lui-même. Et c'est parce qu'il
est le premier des droits de l'homme qu'il doit être
consacré et respecté sur toute la surface de la terre.

Ce que nous défendons aussi, c'est une certaine idée
de l'homme qui fonde l'humanité. Pour nous, un être
humain, même criminel, ne se réduit pas à un acte,
même atroce. Pour nous, il n'est point d'être humain,
si coupable soit-il, qui ne puisse s'amender, devenir
autre et, à travers la peine et au-delà d'elle, retrouver
la communauté des hommes. Nous, les abolitionnistes,
refusons que la justice, qui est humaine et donc faillible, détienne le pouvoir de décider de la vie et de la
mort d'un accusé. Nous refusons que ce pouvoir sur-
humain puisse s'exercer au gré inévitable des passions,
charrier, dans sa pratique, tous les poisons des sociétés

humaines : les préjugés, l'inégalité sociale et culturelle, le racisme. Nous refusons le sacrifice d'innocents condamnés par erreur, par haine ou raison raciste inavouée. Parmi les milliers de Noirs et de Latinos qui peuplent aujourd'hui les quartiers de la mort aux États-Unis, dans les prisons du Texas, de la Floride ou de la Virginie, combien ont été condamnés à mort au terme de procédures irrégulières, de verdicts précipités ? Nous sommes confrontés là à ce qui constitue l'injustice à l'état pur, l'erreur judiciaire que la peine de mort transforme en assassinat judiciaire.

Et ne croyez pas que notre justice française ait été, aux temps anciens de la guillotine, à l'abri de ces crimes judiciaires : personne, aujourd'hui, ne peut soutenir avec certitude que Ranucci était coupable. Je suis, pour ma part, convaincu de son innocence. Mais, à vingt-deux ans, ce garçon, qui n'avait jamais, jusqu'alors, eu affaire à la justice, a été condamné à mort, en 1977, par la cour d'assises, et exécuté par la volonté du président de la République. C'était cela, la justice de mort du temps où la guillotine coupait un homme vivant en deux, à l'aube, sous le dais noir. C'était cela qu'on appelait la justice, ces rituels de sang et de mort qui se déroulaient furtivement dans la nuit des prisons françaises. Sachez que, après avoir étudié tous les dossiers d'exécution de condamnés de droit commun au long du XXe siècle, nous avons constaté que, pour des crimes identiques, la proportion de Nord-Africains ou de Noirs exécutés était très supérieure à leur nombre dans la population française : était-ce parce que leurs crimes étaient plus atroces, ou parce qu'ils étaient nord-africains ou noirs ? Nul ne peut répondre avec certitude. Mais poser la question suffit à abolir la peine de mort comme l'ont fait les Africains du Sud dès la fin de l'apartheid.

Sans doute, les progrès réalisés par l'abolition depuis 1981 sont considérables. La France était le trente-sixième État à abolir la peine de mort dans le monde, le dernier, hélas, en Europe occidentale. Vingt ans plus tard, la peine de mort a disparu de la quasi-totalité des États européens. La Turquie[1] et la Russie, si elles n'ont pas encore aboli, ont décrété un moratoire sur les exécutions depuis des années. Seule la Biélo-russie recourt à la peine capitale. Quelle victoire que de voir aujourd'hui notre continent, si souillé de crimes et de barbarie au cours des siècles, libéré de la peine de mort ! La Convention européenne des droits de l'homme, dans son 6e protocole, interdit aux quarante et un États européens qui l'ont signée de recourir à la peine de mort. Et la Charte européenne des droits fondamentaux, adoptée en 2000, fondement moral de l'Union européenne, proclame dans son article 2 : « Nul ne peut être condamné à mort ni exécuté. »

Le mouvement n'est pas limité à l'Europe. Aujourd'hui, sur les 189 États que compte l'Organisation des Nations unies, plus de 100 sont abolitionnistes. L'abolition est majoritaire dans le monde. Des conventions internationales interdisent le recours à la peine de mort. De façon éclatante, le traité de Rome de 1998, voté par 120 nations, qui a créé la Cour pénale internationale pour juger les pires criminels, les responsables des génocides, des crimes contre l'humanité et des attentats terroristes les plus révoltants, refuse le recours à la peine de mort. Ce jour-là, à Rome, une grande partie de la

---

1. La Turquie a aboli la peine de mort en 2002.

communauté internationale a marqué que tous ceux qui croient en la justice et en l'humanité rejettent définitivement la peine de mort, « ce signe spécial et éternel de la barbarie », comme l'écrivait Victor Hugo.

Elle n'a pas pour autant disparu. On exécute encore en Chine, dans les stades, dans les États islamistes, selon des pratiques qui s'inscrivent dans le plus cruel passé, et dans de grandes démocraties, comme aux États-Unis et au Japon. Ce constat-là, loin de nous décourager, ne peut que susciter en nous plus de révolte et plus de résolution. Comment accepter que l'on recoure encore à la peine de mort en invoquant un prétendu effet dissuasif, alors que nous savons, par tant de recherches conduites dans les États abolitionnistes, que jamais, nulle part, la peine de mort n'a constitué un frein ou une réponse à la criminalité sanglante ? Comment, en particulier, tabler sur le recours à la peine de mort pour dissuader les terroristes d'agir, alors que la mort qu'ils donnent ou qu'ils reçoivent exerce sur eux une fascination monstrueuse ? Nous l'avons tous vu, le terroriste kamikaze s'inflige à lui-même la mort au moment où il commet son atroce attentat. La lutte contre le terrorisme, comme contre toutes les formes du crime organisé, doit être conduite avec toute la fermeté nécessaire. Mais ce n'est pas dans la peine de mort qu'on trouvera la réponse. En recourant à elle, la démocratie renonce à cette valeur suprême qu'est le respect absolu de la vie de la personne humaine, cette valeur que le terroriste refuse en condamnant à mort et en exécutant de sang-froid tant de victimes innocentes. À l'égard de ces victimes, de toutes les victimes du crime, le devoir de solidarité totale et de fraternité agissante est un impératif absolu pour les abolitionnistes. Nous l'avons toujours proclamé et assuré. Mais jamais, pour nous, la justice ne se confondra avec la vengeance. Jamais nous n'accepterons que la loi du talion soit celle de nos codes et de nos consciences.

En vérité, la grande cause de l'abolition est celle de la justice. Et de la vie.

Ce qui nous réunit ici, à l'occasion d'un simple anniversaire, c'est un combat qui ne cessera qu'avec la dernière exécution en ce monde. Notre lutte nous place aux côtés de tous ceux, en ce monde, que la barbarie de la peine de mort menace ou sacrifie encore. Oui, nous sommes aux côtés de tous les suppliciés de la terre. Oui, nous sommes aux côtés des femmes lapidées en Afghanistan, des hommes fusillés dans les stades en Chine, des décapités pour haute trahison en Irak, des enterrés vifs pour adultère en Iran, des homosexuels pendus en Arabie Saoudite, des mineurs pénaux et des débiles mentaux empoisonnés, gazés, électrocutés aux États-Unis, de tous les condamnés qui attendent dans les quartiers de haute sécurité leur exécution pendant des années, comme au Japon et aux États-Unis, avant qu'on s'aperçoive, parfois, pour certains d'entre eux, au dernier moment, de leur innocence. Pour nous, il ne peut y avoir de justice qui tue. Pour nous, le combat contre la peine de mort ne s'achèvera que lorsqu'elle aura disparu de la terre entière. Sans doute, je ne verrai pas cette aurore-là. Mais qu'importe, je sais que vous continuerez le bon combat jusqu'à son terme, jusqu'à, selon le mot de Victor Hugo, « l'abolition pure, simple et définitive », et j'ajouterai UNIVERSELLE.

Esplanade du château de Vincennes,
5 octobre 2001

De la peine de mort

En 2002, je rédigeai pour le Dictionnaire de
la Justice *cet article sur les progrès de l'abolition de la peine de mort dans le monde.*

En France

Le lecteur comprendra que, plutôt que de traiter d'un
supplice légal, j'ai choisi de traiter de son abolition
progressive. « La peine de mort est le signe spécial et
éternel de la barbarie humaine[1] », s'écrie Victor Hugo
en 1848, le premier combattant de la cause de l'abolition au XIXᵉ siècle. Les déclarations et pactes internationaux dénonçant la peine de mort comme un
châtiment inutile, cruel et inhumain expriment le même
refus. La justice d'un État démocratique ne saurait
recourir à la peine capitale. Car le droit au respect de
sa vie est, pour tout être humain, le premier de ses
droits. Cette relation spéciale entre affirmation des
droits de l'homme et abolition de la peine de mort
court comme un fil d'or à travers son histoire.

---

1. Victor Hugo, discours à l'Assemblée constituante, 15 septembre 1848, in *Écrits de Victor Hugo sur la peine de mort*, présentés par Raymond Jean, Arles, Actes Sud, 1979, p. 75.

La doctrine de l'abolition prend corps avec les progrès des Lumières. À Beccaria revient la gloire d'avoir, le premier, fait la critique en raison de la peine de mort, dans le chapitre XXVIII de son œuvre *Des délits et des peines*, de 1764. Lui-même se présentait comme le disciple des grands encyclopédistes : « D'Alembert, Diderot, Helvétius, Buffon, Hume, noms illustres qu'on ne peut prononcer sans être ému. Vos ouvrages immortels sont ma lecture continuelle[1]. » Voltaire venait de publier son *Traité sur la tolérance* à l'occasion de l'affaire Calas, ce négociant protestant innocent condamné à tort par le parlement de Toulouse et roué vif. Beccaria admirait aussi Rousseau. Le jeune Milanais rejetait, cependant, l'analyse du « citoyen de Genève » qui fondait sur la théorie du *Contrat social* le droit de mettre à mort le criminel qui l'a violé[2]. Car, pour Beccaria, « qui aurait eu l'idée de concéder à d'autres le pouvoir de le tuer[3] ? ». Et Beccaria pose le problème de l'abolition en termes d'utilité sociale : « Si je prouve, écrit-il, que cette peine n'est ni utile ni nécessaire, j'aurai fait triompher la cause de l'humanité. » S'agissant de l'utilité, Beccaria invoque « l'expérience de tous les siècles où le dernier supplice n'a jamais empêché les hommes résolus de nuire[4] ». Quant à la nécessité, Beccaria énonce : « Les travaux forcés à perpétuité, substitués à la peine de mort, ont toute la sévé-

---

1. Lettre de Beccaria à l'abbé Morellet, *Des délits et des peines*, préface de Casamayor, Paris, Flammarion, 1979, p. 186.
2. Cf. J.-J. Rousseau, *Du contrat social*, Paris, Éditions sociales, 1963, p. 90.
3. *Des délits et des peines*, préface de Robert Badinter, Paris, Flammarion, 1991.
4. *Ibid.*, p. 127.

rité voulue pour détourner du crime l'esprit le plus déterminé[1] », et il évoque « le tourment d'un homme privé de sa liberté, transformé en bête de somme[2] ». Inutile à la dissuasion comme à la punition du criminel, à quoi bon conserver la peine de mort qu'une justice archaïque peut appliquer à un innocent comme Calas ? Lorsque paraît à Paris l'œuvre de Beccaria, Voltaire est plongé dans l'affaire du chevalier de La Barre, condamné à mort à dix-neuf ans pour blasphème, et exécuté le 1er juillet 1766. Transporté d'admiration pour l'œuvre de Beccaria, Voltaire publie, en septembre 1766, un *Commentaire sur l'ouvrage « Des délits et des peines »*. Désormais, les analyses et les propositions de Beccaria sur la justice pénale rallient les esprits éclairés en Europe. En 1786, en Toscane, le grand-duc Léopold promulguait un Code pénal abolissant la torture et la peine de mort. L'empereur d'Autriche Joseph II suivait son exemple dans le Code pénal de 1787. En France même, écrivait Roederer en 1798, « dix ans avant la Révolution, les magistrats des cours – et je puis l'attester puisque je l'étais moi-même – jugeaient plus selon les principes de cet ouvrage que selon les lois[3] ».

On comprend, dès lors, que, dès l'orée de la Révolution, à l'Assemblée constituante, la question de l'abolition de la peine de mort ait été posée. Au sein du Comité de législation criminelle chargé d'élaborer la réforme de la législation pénale, l'influence de

---

1. *Des délits et des peines, op. cit.*, p. 129.
2. *Ibid.*, p. 132.
3. Cf. Franco Ventori, *Cesare Beccaria, « Dei deletti et delle pene »*, Turin, Einaudi, 1965, p. 415.

Duport et de Le Peletier de Saint-Fargeau, tous deux anciens membres du parlement de Paris, tous deux ralliés aux idées de Beccaria, était importante. Dans le rapport sur le projet de Code pénal présenté par Le Pelletier, le 23 mai 1791, celui-ci proposait l'abolition en reprenant l'argumentation de Beccaria. Il ajoutait seulement le risque d'erreur judiciaire s'agissant d'une peine irréversible. À titre de peine de substitution, le Comité de législation proposait une peine de longue durée, de douze à vingt-quatre années, subies dans des conditions très rigoureuses [1]. Le Comité de législation admettait cependant une exception à l'abolition, dictée par les circonstances politiques du moment. Encourerait la peine de mort « le chef de parti déclaré rebelle par un décret du corps législatif [2] ». Cette exception avait été prévue par Beccaria. La peine de mort abolie en droit commun survivrait ainsi dans un cas extraordinaire en matière politique.

Tout au long du débat qui s'étendit sur trois séances, du 30 mai au 1er juin 1791, les partisans de l'abolition : Robespierre, Pétion et, surtout, Le Peletier de Saint-Fargeau et Duport, au nom du Comité de législation, invoquèrent sans cesse Beccaria et reprirent ses arguments [3]. En vain, la peine de mort fut maintenue, même si son champ d'application fut limité et qu'elle se résumât à la « simple privation de la vie [4] ».

Il fallut attendre 1795 pour que la Convention, au moment de se séparer, en réaction sans doute aux excès

---

1. Archives parlementaires, t. XXVI, p. 328.
2. *Ibid.*
3. *Ibid.*, p. 641 *sq.*
4. Code pénal de 1791, article 2.

de la Terreur, décide, le 4 brumaire, an IV (26 octobre 1795) : « À dater du jour de la publication de la paix générale, la peine de mort sera abolie dans la République française. » C'était voter l'abolition à terme, mais sans restriction ni exception. L'Histoire en décida autrement. Lorsque la paix tant attendue survint, pour bien peu de temps, sous le Consulat, la loi du 8 nivôse, an X (29 décembre 1801) énonça : « La peine de mort continuera d'être appliquée dans les cas déterminés par les lois. » Le législateur aurait pu s'en tenir là. Il ajouta cependant « jusqu'à ce qu'il en soit déterminé autrement ». Vœu ultime et discret des auteurs du texte qui avaient connu la Révolution et ses échafauds. Il faudra attendre près de deux siècles pour que le Parlement français, enfin, en décide « autrement ».

Par un cruel paradoxe, c'est en France que se sont élevés les plaidoyers les plus éloquents contre la peine de mort, et la France a été parmi les démocraties européennes son ultime bastion. Dès la Restauration, le mouvement abolitionniste connut un regain éclatant. Après le traité sur « la peine de mort en matière politique » (1822) de Guizot, dont l'auteur, parvenu au pouvoir sous la monarchie de Juillet, se garda de mettre en œuvre les principes qu'il prônait, nombre de juristes et de publicistes : Salaville, Rossi, Ortolan, Faustin Hélie et, surtout, Charles Lucas, réclamèrent la suppression de la peine capitale, aussi bien pour les crimes de droit commun que pour les crimes politiques. L'œuvre de Charles Lucas, jeune avocat parisien, *Du système pénal et... de la peine de mort en particulier* (1827), connut un éclatant succès. Les écrivains n'étaient pas en reste. Dès 1829, Victor Hugo publiait

Le Dernier Jour d'un condamné qui suscita dans le public une intense émotion. En 1832, lors d'une réédition de l'œuvre, Hugo lui adjoignit une préface où l'auteur « avoue que *Le Dernier Jour d'un condamné* n'est qu'un plaidoyer direct ou indirect pour l'abolition de la peine de mort. C'est la plaidoirie générale pour tous les accusés présents ou à venir ». Deux ans plus tard, Victor Hugo publiait *Claude Gueux*, récit romancé de l'histoire d'un ouvrier condamné injustement à une peine de réclusion criminelle, qui avait tué, à la centrale de Clairvaux, le directeur qui le persécutait. Condamné à mort, Claude Gueux fut exécuté à Troyes. Son procès donna à Hugo matière à un nouveau réquisitoire contre la peine de mort : « La tête de l'homme du peuple, voilà la question, [...] fécondez-la, éclairez-la, moralisez-la : vous n'aurez pas besoin de la couper. » Depuis lors, en toutes circonstances, Victor Hugo ne cessa jamais de lutter contre la peine de mort. Tout comme Lamartine, lui aussi combattant inlassable de l'abolition, qui s'écriait, à la tribune de la Chambre des députés : « L'échafaud n'est pas et ne peut pas être la dernière raison de la justice. » À l'initiative de Lamartine, l'abolition de la peine de mort en matière politique fut décrétée le 28 février 1848, deux jours après la proclamation de la Seconde République. Lors de la discussion de la Constitution de la Seconde République, un amendement fut déposé proposant que l'abolition fût étendue à tous les crimes. Victor Hugo, dans une intervention improvisée, s'écria : « Je vote l'abolition, pure, simple et définitive de la peine de mort... » Le poète ne fut pas suivi. Et l'amendement rejeté.

Il faudra attendre la Troisième République pour que la question de l'abolition soit à nouveau posée au Parlement. Nombreuses furent les propositions d'abolition déposées par les républicains, en 1872, 1876, 1878, 1886, 1898, 1900 et 1902. En 1906, la commission du Budget de la Chambre des députés supprima le crédit affecté à l'indemnisation du bourreau et aux frais d'exécution. Saisi de quatre propositions d'abolition, le gouvernement déposa un projet de loi qui supprimait la peine de mort, sauf pour les crimes édictés par les Codes de justice militaire en temps de guerre. Le temps de l'abolition paraissait venu. Mais un crime atroce suscita de vives réactions dans l'opinion publique. Un « référendum » organisé auprès de ses lecteurs par *Le Petit Parisien* recueillit un nombre considérable d'opinions en faveur de la peine de mort.

En novembre 1908 eut lieu enfin, à la Chambre des députés, le débat attendu. L'éloquence parlementaire connut là quelques-uns de ses plus beaux moments : le garde des Sceaux Briand, Deschanel, Clemenceau, Jaurès plaidèrent en faveur de l'abolition. Barrès intervint avec éclat pour le maintien de la peine de mort. Le débat s'acheva par un vote de la Chambre rejetant le projet d'abolition par 330 voix contre 201. Ce fut le dernier grand débat parlementaire avant 1981. Non que les propositions d'abolition fissent défaut. Elles se succédaient à chaque législature. Non que le courant abolitionniste ait perdu de son intensité. Albert Camus avait repris la croisade de Victor Hugo contre la peine de mort. Mais les épreuves des deux guerres mondiales, puis de la décolonisation, retenaient les responsables politiques d'inscrire la France dans le mouvement abolitionniste européen.

Après la révolution culturelle de 1968, l'abolition paraissait imminente. La terrible affaire de la centrale de Clairvaux, où furent pris en otages et égorgés une infirmière et un gardien de prison, entraîna la condamnation à mort et l'exécution de Buffet et Bontems, en novembre 1972. Les exécutions reprirent. En janvier 1977, cependant, le verdict de la cour d'assises de Troyes refusant de condamner à mort Patrick Henry, auteur de l'enlèvement et du meurtre d'un enfant, crime qui avait soulevé dans toute la France une passion inouïe, parut sonner le glas de la peine de mort. À deux reprises, cependant, la guillotine fonctionna encore, en 1977. Enfin, au cours de la campagne pour l'élection présidentielle de 1981, la question de l'abolition s'inscrivit au cœur du débat politique. François Mitterrand fit connaître publiquement son hostilité à la peine de mort. Après son élection et celle d'une majorité de gauche à l'Assemblée nationale, au programme de laquelle figurait l'abolition, celle-ci paraissait acquise. Le 17 septembre 1981, après un débat passionné, l'Assemblée votait l'abolition de la peine de mort en France, par 363 voix contre 117. Le Sénat, à majorité de droite, vota à son tour l'abolition par 160 voix contre 115, le 30 septembre 1981. Une dernière étape devait consolider l'abolition en France. Le Conseil de l'Europe adopta, en 1983, le 6e protocole à la Convention de sauvegarde des droits de l'homme et des libertés fondamentales interdisant le recours à la peine de mort en temps de paix. La France a signé ce protocole le 28 avril 1983 et l'a ratifié le 17 février 1986. Sauf au président de la République française à dénoncer ce traité et, pour la France, à quitter symboliquement l'Europe des droits de l'homme – ce qui paraît inconcevable –, le vœu de Victor Hugo, « l'abolition pure, simple et définitive », est accompli.

Dans le monde

L'abolition de la peine de mort en France n'est pas dissociable du progrès de l'abolition dans le monde. En 1948, lors de l'adoption de la Déclaration universelle des droits de l'homme, on comptait 19 États abolitionnistes. En 1981, la France a été le trente-cinquième État à abolir la peine de mort. Au 1er janvier 2002, 74 États avaient aboli la peine de mort pour tous les crimes, 15 pour les crimes de droit commun, 22 sont abolitionnistes de fait. Ainsi, 111 pays ont rejeté la peine de mort, en droit ou en fait, 84 y recourent encore. L'abolition réunit, aujourd'hui, une majorité d'États dans le monde.

De surcroît, quatre traités internationaux interdisant le recours à la peine de mort aux États adhérents sont entrés en vigueur. L'un est de portée mondiale : le 2e protocole facultatif complétant le Pacte international des droits civils et politiques a été adopté par l'assemblée générale des Nations unies en 1989. Le protocole autorise les parties à réserver leur droit à recourir à la peine de mort en temps de guerre. À ce jour, 46 États l'ont ratifié, mais pas la France.

Trois traités régionaux sont également en vigueur. Pour le continent américain, le protocole à la Convention américaine des droits humains, adopté en 1990 par l'assemblée générale de l'Organisation des États américains, interdit le recours à la peine de mort en temps de paix ; 8 États d'Amérique centrale et du Sud l'ont ratifié. Sur le continent européen, le protocole n° 6 de la Convention européenne des droits de l'homme consacre l'abolition, en permettant toutefois aux États de faire des réserves pour le temps de guerre ou de menace imminente de guerre. Il a été ratifié par 39 États, et 3 autres (Russie, Arménie, Azerbaïdjan) l'ont signé. En fait, aujourd'hui, la peine de mort a disparu du continent européen. Le protocole n° 13 à la CEDH, qui supprime la possibilité de réserves à l'abolition en temps de guerre, a été adopté par le Conseil de l'Europe en mai 2002.

La marche vers l'abolition universelle n'est pas pour autant achevée. De vastes zones d'ombre demeurent. En 2001, 3 048 prisonniers, au moins, ont été exécutés [1] ; 90 % des exécutions ont eu lieu en Chine, Iran, Arabie Saoudite et aux États-Unis. Le cas des États-Unis est le plus brûlant qui soit. Vieille république, première puissance du monde, les États-Unis présentent cette singularité d'être la seule grande démocratie à recourir à la peine de mort, même si 12 États y sont encore abolitionnistes. Aux États-Unis, on exécute même des condamnés qui étaient mineurs lors de la commission des crimes, et des débiles mentaux, en contradiction avec les traités internationaux. Au cours de l'année 2001, le nombre des exécutions s'est élevé à 66. Au total, 749 condamnés ont été exécutés depuis que le recours à la peine de mort a repris aux États-Unis, en 1977. Au 1er janvier 2002, 3 700 condamnés à mort étaient détenus

---

1. Selon les données recueillies par Amnesty International. Mais les vrais chiffres sont plus élevés.

dans les prisons américaines. Les États-Unis apparaissent aujourd'hui, compte tenu de leur régime et de leur influence dans le monde, comme le lieu privilégié de la lutte pour l'abolition universelle dans les années à venir.

Dictionnaire de la Justice (PUF),
article « Peine de mort »,
31 mai 2002

2002

Victor Hugo, l'abolitionniste

*Pour la commémoration du vingtième anni-
versaire de l'abolition, j'eus à cœur de rendre
hommage, à la Bibliothèque François-Mitter-
rand, à Victor Hugo, grand adversaire de la
peine de mort.*

Il est des combats qui éclairent toute une vie. Ainsi
celui de Victor Hugo contre la peine de mort. Depuis
le moment où sa conscience s'éveilla et jusqu'à son
dernier souffle, il l'a combattue sans relâche. Sa passion abolitionniste donne à ce parcours éclatant qui
traverse le siècle une unité de conviction qui ne se
trouve dans aucun autre domaine de sa vie publique.
Le XIXe siècle a vu Victor Hugo tour à tour légitimiste,
bonapartiste, orléaniste, républicain : abolitionniste,
toujours. Pensionné sous Charles X, pair de France
sous Louis-Philippe, député sous la Seconde République, proscrit sous l'Empire, élu à l'Assemblée nationale en 1871, sénateur sous la Troisième République,
sous tous les régimes et en toutes circonstances il a
combattu sans trêve et sans merci la peine de mort, par
l'écrit et par la parole. Pendant soixante ans, il fut, aux
yeux de la France et du monde, le chantre, le prophète
et le chevalier de l'abolition. Le plus grand écrivain
du siècle aura été le premier des abolitionnistes. Il a

donné à la lutte contre la peine capitale un souffle, des accents qui ont traversé le temps. La liberté a eu Mirabeau, le socialisme Jaurès, l'abolition Victor Hugo. Sa voix résonne encore en nous, vingt ans après que son vœu, sa prédiction, a triomphé. Notre gratitude est à la mesure de son œuvre : immense.

Une telle conviction, une telle passion ne naissent pas de la seule raison. C'est la confrontation avec la peine de mort, la vision du condamné, du bourreau, du supplice, l'horreur insoutenable de l'exécution, qui ont inscrit dans le cœur et l'âme de Victor Hugo cette révolte devant l'inacceptable que rien, hormis l'abolition, ne pouvait apaiser. « Depuis trente-cinq ans, j'essaie de faire obstacle au meurtre sur la place publique[1] », écrit-il en 1862 au pasteur Bost, de Genève, qui demande son intervention pour que l'abolition soit inscrite dans le projet de Constitution suisse en cours de discussion. La mémoire du proscrit de Guernesey nous ramène à 1827, très exactement au 11 septembre 1827. La veille, un garçon de vingt ans, Ulbach, avait été guillotiné. Il avait poignardé une jeune fille de dix-huit ans par désespoir d'amour. Le lendemain de l'exécution, Victor Hugo commença d'écrire *Le Dernier Jour d'un condamné*. « L'auteur a pris l'idée du livre sur la place de Grève. C'est là qu'un jour, en passant, il a ramassé cette idée fatale, gisant dans une mare de sang, sous les rouges moignons de la guillotine[2]. »

---

1. Lettre à M. Bost, pasteur à Genève, 17 novembre 1862, *Actes et Paroles II*, in *Écrits de Victor Hugo sur la peine de mort*, présentés par Raymond Jean, Arles, Actes Sud, 1979, p. 173.

2. *Le Dernier Jour d'un condamné*, préface pour le roman de 1829, *ibid.*, p. 26.

Victor Hugo avait alors vingt-cinq ans. Mais c'est plus avant, dans l'enfance même et l'adolescence, que se situent les premières rencontres du poète avec la peine de mort. Au début de 1812, le général Hugo, alors gouverneur de Madrid, jugea prudent, face aux progrès de l'insurrection espagnole, de renvoyer, sous bonne escorte, à Paris, sa femme et ses deux plus jeunes fils, Eugène et Victor. À Burgos, ceux-ci virent, sur une place, une multitude qui entourait un échafaud sur lequel on allait garrotter un homme. « En débouchant de la place, ils se croisèrent avec une confrérie de pénitents gris et noirs, portant de longs bâtons gris et noirs eux aussi qui avaient, à leur extrémité supérieure, des lanternes allumées. Leur cagoule baissée avait deux trous à la place des yeux... Ces spectres avaient, au milieu d'eux, un homme lié sur un âne, le dos tourné vers la tête de l'animal. Cet homme avait l'air hébété de terreur. Des moines lui présentaient un crucifix qu'il baisait sans le voir[1]. »

De telles impressions sont ineffaçables dans l'âme d'un enfant. Les hasards de la vie les ravivèrent. Hugo, lui-même, a raconté comment, adolescent, il avait vu, sur la place du Palais de Justice, le bourreau marquer au fer rouge, sur l'épaule, une jeune fille condamnée pour vol domestique : « J'ai encore dans l'oreille, après plus de quarante ans, et j'aurai toujours dans l'âme, l'épouvantable cri de la suppliciée. Pour moi, c'était une voleuse, ce fut une martyre. Je sortis de là déterminé – j'avais seize ans – à combattre à jamais les

---

1. *Victor Hugo raconté par un témoin de sa vie*, chap. XXI, « Le retour », in *Œuvres complètes*, éd. Jean Massis, Paris, Club français du livre, t. V, p. 1371.

mauvaises actions de la loi[1]. » Ces mauvaises actions-
là, la barbarie judiciaire des châtiments inutiles et inhu-
mains, Victor Hugo les rencontrera tout au long de sa
vie. Le rivage des forçats à la chaîne décrit dans *Le
Dernier Jour d'un condamné*, repris trente ans plus
tard dans *Les Misérables*, la déportation des commu-
nards prisonniers politiques et, surtout, sous toutes ses
formes, la peine de mort : les insurgés des barricades
fusillés sur place, les condamnés garrottés, pendus,
guillotinés. Les échafauds peuplent l'œuvre de Hugo
comme ils hantaient ses nuits, lorsque l'annonce de
l'exécution était criée dans Paris la veille du supplice.

De ces nuits-là où Hugo vivait l'angoisse et la passion du condamné est né un chef-d'œuvre : *Le Dernier
Jour d'un condamné*. Avant lui, Beccaria, Condorcet,
Le Peletier de Saint-Fargeau, Robespierre, au temps
de la Constituante, Lucas, sous la Restauration, avaient
dénoncé l'inutilité de la peine capitale. Mais ils faisaient appel à la raison plus qu'à l'émotion. Victor
Hugo, lui, s'adresse au cœur. Le premier, sous la Restauration, il a placé au centre du débat le condamné
lui-même. Le supplice de l'attente qui précède le supplice de l'exécution, l'auteur le fait vivre à son lecteur.
L'écrivain l'emporte sur les philosophes et les juristes.
On ne renverse pas l'échafaud avec des arguments
mais avec des mots, des images et des émotions qu'ils
font naître. Hugo, parce qu'il était romancier et poète,
a placé le lecteur en situation de condamné à mort.
Lui-même s'en est expliqué : « Chaque fois que
l'auteur entendait passer, sous ses fenêtres, ces hurle-
ments enroués qui ameutent des spectateurs pour la

---

1. Lettre à M. Bost, pasteur à Genève, *op. cit.*, p. 171.

Grève, chaque fois la douloureuse idée lui revenait, s'emparait de lui, lui emplissait la tête de gendarmes, de bourreaux et de foule, lui expliquait, heure par heure, les dernières souffrances du misérable agonisant, en ce moment on le confesse, en ce moment on lui coupe les cheveux, en ce moment on lui lie les mains, le sommait, lui, le pauvre poète, de dire tout cela à la société qui fait ses affaires pendant que cette chose monstrueuse s'accomplit[1]. »

L'ouvrage avait été publié sans nom de l'auteur. Après le succès et le scandale, Hugo le fit paraître sous son nom précédé d'une préface qui était un véritable manifeste : « *Le Dernier Jour d'un condamné* n'est autre chose qu'un plaidoyer, direct ou indirect, pour l'abolition de la peine de mort. Ce que l'auteur a eu dessein de faire, c'est la plaidoirie générale et permanente pour tous les accusés présents et à venir[2]... » Cette plaidoirie-là, Hugo n'a jamais cessé de la faire entendre dans les consciences. C'est à elle que l'on doit, j'en suis convaincu, tant de verdicts épargnant, en leur temps, la peine capitale aux condamnés. Dans le jury, il suffisait parfois d'une voix pour sauver la tête d'un homme. Combien ont été sauvés parce que les jurés avaient lu *Le Dernier Jour d'un condamné* ?

Pareille cause, par sa nature, transcende les frontières. Ainsi, Hugo, toute sa vie, a soutenu les efforts des abolitionnistes, partout où ils le lui demandaient. En 1862, en exil, il écrit à Genève au pasteur Bost deux lettres où il appelle les auteurs de la nouvelle Constitution helvétique à proclamer l'abolition : « Une Constitution qui,

---

1. Préface du *Dernier Jour d'un condamné, op. cit.*, p. 27.
2. *Ibid.*, p. 25.

au XIXe siècle, contient une quantité quelconque de peine de mort n'est pas digne d'une République[1]. » Il adresse des messages aux abolitionnistes belges qui tiennent meetings à Liège, puis à Mons, en 1863 : « L'abolition de la peine de mort est désormais certaine dans les pays civilisés. Courage à vos nobles efforts, amis belges, je suis, du fond du cœur, avec vous[2]. »

Il soutient l'action du Comité italien pour l'abolition : « L'Italie a été la mère des grands hommes et elle est la mère des exemples. Elle va, je n'en doute pas, abroger la peine de mort[3]. » Que ses plaidoyers rencontrent un écho plus vif encore dans certains États qu'en France, sa correspondance l'atteste. Au ministre de Colombie il écrit, en 1863 : « Vous me remettez, au nom de votre libre République, un exemplaire de votre Constitution. Elle abolit la peine de mort, et vous voulez bien m'attribuer une part dans ce magnifique progrès. Je remercie, avec une émotion profonde, la République des États-Unis de Colombie[4]... » En 1867, Hugo salue le Portugal qui vient d'abolir la peine de mort : « Accomplir ce progrès, c'est faire le grand pas dans la civilisation. Dès aujourd'hui, le Portugal est à la tête de l'Europe[5]. » Il relève, dans *Choses vues*, chaque avancée de la grande cause : « 1868. En Suède, une commission législative *ad hoc*, a voté de proposer l'abolition de l'échafaud. Au Mexique, mort abolie. Mai 1868. En Saxe, en voie d'abolition[6]. »

1. *Écrits de Victor Hugo sur la peine de mort, op. cit.*, p. 186.
2. *Ibid.*, p. 192.
3. *Ibid.*, p. 196.
4. *Ibid.*, p. 195.
5. *Ibid.*, p. 208.
6. *Ibid.*, p. 209.

Mais, avant que l'abolition ne soit acquise, il y a des hommes que l'échafaud menace ou attend, ceux qui risquent la peine capitale et ceux contre lesquels elle a été prononcée. À toute demande d'intervenir en faveur d'un accusé ou d'un condamné jamais Hugo ne se dérobe. Il écrit, il sollicite, il pétitionne, il mobilise. Auprès du roi Louis-Philippe pour un régicide, de Lord Palmerston pour un condamné de Guernesey, du président mexicain Juárez pour l'empereur Maximilien, déchu et emprisonné, auprès du « peuple américain » pour John Brown qui suscita, en 1859, un soulèvement en Virginie pour libérer des esclaves noirs. Auprès du tsar, pour des révolutionnaires russes. Auprès de l'Angleterre pour les insurgés irlandais. Et pour tant de condamnés anonymes, qu'il veut soustraire à l'échafaud ou au peloton d'exécution. Que de temps, d'énergie arrachés à son œuvre, à la politique, à ses ambitions, à ses amours, à ses enfants, à ses amis !

Dénoncer la cruauté, l'inhumanité, de la peine de mort, plaider pour l'abolition en toutes circonstances et sous tous les cieux, tout cela qui satisferait une conviction commune ne pouvait épuiser la passion de Hugo. Pour lui, comme il l'a proclamé le 15 septembre 1848, lors du débat sur l'abolition en matière politique : « La peine de mort est le signe spécial et éternel de la barbarie [1]. » Pour la combattre, Hugo ira plus loin encore. Le penseur devient prophète, le poète mystique. Il écrit en 1862 : « Une exécution capitale, c'est la main de la société qui tient un homme au bout du gouffre, s'ouvre et le lâche. L'homme tombe. Le penseur, à qui certains phénomènes de l'inconnu sont per-

_____

1. *Écrits de Victor Hugo sur la peine de mort*, op. cit., p. 75.

ceptibles, sent tressaillir la prodigieuse obscurité. Ô, hommes, qu'avez-vous fait ? Qui donc connaît les frissons de l'ombre [1] ? » Pour Hugo le croyant, la peine de mort insulte Dieu. Pour Hugo le républicain, elle outrage l'humanité : « L'inviolabilité de la vie humaine est le droit des droits... L'échafaud est le plus insolent des outrages à la dignité humaine, à la civilisation, au progrès. Toutes les fois que l'échafaud est dressé, nous recevons un soufflet. Ce crime est commis en notre nom [2]. »

Tout est dit. Mais Hugo sait que cette lutte-là, cette vérité-là, il faut les rappeler sans cesse pour ébranler les préjugés, forger les convictions, sauver les hommes. Alors l'écrivain va user de toutes les formes de son art, le politique de toutes les tribunes, le publiciste de toutes les circonstances, pour dénoncer la peine de mort. L'échafaud devient, dans ses romans, le symbole de l'injustice et de la barbarie.

En 1854, en exil à Guernesey, Hugo lutte de toutes ses forces pour sauver de la potence John Charles Tapner, meurtrier et incendiaire. Il rédige pour lui une supplique aux habitants de Guernesey : « C'est un proscrit qui vient vous parler pour un condamné. L'homme qui est dans l'exil tend la main à l'homme qui est dans le sépulcre [3]... » Sa voix n'est pas entendue. L'homme est pendu. Alors, comme pour le venger, Hugo écrit à Lord Palmerston, secrétaire d'État à

---

1. Lettre au pasteur Bost, *op. cit.*, p. 182.
2. « À messieurs les membres du Comité central italien pour l'abolition de la peine de mort », *op. cit.*, p. 196.
3. « Aux habitants de Guernesey », *Actes et Paroles II*, *op. cit.*, p. 104.

l'Intérieur, détenteur du pouvoir de grâce. Lui, le proscrit, dont la tranquillité dans son asile dépend du bon
vouloir du ministre, il se montre vindicatif, presque
insultant à son égard. Il décrit la pendaison elle-même
avec une intensité inouïe. La corde qui liait les mains
du supplicié avait cédé. Celui-ci s'était débattu, avait
arraché sa cagoule. « Il a fallu en finir... Le bourreau
et le spectre ont lutté un moment. Le bourreau a vaincu.
Puis cet infortuné condamné lui-même s'est précipité
dans le trou où pendait Tapner, lui a étreint les deux
genoux et s'est suspendu à ses pieds. La corde s'est
balancée un moment, portant le patient et le bourreau,
le crime et la loi [1]... »

La guillotine, qui l'obsède depuis ce jour de son
adolescence où il a vu, en place de Grève, le bourreau
la dresser, en graisser les rainures, s'assurer du bon
fonctionnement du couperet. Elle incarne pour lui la
peine de mort. Elle est présente, comme un être monstrueux, dans son œuvre. « L'échafaud, quand il est là,
dressé, a quelque chose qui hallucine [2]. » Rien de plus
saisissant, en effet, que la description de la guillotine
dans *Quatrevingt-Treize*. « Cela avait été mis là dans
la nuit. C'était dressé, plutôt que bâti. De loin, sur
l'horizon, c'était une silhouette faite de lignes droites
et dures ayant l'aspect d'une lettre hébraïque ou d'un
de ces hiéroglyphes d'Égypte qui faisait partie de
l'alphabet de l'antique cirque... C'était peint en rouge.
Tout était en bois, excepté le triangle qui était en fer.
On sentait que cela avait été construit par des hommes,

---

1. « Lettre à Lord Palmerston, secrétaire de l'État à l'Intérieur,
en Angleterre », *ibid.*, p. 121.
2. *Les Misérables*, I, I, IV.

tant c'était laid, mesquin et petit ; et cela aurait mérité d'être apporté là par des génies, tant c'était formidable[1]. » Quiconque a vu la guillotine dressée, prête à fonctionner, a ressenti cette impression terrible, jusque dans ses os. Après l'exécution, le poète demeure ainsi face à la guillotine et s'interroge :

> *C'était fini. Splendide, étincelant, superbe,*
> *Luisant sur la cité comme la faux sur l'herbe...*
> *Le fatal couperet relevé, triomphait.*
> *Il n'avait rien gardé de ce qu'il avait fait,*
> *Qu'une petite tache imperceptible et rouge...*
> *Est-ce au ciel que ce fer a fait une blessure ?*
> *Pensais-je. Sur qui donc frappe l'homme hagard ?*
> *Quel est donc ton mystère, ô glaive ? Et mon*
>   *[regard*
> *Errait, ne voyait plus rien qu'à travers un voile,*
> *De la goutte de sang à la goutte d'étoiles[2].*

La poésie est mise ici au service de l'abolition. Cette grande cause va donner à Hugo, orateur souvent médiocre, aux discours très écrits, plus littéraires qu'éloquents, des accents puissants. Plus que son intervention à la Chambre des pairs, dans le procès de Lecomte, auteur d'un attentat contre Louis-Philippe, où Victor Hugo vote contre la peine capitale, c'est le discours, au cours du débat contre la peine de mort en matière politique, le 15 septembre 1848, à l'Assemblée constituante, qui demeure comme l'un des plus beaux

---

1. *Quatrevingt-Treize*, III, VII : « Cependant le soleil se lève ».
2. *La Légende des siècles*, dernière série, 1883, « Les grandes lois », « L'échafaud », in *Écrits de Victor Hugo…*, *op. cit.*, p. 158.

prononcés dans une Assemblée pour l'abolition : « Je suis monté à la tribune pour vous dire un seul mot, un mot décisif, selon moi, ce mot, le voici. Après février, le peuple eut une grande pensée : le lendemain du jour où il avait brûlé le trône, il voulut brûler l'échafaud... On l'empêcha d'exécuter cette idée sublime. Eh bien, dans le premier article de la Constitution que vous votez, vous venez de consacrer la première pensée du peuple, vous avez renversé le trône. Maintenant, consacrez l'autre, renversez l'échafaud. *Je vote l'abolition pure, simple et définitive de la peine de mort*[1]. » Tout est dit par cette phrase qui m'a toujours habité.

Dans l'enceinte judiciaire aussi, où s'est jouée, pendant des siècles, la vie de l'accusé, Victor Hugo a saisi l'occasion de plaider contre la peine de mort. En 1851, son fils Charles fut poursuivi pour avoir écrit dans le journal *L'Événement*, fondé par Victor Hugo lui-même, un article décrivant les circonstances horribles de l'exécution, à Poitiers, d'un braconnier. Accusé d'avoir aussi manqué au « respect dû à la loi », Charles Hugo comparut devant la cour d'assises, compétente à l'époque pour connaître des infractions de presse. Comme la loi le permettait, le fils avait choisi son père comme défenseur aux côtés d'Adolphe Crémieux, grand avocat républicain et ancien ministre de la Justice du gouvernement provisoire en 1848. La salle des assises, qui avait vu tant de condamnés à mort, était plus que remplie. Un public immense attendait l'intervention du grand écrivain. Il ne fut pas déçu. Hugo dénonça « ces pénalités qui trempent leur doigt dans

---

1. *Écrits de Victor Hugo sur la peine de mort*, *op. cit.*, p. 76. Souligné par l'auteur.

le sang humain pour écrire ce commandement : "Tu ne tueras pas !" ; ces pénalités impies qui font douter de l'humanité quand elles frappent le coupable, et qui font douter de Dieu quand elles frappent l'innocent [1] ». Et, s'accusant d'avoir inspiré son « crime » à son fils, Victor Hugo s'exclama : « Oui, ce reste des pénalités sauvages, cette loi du sang pour le sang, je l'ai combattue toute ma vie. Toute ma vie, messieurs les jurés, et tant qu'il me restera un souffle dans la poitrine, je la combattrai de tous mes efforts comme écrivain, de tous mes actes et de tous mes votes comme législateur, je le déclare *(V. H. étend le bras et montre le Christ qui est au fond de la salle, au-dessus du tribunal)* devant cette victime de la peine de mort qui est là, qui nous regarde et qui nous entend ! Je le jure devant ce gibet où, il y a deux mille ans, pour l'éternel enseignement des générations, la loi humaine a cloué la loi divine ! *(Profonde et inexprimable émotion [2].)* » Quel pathos ! Mais quel génie ! Charles n'en fut pas moins condamné à six mois de prison par le jury. La guillotine aussi avait ses défenseurs.

Le plus admirable, c'est que ce serment-là, Hugo le tint sans faiblir, jusqu'à son dernier souffle. Presque octogénaire, portant le poids des souffrances et des malheurs dont il avait eu sa cruelle part, vieux combattant de la justice et de la Liberté, incarnation vivante de la République enfin triomphante, il rédige encore au Sénat une ultime proposition : « La peine de mort est abolie. Posons ce principe, la loi suivra. Faite

---

1. « Le procès de *L'Événement* », *Écrits de Victor Hugo...*, *op. cit.*, p. 96.
2. *Ibid.*, p. 97.

d'après ce principe, elle sera bonne ; elle entrera, comme un soulagement divin, dans les codes délivrés. » Et le texte s'achève sur cette espérance : « Heureux si l'on peut un jour dire de lui : en s'en allant, il emporte la peine de mort [1]. » Il n'a pas eu le bonheur d'une telle épitaphe. Mais l'admiration et la gratitude de tous ceux qui luttent contre la peine de mort lui sont à jamais acquises. Merci, Victor Hugo !

Bibliothèque nationale,
12 septembre 2001

---

1. « Au Sénat (*Choses vues*) », in *Écrits de Victor Hugo...*, *op. cit.*, p. 241.

ANNEXES

ANNEXE 1

Amnesty International

**Pays abolitionnistes
et non abolitionnistes**

Plus de la moitié des pays du monde ont aboli la peine de mort en droit ou en pratique. La répartition entre pays abolitionnistes et non abolitionnistes est la suivante :

Dernières informations

> **Philippines** a aboli la peine de mort pour tous les crimes en juin 2006.

Pays abolitionnistes de droit pour tous les crimes : 87
Pays abolitionnistes de droit pour les crimes de droit commun : 11
Pays abolitionnistes en pratique : 27

Total des pays abolitionnistes de droit ou en pratique : 125
Total des pays non abolitionnistes : 71

Les pays ont été répartis ci-dessous en quatre catégories : **abolitionnistes de droit pour tous les crimes** ; **abolitionnistes de droit pour les crimes de droit commun** ; **abolitionnistes en pratique** et **non abolitionnistes**.

Après ces listes de pays figure une **chronologie de l'abolition de la peine de mort depuis 1976.** Elle montre qu'en moyenne, au cours de la dernière décennie, plus de trois pays par an ont soit aboli la peine capitale en droit, soit supprimé ce châtiment pour tous les crimes après l'avoir fait pour les crimes de droit commun.

1. Pays et territoires abolitionnistes de droit pour tous les crimes
Pays et territoires dont la législation ne prévoit la peine de mort pour aucun crime

(Voir cette information sous forme de tableau)
Afrique du Sud, Allemagne, Andorre, Angola, Arménie, Australie, Autriche, Azerbaïdjan, Belgique, Bhoutan, Bosnie-Herzégovine, Bulgarie, Cambodge, Canada, Cap-Vert, Chypre, Colombie, Costa Rica, Côte d'Ivoire, Croatie, Danemark, Djibouti, Équateur, Espagne, Estonie, Finlande, France, Géorgie, Grèce, Guinée-Bissau, Haïti, Honduras, Hongrie, Îles Marshall, Îles Salomon, Irlande, Islande, Italie, Kiribati, Liberia, Liechtenstein, Lituanie, Luxembourg, Macédoine (ex-République yougoslave de –), Malte, Maurice, Mexique, Micronésie (États fédérés de –), Moldavie, Monaco, Mozambique, Namibie, Népal, Nicaragua, Nioué, Norvège, Nouvelle-Zélande, Palau, Panamá, Paraguay, Pays-Bas, Philippines, Pologne, Portugal, République dominicaine, République tchèque, Roumanie, Royaume-Uni, Saint-Marin, Saint-Siège, Samoa, São Tomé et Príncipe, Sénégal, Serbie-et-Monténégro, Seychelles, Slovaquie, Slovénie, Suède, Suisse, Timor-Leste, Turkménistan, Turquie, Tuvalu, Ukraine, Uruguay, Vanuatu, Venezuela

2. Pays abolitionnistes de droit pour les crimes de droit commun
Pays dont la législation prévoit la peine de mort uniquement pour des crimes exceptionnels, tels que ceux prévus par le Code de justice militaire ou ceux commis dans des circonstances exceptionnelles
(Voir cette information sous forme de tableau)
Albanie, Argentine, Bolivie, Brésil, Chili, Fidji, Îles Cook, Israël, Lettonie, Pérou, Salvador

3. Pays abolitionnistes en pratique
Pays dont la législation prévoit la peine de mort pour des crimes de droit commun tels que le meurtre, mais qui peuvent être considérés comme abolitionnistes en pratique parce qu'ils n'ont procédé à aucune exécution depuis dix ans et semblent avoir pour politique ou pour pratique établie de s'abstenir de toute exécution judiciaire, ou parce qu'ils se sont engagés au niveau international à ne procéder à aucune exécution
(Voir cette information sous forme de tableau)
Algérie, Bahreïn, Bénin, Brunei Darussalam, Burkina Faso, Congo (République du –), Gambie, Grenade, Kenya, Madagascar, Malawi, Maldives, Mali, Maroc, Mauritanie, Myanmar, Nauru, Niger, Papouasie-Nouvelle-Guinée, République Centrafricaine, Russie, Sri Lanka, Suriname, Swaziland, Togo, Tonga, Tunisie

4. Pays et territoires non abolitionnistes
Pays dont la législation prévoit la peine de mort pour des crimes de droit commun
Afghanistan, Antigua-et-Barbuda, Arabie saoudite, Autorité palestinienne, Bahamas, Bangladesh, Barbade, Belize, Biélorussie (Bélarus), Botswana, Burundi, Cameroun, Chine, Comores, Corée du Nord, Corée du Sud, Cuba, Dominique, Égypte, Émirats arabes unis, Érythrée, États-Unis, Éthiopie,

Gabon, Ghana, Guatémala, Guinée, Guinée équatoriale, Guyana, Inde, Indonésie, Irak, Iran, Jamaïque, Japon, Jordanie, Kazakhstan, Kirghizistan, Koweït, Laos, Lesotho, Liban, Libye, Malaisie, Mongolie, Nigéria, Oman, Ouganda, Ouzbékistan, Pakistan, Qatar, République démocratique du Congo, Rwanda, Sainte-Lucie, Saint-Kitts-et-Nevis, Saint-Vincent-et-les-Grenadines, Sierra Leone, Singapour, Somalie, Soudan, Syrie, Tadjikistan, Taïwan, Tanzanie, Tchad, Thaïlande, Trinité-et-Tobago, Viêt Nam, Yémen, Zambie, Zimbabwe

ANNEXE 2

Amnesty International

Ratification des traités internationaux

La communauté internationale a adopté quatre traités prévoyant l'abolition de la peine de mort ; l'un a une portée mondiale, les trois autres sont régionaux.

Dernières informations

Luxembourg a ratifié le Protocole n° 13 à la Convention européenne des droits de l'homme (CEDH) le 21 mars 2006.

Les paragraphes ci-dessous décrivent brièvement ces quatre traités et donnent la liste des États parties ainsi que des pays ayant signé, mais non ratifié ces traités.

Un État devient partie à un traité soit par adhésion soit par ratification. En le signant, un État indique qu'il a l'intention de devenir partie à ce traité ultérieurement. Les États sont tenus par le droit international de respecter les dispositions des traités auxquels ils sont parties et de ne rien faire qui aille à l'encontre de l'objet et du but des traités qu'ils ont signés.

Deuxième Protocole facultatif se rapportant au Pacte international relatif aux droits civils et politiques, visant à abolir la peine de mort

Adopté par l'Assemblée générale des Nations unies en 1989, il a une portée universelle. Il prévoit l'abolition totale de la peine capitale, mais autorise les États parties à appliquer ce châtiment en temps de guerre s'ils ont formulé une réserve en ce sens lors de la ratification ou de l'adhésion. Tout État partie au Pacte international relatif aux droits civils et politiques peut devenir partie au Protocole.

États parties : Afrique du Sud, Allemagne, Australie, Autriche, Azerbaïdjan, Belgique, Bosnie-Herzégovine, Bulgarie, Canada, Cap-Vert, Chypre, Colombie, Costa Rica, Croatie, Danemark, Djibouti, Équateur, Espagne, Estonie, Finlande, Géorgie, Grèce, Hongrie, Irlande, Islande, Italie, Liberia, Liechtenstein, Lituanie, Luxembourg, Macédoine, Malte, Monaco, Mozambique, Namibie, Népal, Norvège, Nouvelle-Zélande, Panamá, Paraguay, Pays-Bas, Portugal, République tchèque, Roumanie, Royaume-Uni, Saint-Marin, Serbie-et-Monténégro, Seychelles, Slovaquie, Slovénie, Suède, Suisse, Timor-Leste, Turkménistan, Turquie, Uruguay, Venezuela (total : 57).

États qui ont signé mais pas ratifié : Andorre, Chili, Guinée-Bissau, Honduras, Nicaragua, Pologne, São Tomé et Príncipe (total : 7).

Protocole à la Convention américaine relative aux droits de l'homme, traitant de l'abolition de la peine de mort

Adopté par l'Assemblée générale de l'Organisation des États américains (OEA) en 1990, il prévoit l'abolition totale de la peine de mort, mais autorise les États parties à maintenir ce châtiment en temps de guerre s'ils ont formulé une réserve en ce sens au moment de la ratification ou de l'adhésion. Tout État partie à la Convention américaine relative aux droits de l'homme peut devenir partie au Protocole.

États parties : Brésil, Costa Rica, Équateur, Nicaragua, Panamá, Paraguay, Uruguay, Venezuela (total : 8).

États qui ont signé mais pas ratifié : Chili (total : 1).

Protocole n° 6 à la Convention de sauvegarde des droits de l'homme et des libertés fondamentales concernant l'abolition de la peine de mort

Adopté par le Conseil de l'Europe en 1982, il prévoit l'abolition de la peine de mort en temps de paix. Les États parties peuvent maintenir la peine capitale pour des actes commis « en temps de guerre ou de danger imminent de guerre ». Tout État partie à la Convention de sauvegarde des droits de l'homme et des libertés fondamentales (également appelée Convention européenne des droits de l'homme) peut devenir partie au Protocole.

États parties : Albanie, Allemagne, Andorre, Arménie, Autriche, Azerbaïdjan, Belgique, Bosnie-Herzégovine, Bulgarie, Chypre, Croatie, Danemark, Espagne, Estonie, Finlande, France, Géorgie, Grèce, Hongrie, Irlande, Islande, Italie, Lettonie, Liechtenstein, Lituanie, Luxembourg, Macédoine, Malte, Moldavie, Monaco, Norvège, Pays-Bas, Pologne, Portugal, République tchèque, Roumanie, Royaume-Uni, Saint-Marin, Serbie-et-Monténégro, Slovaquie, Slovénie, Suède, Suisse, Turquie, Ukraine (total : 45).

États qui ont signé mais pas ratifié : Fédération de Russie (total : 1).

Protocole n° 13 à la Convention de sauvegarde des droits de l'homme et des libertés fondamentales, relatif à l'abolition de la peine de mort en toutes circonstances

Adopté par le Conseil de l'Europe en 2002, il prévoit l'abolition de la peine capitale en toutes circonstances, y compris en temps de guerre ou de danger imminent de guerre. Tout État partie à la Convention de sauvegarde des droits de l'homme et des libertés fondamentales (également appelée Convention européenne des droits de l'homme) peut devenir partie au Protocole.

États parties : Allemagne, Andorre, Autriche, Belgique, Bosnie-Herzégovine, Bulgarie, Chypre, Croatie, Danemark, Estonie, Finlande, Géorgie, Grèce, Hongrie, Irlande, Islande, Lettonie, Liechtenstein, Lituanie, Luxembourg, Macédoine, Malte, Monaco, Norvège, Pays-Bas, Portugal, République tchèque, Roumanie, Royaume-Uni, Saint-Marin, Serbie-et-Monténégro, Slovaquie, Slovénie, Suède, Suisse, Ukraine (total : 36).

États qui ont signé mais pas ratifié : Albanie, Arménie, Croatie, Espagne, France, Italie, Moldavie, Pologne (total : 8).

Dernière mise à jour : 20/06/2006

REMERCIEMENTS

Je remercie *La Croix*, *L'Express*, *Le Figaro littéraire*, *Le Monde*, *Le Nouvel Observateur*, et *Paris-Match* pour leur autorisation de reproduire dans cet ouvrage les articles publiés dans leurs colonnes ; ainsi que France 3 pour son autorisation de reproduire les propos tenus lors de l'émission *Questionnaire*.

Je remercie Amnesty International pour l'autorisation de reproduire les données figurant en annexe.

Je remercie les Presses Universitaires de France pour leur autorisation de reproduire l'article sur la peine de mort publié dans le *Dictionnaire de la Justice*, ouvrage collectif sous la direction du professeur Loïc Cadet.

Je remercie Mme Hélène Guillaume pour sa précieuse contribution à la réalisation de cet ouvrage.

Je remercie Déborah Piekarz et Marie Talar pour leur assistance qui m'a été d'un précieux secours.

Table

Robert Badinter
au Livre de Poche

L'Abolition   n° 15261

« Ce livre est le récit de ma longue lutte contre la peine de
mort. Il commence au jour de l'exécution de Claude Buffet
et de Roger Bontems, le 24 novembre 1972, et s'achève
avec le vote de l'abolition, le 30 septembre 1981. Depuis
lors, l'abolition s'est étendue à la majorité des États dans le
monde. Elle est désormais la loi de l'Europe entière. Elle
marque un progrès irréversible de l'humanité sur ses peurs,
ses angoisses, sa violence. À considérer cependant les exécutions pratiquées aux États-Unis, en Chine, en Iran et dans
de nombreux autres pays, le combat contre la peine de mort
est loin d'être achevé. Puisse l'évocation de ce qui advint
en France servir la grande cause de l'abolition universelle. »

Les Épines et les Roses   n° 32674

« Ce livre est le récit de mon voyage au pays du pouvoir. Il commence au lendemain de l'abolition de la peine
de mort en octobre 1981 et s'achève à mon départ de la
Chancellerie, en février 1986. Il y est beaucoup question
de justice, parfois de politique. Ces années de luttes, je
les raconte telles que je les ai vécues. Le lecteur ne sera
pas surpris d'y trouver, mêlée au récit des événements,
l'expression de mes convictions sur ce que devrait être
la justice dans la République. De tout ce que j'ai pu réa-
liser à cette époque, l'essentiel demeure : irréversibilité
de l'abolition, suppression des juridictions d'exception,
dépénalisation de l'homosexualité, progrès des droits des

victimes, ouverture aux citoyens de la Cour européenne des droits de l'homme, amélioration du régime des prisons, et bien d'autres mesures encore. En achevant cet ouvrage, ma conclusion est simple : "Lecture faite, persiste et signe." »

L'Exécution   n° 3454

« Un grand roman classique, une histoire de haine, de sang, de mort et d'amour. Oui, d'amour. Unité de temps, de lieu, trois personnages : l'auteur, son vieux maître, la victime – oui, la victime – et puis la foule, avec quelques silhouettes bien plantées au premier rang. Un récit qui va droit son chemin vers la réponse à l'unique question : mourra-t-il ? Ce qui importe, c'est de savoir ce qu'est la justice, comment elle fonctionne, à quoi sert un avocat, pourquoi la peine de mort. C'est tout cela qui nous bouleverse dans ce beau livre, dur et sensible à la fois. Ne laissez plus passer, en tout cas pas ainsi, ce qu'on nomme par dérision peut-être la Justice des hommes. »

Condorcet   n°6775
(avec Élisabeth Badinter)

« Il était grand temps de rendre à un intellectuel d'exception, philosophe et homme politique, la place éminente qui lui revient. Grâce à Élisabeth et Robert Badinter, c'est chose faite. Leur *Condorcet* répare une injustice trop longtemps perpétrée à l'endroit d'un homme éblouissant qui, justement, a consacré sa vie à combattre toutes les iniquités. » (Claude Servan- Schreiber, *Marie-France.*)

« Intellectuel, philosophe, défenseur des Noirs, des Juifs, des femmes, abolitionniste convaincu et militant, et accompagné dans la vie par une femme aussi belle qu'intelligente, la célèbre Sophie à la tête bien faite, Condorcet ne pouvait qu'attirer le ministre de la Justice qui fit voter l'abolition de la peine de mort, et son épouse, philosophe, féministe et passionnée par le Siècle des Lumières. » (Michèle Gazier, *Télérama.*)

Du même auteur :

L'Exécution, Grasset, 1973 ; Fayard, 1998.
Condorcet (en collaboration avec Elisabeth Badinter),
    Fayard, 1988.
Libres et égaux… L'Émancipation des Juifs,
    1789-1791, Fayard, 1989.
Une autre justice (collectif), Fayard, 1989.
La Prison républicaine, Fayard, 1992.
C.3.3, précédé de oscar wilde ou l'injustice, Actes Sud
    Théâtre, 1995.
Un antisémitisme ordinaire, Fayard, 1997.
L'Abolition, Fayard, 2000.
La Constitution européenne, Fayard, 2002.
« Le plus grand bien… », Fayard, 2004.
L'Abolition de la peine de mort, Dalloz, 2007.
Le Contrôle de constitutionnalité par voie
    préjudicielle en France, Presses Universitaires
    d'Aix-Marseille, 2009.
Les Épines et les Roses, Fayard, 2011.
Le Travail et la Loi (avec Antoine Lyon-Caen), Fayard,
    2015.
Idiss, Fayard, 2018.

Le Livre de Poche s'engage pour
l'environnement en réduisant
l'empreinte carbone de ses livres.
Celle de cet exemplaire est de :
500 g éq. CO₂
PAPIER À BASE DE   Rendez-vous sur
FIBRES CERTIFIÉES   www.livredepoche-durable.fr

Composition réalisée par PCA

Achevé d'imprimer en France par
CPI BUSSIÈRE (18200 Saint-Amand-Montrond)
en octobre 2021
N° d'impression : 2060859
Dépôt légal 1ʳᵉ publication : janvier 2008
Édition 09 - octobre 2021
LIBRAIRIE GÉNÉRALE FRANÇAISE
21, rue du Montparnasse – 75298 Paris Cedex 06

31/2259/5